LE PETIT-FILS

Né en 1979, Nickolas Butler est un auteur américain. En 2014, il publie son premier roman, *Retour à Little Wing*, best-seller international traduit en dix langues et lauréat du prix Page/America 2014. Son quatrième roman, *Le Petit-fils*, est inspiré de faits réels.

Mercredi 11 Août 2021
Hyper U

NICKOLAS BUTLER

Le Petit-fils

ROMAN TRADUIT DE L'ANGLAIS (ÉTATS-UNIS)
PAR MIREILLE VIGNOL

STOCK

Titre original :

LITTLE FAITH
Publié par Ecco Press, New York.

ISBN : 978-2-253-07852-4 – 1re publication LGF

Pour Jim & Lynn Gullicksrud
Et à la mémoire de Dave Flam
(1945-2017)

Ce roman a été en partie inspiré
par des faits réels qui se sont produits
à Weston, dans le Wisconsin,
le 23 mars 2008.

La terre labourait les hommes, les chevaux et les charrues. […] Aucune génération ne s'en aperçoit et les nouveaux champs humides germent dans l'oubli. […] Tous les vivants marchaient de front dans la crête du présent. Tous les hommes et les femmes et les enfants formaient une longue ligne et brandissaient un ruban ou une bannière ; ils couraient dans un champ aussi vaste que la terre, frayant le temps comme un chemin herbeux, et il était emporté avec eux. Non, dit-il en retroussant la lumière, en marchant dans le ciel vers son foyer ; non[1].

Annie Dillard, *Les Vivants.*

1. Traduction de Brice Matthieussent, Christian Bourgois éditeur.

PRINTEMPS

1

Le petit garçon rit aux éclats en faisant glisser ses douces menottes sur le front raviné du vieil homme, par-dessus les sourcils grisonnants, les paupières et les cils, puis il ajusta le bandeau sur son nez et ses oreilles avant de filer se cacher dans le cimetière ensoleillé.

— Compte jusqu'à vingt, papy, cria-t-il.

— Un crocodile… deux crocodiles… trois crocodiles, scanda le grand-père d'une voix forte et traînante, avec la patience d'une horloge poussiéreuse dans le coin d'une salle à manger.

Le rire s'éloigna. Lyle Hovde continua de compter lentement. Pressé contre ses sourcils et ses paupières, son mouchoir de coton rouge délavé exhalait l'odeur de son jean usé : gasoil, essence, sciure, son caramel favori et le relent métallique de la menue monnaie au fond de sa poche. Avant d'arriver à « six », il entendit la respiration et les pas légers du garçon s'estomper, le craquement occasionnel d'un cône ou d'une branche de pin blanc sous ses baskets, le crissement de longues herbes vernales dans l'ombre épaisse, et des gloussements. À « douze », il ne restait plus que le *croâ-croâ*-croassement d'un corbeau à la cime d'un arbre. À « dix-sept », son cœur ralentit. Le soleil d'avril lui réchauffait agréablement le visage, sa vieille veste de campagne le réconfortait, le bordait comme une couverture. Il fut tenté de s'assoupir, de se laisser sombrer dans la douce mer noire du sommeil. Mais il prolongea le décompte et à « vingt » il enleva le bandeau et ouvrit les yeux – le monde était toujours là en mille nuances de verts fragiles et bourgeonnants, de bruns et jaunes délicatement ternis. Il n'y avait pas de circulation sur Cemetery Road. Pas une seule voiture. Pas de tracteur labourant les champs. Dans le ciel, deux grues du Canada descendaient vers une mare lointaine. Lyle était adossé à la stèle de son fils Peter. Il se leva lentement et entendit ses genoux craquer d'indignation. Il prit appui sur la dalle en granit pour se stabiliser.

— Attention, hurla-t-il, J'ARRIVE !

C'était un cimetière modeste. Pas plus de deux ou trois cents concessions. L'ombre de Lyle, étirée par la lumière décroissante, s'échappait à l'oblique de ses bottes. Son petit-fils Isaac, son unique petit-enfant, ce garçon de cinq ans, débordait d'énergie. Tandis que son épouse Peg et leur fille Shiloh faisaient du shopping à Minneapolis, Lyle était chargé de le divertir toute la journée, ce qui ne lui pesait pas, pas le moins du monde. Mais, *Seigneur !* le gamin ne tenait pas en place… L'après-midi touchait à peine à sa fin et le grand-père était aussi épuisé que s'il avait passé la journée à travailler dur, à débiter du bois peut-être ou à déblayer un champ de toutes ses pierres.

— Attends un peu que je t'attrape, cria-t-il.

Il passa entre les sépultures à pas comptés. Passa devant les tombes de femmes et d'hommes âgés qu'il avait connus de longues années auparavant, lorsqu'ils avaient plus ou moins son âge actuel et qu'ils peuplaient Redford, occupaient les bancs de l'église luthérienne Saint-Olaf, s'attroupaient dans les étroites allées du magasin d'outillage Hanson's, choisissant une couleur sur un nuancier, examinant des bombes d'insecticide ou ployant le dos sous des sacs de nourriture pour animaux. On les voyait aussi pousser les caddies branlants de la supérette IGA, le mari aux commandes tandis que la femme consultait sa longue liste de courses qui déclinait, dans une écriture appliquée, une si grande partie de leur vie. D'anciens enseignants, fermiers, facteurs, bûcherons, laitiers, mécaniciens, gargotiers, secrétaires, dentistes, médecins, pompiers, bouchers, employés de banque, serveurs, taxidermistes...

Il faillit passer à côté de lui sans le voir, mais Isaac pouffa et Lyle le repéra dans l'ombre de la tombe du vieil Egdahl. Conscient qu'une partie du plaisir consistait à être découvert, il fondit sur lui, chatouilla son ventre douillet, ses aisselles et son cou, jusqu'à ce que son petit-fils dût reprendre son souffle déjà faible. Satisfait, Lyle s'assit à côté de lui et, remarquant que ses lacets étaient défaits, il entreprit de les renouer.

— Tu m'as pas fait faire la sieste aujourd'hui, fit observer le garçon en léchant ses lèvres gercées.

Lyle tapota sur les chaussures lacées, sortit de sa poche un petit pot jaune de baume Carmex et le tendit à Isaac.

— Tu as cinq ans. Tu ne peux pas faire la sieste toute ta vie.

— Mamie dit qu'on n'est jamais trop grand pour faire la sieste. Elle dit que tout le monde devrait la faire. Tous les jours. Elle dit qu'en Espagne et au Portugal, tout est fermé l'après-midi à l'heure de la sieste.

— Qu'est-ce que tu connais du Portugal ? demanda Lyle.

Le garçon plissa les yeux, prit un peu de baume et l'appliqua sur ses lèvres.

— Toi, papy, tu fais la sieste de temps en temps.

— Qu'est-ce que tu racontes ?

— Tu fais la sieste. Dans ton fauteuil. Devant la télé. Même que tu ronfles.

— Ce n'est pas une sieste, répondit Lyle en souriant, c'est une *pause*. Ton grand-père s'accorde juste quelques minutes de *pause*.

— Ça m'étonnerait que les gens ronflent en faisant une pause, papy.

— Je ne ronfle pas.

— Si, tu ronfles, répondit le gamin en riant. Même que maman t'a enregistré avec son téléphone. Et mamie m'a dit que des fois, ça te réveille tellement tu ronfles.

Lyle ébouriffa les cheveux blonds d'Isaac.

— Allons-y. On va nettoyer la tombe de ton oncle, puis on passera chez Hoot. Il nous attend. Je parie qu'il a de la glace pour toi.

Avec le tuyau du vieux puits situé au centre du cimetière, ils remplirent deux seaux en aluminium dans lesquels Lyle versa quelques gouttes de produit vaisselle bleu d'une fiole en plastique, puis il remua le liquide en formant des grappes de bulles arc-en-ciel, moirées et tourbillonnantes. Il porta les seaux clapotants jusqu'à la sépulture de son fils et, sous le soleil qui réchauffait leurs épaules et brillait à travers la fine peau translucide de leurs oreilles, Isaac et lui nettoyèrent la pierre tombale, des pailles de fer serrées entre leurs doigts. L'après-midi fraîchissait de minute en minute. Leurs mains devinrent roses et froides.

— Redis-moi, demanda le garçon. Comment il… qu'est-ce qui lui est arrivé ?

Lyle frottait la pierre, raclait le lichen et la terre. En le regardant, il se sentit submergé d'amour pour ce petit-fils doté d'une grande gentillesse, de sensibilité et de curiosité – des qualités que Lyle affectionnait de plus en plus, plus que tout au monde.

— Il avait une petite santé, répondit-il enfin en omettant les détails tragiques. Faut croire qu'il n'était pas destiné à rester parmi nous.

— Il est resté combien de temps ? Je veux dire, il avait quel âge quand…

— Autour de neuf mois.

Le garçon hocha la tête, reprit son récurage en songeant peut-être : « Je suis tellement plus vieux que lui », puis demanda :

— Papy, on peut aller chez Hoot maintenant ?

Lyle se leva, s'essuya le front avec la manche de sa veste et vida l'eau savonneuse en traçant de grands arcs à partir de la tombe.

— Une dernière chose. Va donc remplir ce seau, veux-tu ? Nous rincerons la pierre pour qu'elle soit propre, et nous pourrons y aller.

Il regarda le garçon déguerpir avec le seau vide. Le regarda au robinet où des flaques d'eau se formaient autour de ses baskets. Le regarda se pencher, la bouche ouverte, comme sur le gicleur d'une fontaine, s'éclaboussant la langue, les lèvres, puis le menton. Le regarda fermer le robinet et revenir, renversant de copieuses quantités d'eau à chaque pas laborieux.

Lyle lui prit le seau des mains et, en trois mouvements gracieux, il en fit ricocher le contenu sur la pierre tombale.

Le monde, il le savait, était divisé en deux camps, comme c'est si souvent le cas à moins qu'on ne le réduise tout aussi souvent à cela pour simplifier : les gens pour qui les cimetières étaient des endroits tristes et inquiétants ; et ceux, à son instar, qui y puisaient un sens d'unité, de stabilité et de continuité profondes. C'était comme si, au cimetière, la vie de Lyle se mettait soudain en sourdine et il se sentait flotter dans le cosmos, tel qu'il l'imaginait, avec un regard englobant tout – l'immensité de ce tout. Pour lui, c'était un lieu où l'on pouvait se rapprocher de personnes depuis longtemps disparues. Un lieu de calme et de liberté en marge du monde. Un lieu qui ne touchait pas seulement ses souvenirs, mais aussi son avenir.

— Bon, allons-y, dit-il en prenant son petit-fils par l'épaule. Hoot doit nous attendre.

— Papy, j'ai besoin de faire pipi.

Lyle jeta un coup d'œil autour de lui, puis montra un énorme pin blanc en bordure du cimetière.

— Va arroser cet arbre.

En s'activant pour rejoindre le large tronc, le garçon se débarrassait déjà de son pantalon et de son slip qui lui tombèrent sur les chevilles. Lyle regarda ailleurs : un champ en jachère, une exploitation laitière voisine, les ravins tapissés de forêts. Isaac revint bientôt.

— T'es la seule personne que je connais qui fait pipi plus souvent que moi, s'étonna Lyle. Mais moi, j'ai une excuse. Je crois que j'ai un trou dans ma vessie.

— Un trou ? demanda le garçon en plissant les yeux.

— Ça doit être ça. Ou plusieurs trous.

— Comment t'as fait pour avoir un trou ?

— On m'a tiré dessus avec une flèche. Elle m'a transpercé le corps. Et elle a laissé un trou à cet endroit, dit-il en se touchant le nombril.

Le garçon rit.

— Enfin, papy, c'est là où était ton cordon ombilical. Qui te reliait au placenta. Moi aussi, j'en ai un. Tout le monde en a un.

— Ah oui. Tiens, j'avais oublié. Je croyais que c'était à cause de la flèche.

Comment connaît-il tout cela ? Le placenta ? Le Portugal ?

Il guida le garçon jusqu'à son vieux Ford F-150, lui ouvrit la portière et s'assura de bien la refermer. Puis en contournant son pick-up par l'arrière, il vit la tête du garçonnet qui l'attendait, le regard fixé droit devant. Il glissa la main sur la rouille du hayon, sur la croûte écaillée de peinture. Il monta, s'assit lourdement derrière le volant, respira la poussière et l'essence dans la cabine, le moisi des cartes routières et… une odeur de cannelle.

— C'est toi qui chipes mes chewing-gums ? demanda-t-il au garçon.

Isaac se contenta de sourire sans cesser de mastiquer, gloussa légèrement.

— Ça explique où ils sont tous passés… Et moi qui croyais que c'étaient les souris.

2

Le pick-up amorça en douceur la déclive de la colline où se perchait le cimetière, piqueté de pins blancs et de thuyas avec, dans chaque direction, de nombreux champs de maïs ou de haricots à peine levés, une rare grange rouge, des parcelles de forêts puis, à un kilomètre de là, le fier clocher de l'église Saint-Olaf, lieu du baptême de Lyle, de sa première communion, de son mariage et, un jour ou l'autre, il ne l'ignorait pas, de ses funérailles. Plus loin à l'ouest coulait le Mississippi, charriant sans hâte ses tourbillons, d'une allure à peine plus vive que celle de la promenade de Lyle après dîner.

Hoot habitait non loin de chez lui dans un petit pavillon de plain-pied aux abords de la ville. L'intérieur, par ailleurs impeccablement tenu, empestait la fumée de cigarette. Plus âgé que Lyle de quelques années et depuis longtemps retraité, Hoot occupait ses journées à éplucher les suppléments publicitaires du journal pour découper des bons de réduction et, plus tard, il arpentait les allées des supermarchés de la ville (La Crosse principalement, mais il allait parfois jusqu'à Eau Claire) à l'affût de « bonnes affaires » ou peut-être plus exactement de « remises ». Ses soirées étaient routinières : il entreprenait une vingtaine d'expéditions réjouies au réfrigérateur pour une canette fraîche d'Old Milwaukee, faisait parfois griller une entrecôte de bœuf ou de porc dans la poêle en fonte, et fumait un ou deux paquets de Camel avant d'aller au lit, où il dormait d'un sommeil agité, se levant fréquemment pour évacuer toute la bière du soir. En dehors de Peg et peut-être du pasteur Charlie, Hoot était le meilleur ami de Lyle. Ils étaient différents à plus d'un titre mais ils avaient leur bon cœur en commun et la gentillesse compte pour beaucoup dans notre capacité à nous lier d'amitié avec autrui, et peut-être à aimer.

Lyle se gara devant chez Hoot ; Isaac se dandina sur la banquette et descendit derrière son grand-père puis le devança en courant pour appuyer sur le petit « O » lumineux et jaune pâle de la sonnette.

— Qui va là, nom d'un chien ? grailla Hoot de sa voix rauque et pâteuse en ouvrant la porte. Tiens, tiens, voilà nos deux trublions. Entrez, les gars, entrez donc.

Lyle lui serra la main.

— On ne va pas te retenir longtemps, dit-il avant d'ajouter à voix basse : Je voulais juste passer vite fait pour avoir des nouvelles de tes analyses.

— Ma foi, je suis toujours en vie, non ? C'est toujours ça de pris. Touchons du bois, ajouta-t-il en frappant son crâne du poing.

— Peg m'a demandé de voir si tout allait bien, si t'avais besoin de quelque chose.

— Pour le moment, j'ai besoin d'une bière fraîche, c'est tout. T'en prendras bien une avec moi ?

Il existe toutes sortes d'alcooliques dans ce monde. Hoot était de ceux qui consomment presque exclusivement de la bière non importée, bon marché, sous forme de canettes. Il n'était pas le genre d'ivrogne à s'effondrer ni à perdre connaissance ; il ne se montrait jamais agressif, mauvais, ni même ridicule. Hoot aimait surfer sur l'humble vague tubulaire de mousse, se laisser gentiment griser avec juste ce qu'il fallait de magie dans le sang pour adoucir un peu le quotidien. Divorcé depuis de longues années, les cigarettes et les bières – la fumée et l'allégresse des bulles humides – étaient ses meilleures compagnes lorsqu'il s'asseyait dans la cuisine et écoutait un match de baseball, de football américain ou de basket sur son vieux transistor grésillant. Il était doux et solitaire, voire timide. Lyle ne comptait plus le nombre de fois où Peg l'avait invité à dîner et où, invariablement, Hoot avait décliné avec courtoisie. « Il y a des côtelettes de porc, disait-elle. Tu es sûr que tu ne veux pas rester ? Il y en a assez pour nous tous. Nous avons même la bière que tu aimes dans le frigo. »

Lyle acquiesça, remarqua la demi-douzaine de canettes vides soigneusement alignées à côté de l'évier, et sourit.

— Je dis pas non, répondit-il. Merci, Hoot.

— Et toi, jeune homme, qu'est-ce que je te sers ? Un verre d'eau ? Du lait ? Un Coca ? Je dois bien avoir un Coca qui traîne quèque part.

— Papy a dit que t'avais de la glace, lui répondit Isaac.

— Sans blagues, il t'a dit ça ?

— Parfaitement.

— T'as quand même soif, non ?

— Le petit a toujours soif, indiqua Lyle, ce qui était vrai. Shiloh arrive jamais à le rassasier, ni en liquides ni en solides.

Isaac s'assit à la petite table ronde de la cuisine et explora prudemment le contour et les recoins du lourd cendrier de verre posé en son centre. Lyle savait que, gêné par l'odeur de sa maison, Hoot la rafraîchissait au rouleau tous les printemps : il ouvrait grand les fenêtres et enduisait les murs et les plafonds jaunis d'épaisses couches de peinture blanche. Il avait un jour montré à Lyle les toilettes du sous-sol avec un crucifix accroché au mur. Il l'avait ôté, révélant une image floue en forme de croix, d'un blanc tirant sur le jaune-brun. Il avait dit en plaisantant que sa maison tenait debout grâce aux résidus de nicotine autant qu'au bois et aux clous. Lyle s'interrogeait sur l'état des poumons de son ami et sur sa récente visite chez le médecin, une démarche aussi contraire à sa nature que d'entreprendre un jogging de dix kilomètres ou de se vanter d'un nouveau tapis de yoga rose.

— Faut dire qu'il travaille dur. Pas vrai, Isaac ? demanda Hoot en posant un petit verre d'eau près du poignet de l'enfant.

Puis il gratta ses cheveux impeccablement coiffés, restés très foncés en dépit des années.

— Tu m'as parlé d'une glace ?

Isaac haussa les épaules.

— C'est ce que papy m'a dit.

— Tu sais qu'il faut pas écouter tout ce que raconte ton vieux grand-père, pas vrai ?

Le garçon gigota sur sa chaise en bois et sourit, ne sachant comment répondre. Lyle s'assit à côté de lui. C'est une chose remarquable que de voir les enfants développer leur propre sens de l'humour, ce radar qui nous permet de rire du monde, de nos défauts, de nos déceptions et même d'atrocités.

— Bon, dit Hoot, va falloir que j'aille farfouiller dans le frigorifère un petit instant. Ne vous occupez pas de moi. De la glace, hein…

— Frigorifère ? chuchota Isaac à Lyle.

— Ah ah ! Nous y voilà. Ça, par exemple… dit Hoot. De la glace napolitaine. Ce qui me plaît, c'est qu'on a trois parfums d'un coup. T'en as déjà goûté ? J'ai un faible pour le *spumone* aussi. Je te parle des reines des glaces à l'italienne.

Isaac scruta Lyle, ses doutes éclipsés par la curiosité.

— Si c'est pas un miracle : trois parfums différents dans le même bac. Tu parles d'une Sainte Trinité ! Et c'est meilleur que les sorbets, nom de nom ! Qui sont rien de plus que du jus de fruits congelé.

Il rinça une vieille cuiller à glace sous le robinet, puis creusa deux boules tricolores approximatives qu'il plaça dans une coupe devant Isaac. Le garçonnet se mit à manger, avec de petits hochements de tête approbateurs. Satisfait, Hoot sortit deux Old Milwaukee du réfrigérateur et en donna une à Lyle. Ils ouvrirent les canettes et les levèrent pour trinquer.

— Dans les yeux, dit Hoot.

— À la tienne, répondit Lyle.

Ils burent.

— Bon, vous venez du cimetière, tous les deux, ou je me trompe ?

Lyle opina de la tête en buvant une gorgée de bière.

— Ouaip, et j'avais un bon petit assistant.

Ils se tournèrent vers Isaac qui mangeait sa glace.

— C'était comment, là-bas ?

— Guère de changements, répondit Lyle.

Dans son esprit, il revoyait les grands arbres tels qu'ils étaient trente ans auparavant, minuscules et rabougris. Il se figurait que ces arbres avaient à peu près l'âge qu'aurait eu Peter. Quand Lyle était jeune, rares étaient les terres cultivées près du cimetière ; il y avait surtout de vieux bois de pins blancs, chênes, noyers, hickorys ou ormes avec quelques bosquets de pommiers sauvages. Il se souvint de jours – pas si lointains, lui semblait-il parfois – où les tombes étaient moins nombreuses, où Cemetery Road n'était pas encore goudronnée, où les tracteurs étaient plus petits et assurément plus lents… Mais ce n'était pas ce que lui demandait son ami.

— Bon, dit Hoot à Isaac. Tu veux une autre boule ? J'ai une chose à voir avec ton grand-père, au garage. Tu m'autorises à l'emprunter cinq minutes ?

Il s'était déjà levé pour resservir le garçon.

— Sa mère va me tuer, dit Lyle. Il n'a pas encore dîné.

— Allons, ça peut pas lui faire de mal.

Isaac se fendit d'un grand sourire et tendit sa coupe vide. Lyle capitula.

Peu après, il suivit son ami dans le garage où, protégées sous des bâches individuelles, se trouvaient non pas une, mais *deux* Ford Mustang – une de 1965, l'autre de 1969 – dans un état de délabrement avancé. Le modeste pick-up de Hoot était garé à l'extérieur comme un enfant plus fiable mais moins aimé que ses frères et sœurs.

— Y a que toi pour conserver deux Ford Mustang de collection qui ne valent pas un rond ni l'une ni l'autre, lui dit Lyle.

— Oh, elles ont de la valeur, t'en fais pas pour ça. Sinon je les aurais pas désossées. Quand Sheila a demandé le divorce, je voulais surtout pas qu'elle m'en fauche une. Et la seule manière de l'en empêcher, c'était de m'assurer qu'elles roulent pas.

— Pour ça, c'est réussi. Un peu trop réussi, je dirais même.

Lyle regarda les voitures en souriant et en se frottant la mâchoire.

— C'est pas comme si t'étais mauvais mécano, pourtant, Hoot. T'aurais dû les remettre en état y a des années.

— Ce que j'aurais dû faire, c'était mieux m'organiser quand je les ai démontées, répondit Hoot en hochant la tête. Merde, j'ai vendu des pièces, j'en ai caché d'autres, j'en ai jeté à la décharge. Pas question de laisser cette femme filer au volant d'une de mes Mustang.

— Il t'arrive d'avoir de ses nouvelles ? demanda Lyle tout en étant à peu près sûr de connaître la réponse.

— Nah, c'est de l'histoire ancienne, tout ça. Je lui en veux plus, maintenant. Si elle est heureuse, je suis heureux pour elle.

— Je me souviens plus… elle est partie où, déjà ?

— En Floride, elle tient un bar sur l'île de Key West. J'imagine qu'elle a rencontré un type sympa.

— Brr, grommela Lyle. J'aurais toujours peur de sombrer dans l'océan au prochain ouragan. Comme l'Atlantide.

Hoot inspectait ses voitures à la lueur de l'ampoule nue suspendue au plafond.

— Je finirai bien par en réparer une, tu vas voir ce que tu vas voir. Tu sais quoi ? On pourrait les réparer toutes les deux et les conduire en convoi. On pourrait même fonder un club. On s'achèterait des vestes en soie et des foulards, des gants avec des trous pour la ventilation. On pourrait suivre River Road jusqu'à La Nouvelle-Orléans. On se taperait des bières bien froides et du jambalaya frais en regardant la mer.

— Aucun club ne voudrait de nous, dit Lyle.

— Justement, c'est pour ça qu'on fonderait le nôtre, riposta Hoot en sortant un paquet de Camel de la poche de sa chemise. (Il alluma une cigarette en se grattant la tempe, souffla un jet de fumée et conclut :) Un club très sélect.

Lyle souleva l'une des bâches et passa la main sur le capot lisse, rouge cerise, de la Mustang. Derrière lui, Hoot toussa.

— Tu devais pas arrêter ? demanda Lyle.

— J'ai arrêté un moment. Faut croire que la colle a pas pris. Ça te manque jamais, à toi ?

Lorsqu'il avait une vingtaine d'années, Lyle fumait les soirs de virée au bar, quand il avait un petit coup dans l'aile. Il se revit, jeune, dans la glace d'une taverne enfumée : une cigarette lui pendait aux lèvres et il hurlait dans le vacarme pour commander une bière ; ou devant le jukebox, hochant la tête en rythme sur la basse martelée du *Folsom Prison Blues* de Johnny

Cash ; ou encore les rares soirs où, après une longue journée à livrer et installer de l'électroménager, Hoot et lui revenaient à l'atelier et s'attablaient dans la salle du personnel avec un pack de six bières, un sachet de pistaches ou de grattons de porc, et racontaient des âneries pendant une heure ou deux avant de se souhaiter bonne nuit et de regagner leurs foyers respectifs. Lyle prenait alors toujours soin d'étendre ses vêtements sur la corde à linge ou de les faire disparaître dans la machine à laver : Peg estimait que les cigarettes étaient un gaspillage d'argent ridicule et elle n'en supportait pas l'odeur.

— Non, répondit tranquillement Lyle. Ça me manque pas. Je crois que j'y pense même pas.

Ils gardèrent le silence un long moment avant que Lyle reprenne la parole.

— Alors, qu'est-ce qu'ils t'ont dit, ces docteurs ?

— C'est juste une pneumonie. Faudrait encore que j'arrête. D'ailleurs celle-ci, c'est la dernière, je te promets. Mince, c'est que j'en menais pas large, Lyle. J'ai frisé la correctionnelle.

— *Juste* une pneumonie, répéta Lyle. Bon sang, Hoot, va falloir que tu prennes davantage soin de toi. Je sais que c'est pas facile de se débarrasser de cette manie, loin de là. Mais là, mon vieux, punaise…

— J'ai soixante et onze ans, répondit Hoot. Tu sais combien de fois j'ai essayé d'arrêter ? J'arrive même plus à les compter. Mais je vais te dire une chose : ce coup-ci, la trouille va peut-être m'aider. Tu me connais, alors imagine, pour que je prenne rendez-vous chez le docteur… de mon plein gré ! La vérité, c'est que j'arrivais plus à respirer. J'arrivais pas à reprendre mon souffle, nom de Dieu. Comme un poisson sorti de l'eau. Je te jure, c'est fini, *amigo*. J'arrête. *Finito*.

Ils entendirent Isaac appeler dans la cuisine :

— Papy ?

— Une minute, mon grand, lui répondit distraitement Lyle avant de poursuivre : Écoute, Hoot, si t'as besoin de quoi que ce soit – n'importe quoi – tu nous fais signe. Je peux t'acheter ces chewing-gums, si tu veux, les Nicorette ? Ou des patchs. Je t'amènerai voir un hypnotiseur, un acupuncteur. Tout ce qui peut t'aider.

Hoot tira une dernière taffe sur sa cigarette, laissa la fumée s'accumuler dans le sombre gouffre de ses poumons, puis il la souffla lentement, jeta le mégot par terre et l'écrasa du bout de sa basket bon marché.

— Inutile. J'ai déjà un programme draconien. Le médecin m'a même autorisé à chiquer si ça pouvait m'aider. Mais l'heure est venue. L'heure de tourner la page.

— Eh ben tant mieux, lui dit Lyle sans le regarder. On veut te garder parmi nous un bon bout de temps encore.

— Moi aussi. J'ai jamais été riche et célèbre, c'est sûr, mais je préfère continuer à vivre plutôt que de faire une longue sieste chiante six pieds sous terre. De toute façon, je suis comme ces piles, tu sais : longue durée. Ou rechargeables, je sais plus. Bref, tout ça pour te dire que je baisse pas les bras.

Lyle n'avait pas le souvenir du moindre contact physique avec son vieil ami, mais là, il eut envie de le toucher et posa une main sur son épaule.

— N'oublie pas ce que je t'ai dit, d'accord ? Si t'as besoin de quelque chose, tu fais pas ta tête de mule, tu demandes, c'est compris ?

Hoot, fixant le sol du garage, remarqua une petite tache d'huile.

— Allons voir ce que veut le gamin, dit-il.

Ils trouvèrent Isaac à table, la coupe inclinée au-dessus de sa bouche pour ne rien perdre de la glace fondue. Les deux hommes prirent une chaise et s'assirent à côté de lui, se contentant de le regarder.

— Tu veux un biscuit pour la route ? demanda Hoot.

Le garçon fit oui de la tête.

Alors qu'il reculait son pick-up pour sortir de l'allée, Lyle jeta un dernier regard sur la maison et vit son ami par la petite fenêtre de la cuisine. Il toussait devant l'évier, où il était sans doute en train de laver la coupe, laissant l'eau chaude couler sur ses mains.

3

Plus tard dans la soirée, Peg et Shiloh rentrèrent à la maison, des sacs de shopping dans les bras, le sourire aux lèvres. Après avoir envoyé valser leurs chaussures, elles embrassèrent l'une après l'autre le sommet de la tête de Lyle qui regardait la télé d'un œil distrait, à moitié endormi, dans son fauteuil. Il se rendit compte qu'il était soulagé par les nouvelles que lui avait données Hoot, comme libéré d'un poids, de la crainte de perdre l'un de ses rares amis.

— Alors, dit-il. Ça s'est bien passé ?

— Que des bonnes affaires, répondit Peg. Nous avons trouvé un joli pantalon et un short pour Isaac, et cet adorable petit blazer pour aller à l'église. Il va être beau comme un sou neuf.

Le garçon se dirigea d'abord vers sa grand-mère qui le serra dans ses bras, lui embrassa le front et lui frotta les oreilles ; il se laissait faire, absorbait son amour et ses attentions comme un chat s'allonge et s'abreuve de soleil, l'air satisfait.

— Il a été sage ? demanda Shiloh en s'effondrant sur une chaise avant de caler ses pieds sous ses fesses.

Elle fit un geste vers la télécommande, que Lyle lui tendit.

— Oh, il est toujours sage, répondit-il. Ce garçon est un prince.

— Il faut dire que tu n'arrêtes pas de le gâter, papa. Ça n'y est pas pour rien. (Elle dévisagea Lyle d'un air méfiant.) Tu ne lui as pas donné trop de cochonneries, j'espère ?

— Possible que Hoot lui ait donné un bol de glace.

— De la glace à l'italienne, précisa obligeamment Isaac.

— Papa… Je ne veux pas jouer les rabat-joie, mais promets-moi d'y aller mollo avec toutes ces saletés, d'accord ? Fais preuve d'un peu de bon sens, s'il te plaît.

— Bien sûr, ma chérie. Je vais essayer. Mais tu verras, un jour… Si ça ne tenait qu'à moi, je lui donnerais de la glace matin, midi et soir. Les grands-parents, c'est fait pour ça. C'est notre boulot. Si je voulais qu'il me déteste, je le gaverais de choux de Bruxelles et de chou kale.

Elle hocha la tête. La pièce était relativement calme : la télé ronronnait, Peg chantonnait un air joyeux dans la cuisine, Isaac feuilletait négligemment un *National Geographic* de l'an passé. Lyle soupira et scruta l'obscurité par la fenêtre.

— Ça va, papa ? demanda Shiloh en se redressant et en éteignant la télé.

Il déplaça quelques vieux journaux sur la table basse à côté de son fauteuil.

— Oh c'est juste… tu sais. Je pensais à Hoot. Il a une pneumonie. Apparemment, ça lui a fichu une peur bleue. Il est allé voir le docteur, t'as qu'à voir…

— Une pneumonie ? C'est terrible. En même temps, remarque, ça fait combien de temps qu'il fume ? Depuis qu'il a quoi, seize ans ? Dix-huit ?

— *Neuf ans.* Depuis l'âge de neuf ans, aussi incroyable que ça paraisse. Il m'a raconté qu'il volait des cigarettes à un oncle et qu'il allait fumer en cachette dans le grenier à foin. Il a même accidentellement mis le feu à la grange, une fois.

— Mais c'est… ça veut dire qu'il fume depuis plus de *soixante ans*, papa.

Peg, qui lavait une salade dans l'évier, entra dans la salle de séjour, les mains dégoulinantes d'eau.

— Qu'est-ce que tu as dit ?

— Hoot a une pneumonie, répéta Lyle. Ça lui a flanqué une bonne trouille. Il veut arrêter de fumer.

— Il est si gentil… murmura Peg. Il avait bonne mine ? Comment il se sent ? Il a besoin de quelque chose ? Si on lui apportait un plat ?

Lyle fit non de la tête.

— Il avait l'air d'aller. Il s'est plaint de sa difficulté à respirer, bien sûr.

— Que pourrions-nous faire pour lui ? demanda Peg.

— Nous pouvons prier pour lui, décréta Shiloh.

Sans hésiter, elle s'agenouilla sur l'épais vieux tapis vert olive et tendit les mains vers ses parents. Puis elle leva la tête et, le visage déterminé et sérieux, appela Isaac :

— Viens prier avec ta famille, lui dit-elle.

Quand son fils l'eut rejoint, ils baissèrent tous les deux la tête, les yeux clos. Lyle regarda furtivement Peg.

Shiloh avait quitté la maison à dix-huit ans pour faire ses études à l'université de Milwaukee. Elle n'avait jamais demandé un centime à ses parents, préférant dénicher des petits boulots de barmaid, plongeuse ou serveuse lui permettant d'acheter des vêtements, une voiture d'occasion et de prendre des vacances. Entre vingt et trente ans, sa foi avait soudain revêtu une importance et une vitalité nouvelles. Elle était devenue une pratiquante enthousiaste, mais Lyle avait du mal à déterminer quelle était sa confession : sa congrégation se réunissait dans des zones commerciales, des restaurants qui avaient fait faillite et autres carapaces vides d'anciens commerces. Elle avait grandi au sein de l'Église luthérienne, certes, mais sa ferveur religieuse s'était depuis enflammée. Elle ne buvait plus, pas même une bière légère, une margarita ou un prémix, et exigeait un bénédicité avant chaque repas. Elle portait des vêtements plus conventionnels, citait les textes sacrés à tout bout de champ et mettait Lyle et Peg au défi de justifier leur propre foi.

Depuis qu'Isaac et elle étaient revenus vivre à la maison, elle assistait poliment à la messe dominicale avec ses parents mais se rendait ensuite à une autre église abritée dans un ancien cinéma de La Crosse. Elle y passait tout l'après-midi jusqu'en début de soirée, en « confrérie », disait-elle. Lyle comprenait le concept de confrérie religieuse, certes, mais il se limitait pour lui à deux ou trois tasses de café trop léger et à quelques bavardages polis après la messe ; ensuite, n'était-il pas l'heure de rentrer à la maison et de tondre la pelouse ? De ratisser des feuilles mortes ? De nettoyer les gouttières peut-être, ou de désherber ?

La vérité, c'est que Lyle ne croyait pas en Dieu – ou plutôt n'était-il pas sûr de croire. Ça avait commencé après le décès de Peter. Comme si on lui avait sapé la volonté de croire, l'énergie de croire.

L'été suivant l'enterrement de Peter, ils avaient organisé une réunion de famille sous un pavillon sombre au bord d'un lac étouffé d'algues. Voûtées au-dessus des tables de pique-nique, les personnes âgées cancanaient et recyclaient leurs histoires, échangeaient les dernières nouvelles locales, évitaient de parler politique et buvaient du café brûlant dans des tasses en polystyrène blanc, en dépit de la chaleur ambiante. Les enfants se carapataient et gambadaient dans une aire de jeux voisine, venant chiper des canettes de soda ou des briques de jus de fruits, des biscuits, de la glace et des barres chocolatées. Lyle restait prostré sur sa bière, complètement perdu. Il voyait Peg, entourée d'un groupe de femmes qui essayaient sans doute de lui remonter le moral, qui lui demandaient si elles pouvaient faire quelque chose. Pendant des mois, la famille et les amis de l'église luthérienne Saint-Olaf leur avaient apporté des ragoûts et des lasagnes. Ils déposaient les plats sur le pas de la porte, sonnaient et s'en allaient. Bien trop de nourriture pour leur réfrigérateur. Bien trop de nourriture pour deux personnes au cœur brisé et sans le moindre appétit.

Lyle avait posé sa canette vide sur la poubelle déjà débordante, en avait pris une pleine et était descendu sur la pelouse qui bordait le lac. C'est là que son cousin Roger l'avait trouvé. Cet homme mince aux lunettes irrémédiablement démodées et à la moustache fine et clairsemée était missionnaire en Côte d'Ivoire, où il resterait plusieurs décennies. Pendant ces années, sa peau n'avait jamais bruni, elle semblait même pâlir miraculeusement, ou jaunir. Lyle voyait Roger tous les cinq ans environ quand il revenait à Saint-Olaf pour faire le point sur sa mission en Afrique et attester que la dîme de la congrégation servait à financer de nouveaux puits, des manuels scolaires ou des moustiquaires.

Sous l'emprise de la bière et du chagrin, le visage brûlant au soleil, un Lyle furieux, seul et trahi avait demandé à Roger, après avoir poliment bavardé de tout et de rien :

— Parle-moi de ta relation avec Dieu, s'il te plaît.

Roger avait ri.

— T'es pas sérieux, Lyle ?

Lyle avait bu une longue gorgée de bière.

— Oh que si. Je déconne pas, cousin. Dis-moi tout.

Le missionnaire avait souri avec gravité et s'était tourné vers les eaux croupissantes et fétides avant de lui répondre :

— D'accord… Eh bien un jour, à la fac, un ami m'a demandé de l'accompagner à son église. Ça me tentait moyennement. Je veux dire, j'étais étudiant, j'avais d'autres chats à fouetter. Tu sais ce que c'est : les parties de Frisbee, les filles, la fête et les nuits blanches. Mais j'y suis allé… Et je me rappelle seulement m'être assis sur un banc, avoir chanté un cantique et senti que Dieu m'emplissait soudain d'amour. C'était comme si j'avais attendu ce moment toute ma vie. Comme si j'étais une lanterne et Lui, la lumière. C'est ce que je ressentais, l'impression de renaître en lumière. Après ça, j'ai commencé à parler à Dieu, à attendre Ses directives. Et j'ai entendu l'appel de l'Afrique. Pour devenir missionnaire.

— Il t'a *appelé* ? avait demandé Lyle derrière l'aluminium brillant de la canette qu'il portait encore à ses lèvres.

— Oui, c'est ça.

— Et comment il s'y est pris, exactement ?

Lyle avait mimé un téléphone à son oreille. Il crevait d'envie d'ajouter avec une dérision moqueuse : « Allô, Roger ? Dieu à l'appareil. T'as une minute, mon garçon ? »

— C'est juste ce que j'ai ressenti. Comme un petit coup de coude. Ou, je sais pas, une attraction, peut-être ? Tout ça à la fois, sans doute, mais j'ai aussi éprouvé une impulsion conquérante. Une conviction. Je savais que c'était ce que je devais faire. Et je n'avais jamais vécu une telle expérience avant.

— Une attraction ?

— C'est ça. Tu te sens bien, Lyle ? Tu souffres ? Tu veux prier avec moi ?

Lyle avait regardé Roger. Un homme si éloigné de son quotidien qu'il était presque un étranger. Il but une autre lampée de bière, écrasa la canette et répondit :

— D'accord. Prions.

Pendant un moment, il avait songé, consenti même, espéré : « Je t'en prie, Seigneur, emplis-moi de lumière. S'il te plaît, soulage-moi de ma peine. S'il te plaît, sois avec mon beau garçonnet dans ton paradis. » Le chagrin avait déferlé dans son corps, il s'était senti près de fondre en une fontaine de larmes.

C'est ainsi que Lyle avait tenu la main de son cousin dans l'herbe drue de juillet, les oreilles harcelées par les moucherons, moustiques et mouches noires, dans l'air stagnant, dans les cris des jeux d'enfants, dans les effluves de hot-dogs, de cheeseburgers et de *bratwursts*, sous le regard de la famille au complet qui les observait du pavillon bondé ; il avait écouté Roger prier pour lui, prier pour qu'il ouvre son cœur au Seigneur, prier pour que le Seigneur extirpe Lyle et Peg de leur affliction et du deuil de leur bébé disparu, prier le Seigneur d'être leur boussole, de les guider hors du désert qu'est le désespoir ; puis Lyle avait lâché la main de Roger, leurs fronts couverts de sueur étaient pressés l'un contre l'autre, la main droite de Roger avait trouvé la poitrine de Lyle, sa main gauche était posée sur sa nuque en nage et il ne disait rien, il fredonnait tout bas… Ne restait que le couinement de ses souliers Rockport qui accompagnait ses balancements d'avant en arrière. Et l'ombre d'un instant, Lyle avait senti quelque chose de très puissant – mais ce n'était ni Dieu ni Jésus ni le Saint-Esprit : seulement la foi fervente et extatique d'un autre être humain dans le surnaturel – et Lyle avait alors revu son garçon, s'était revu dire adieu à ce bébé à l'hôpital. Il le tenait entre ses bras musclés et bronzés, touchait ses petits doigts et orteils blanc-rose, s'émerveillait de la longueur de ses cils, de la douceur des ongles de ses mains et de ses pieds, puis il avait fallu confier son corps à une infirmière et il ne restait plus que Peg et lui, l'après-midi dans une chambre d'hôpital, et il s'était rappelé avec clarté la colère et la défiance qu'il avait alors ressenties envers Dieu : « Maudit sois-tu, maudit sois-tu ! » avait-il pensé. Car à quoi rimait-il d'enlever un bébé des bras de sa mère ? À quoi rimait-il d'accueillir un enfant dans le monde pour le lui voler quelques mois plus tard ? Pourquoi ? Quel genre de *dieu* ferait une chose pareille ? Et les seules réponses que Lyle pouvait glaner étaient celles-ci : soit Dieu n'existait pas, soit Dieu était cruel. Il ne pouvait se résoudre à croire en un dieu aussi cruel.

Lyle et Roger avaient fini par se séparer.

— Que Dieu te bénisse, Lyle. J'espère que tu pourras accueillir Jésus dans ton cœur.

Lyle était resté un moment silencieux, puis avait réussi à dire :

— Merci d'avoir prié pour moi.

Il imaginait qu'il était sincère, imaginait qu'à cet instant au bord du lac, sous le regard de sa famille, il aurait tout essayé, *tout*, pour se sentir à nouveau entier, pour retrouver son fils, pour évacuer sa colère. Mais le fait est que rien ne changea ; rien ne le remua et rien ne disparut. Il avait gravi la pente pour rejoindre le pavillon où les conversations reprenaient à voix haute, où les gens prétendaient ne pas avoir tendu l'oreille, ne pas l'avoir espionné. Des années plus tard, ce dont il se souvenait, c'était d'avoir plongé la main dans une glacière frigorifiée pour prendre une autre bière et d'avoir maintenu son bras dans l'eau cruellement glacée pendant plusieurs secondes ; il avait senti l'engourdissement de ses doigts, la froideur de la canette dans son poing, puis on lui avait tapé sur l'épaule et on l'avait entraîné vers le lancer de fer à cheval pour qu'il rejoigne les quelques hommes qui veillaient sur lui ; il s'était retrouvé avec deux fers qui semblaient peser des tonnes entre les doigts et qui avaient eu le mérite, étrangement, de le stabiliser – tiédeur de l'acier dans une main, froideur de l'aluminium dans l'autre.

Peg passa devant Lyle et prit la main que lui tendait Shiloh, sur quoi Lyle quitta le salon, entra dans sa chambre à coucher, ferma la porte, éteignit la lumière, s'assit au bord du lit les yeux grands ouverts et entendit la voix de sa fille dans le couloir « Papa ? » et celle de son épouse « Lyle ? », puis un bref silence de plomb avant que le murmure sourd et implorant de leur prière lui parvienne : « Notre Père qui êtes… »

4

Ils avaient adopté Shiloh trois ans après le décès de Peter, suite à plusieurs fausses couches et une longue série de rendez-vous médicaux pénibles. Leur mariage avait pris une teinte nouvelle depuis la mort du bébé. Une nuance de bleu semblait colorer toutes les pièces qu'ils occupaient, un nuage étouffait le soleil. Quand ils faisaient l'amour, c'était accidentel, comme s'ils devaient s'en excuser. Quand ils s'embrassaient, c'était du bout de leurs lèvres plissées. Pour Lyle, la présence de Peg à Saint-Olaf tenait autant du deuil que d'une observance ou d'une cérémonie. Les paroissiens, aimables et bien intentionnés, l'arrêtaient sur le parvis lorsqu'elle se dirigeait vers le parking avec Lyle. « Ma pauvre chérie, disaient-ils, comme nous vous plaignons tous les deux. Comme c'est atroce. » Peg tolérait vaillamment leur compassion, mais dans la voiture en rentrant, elle libérait son chagrin, pleurait toutes les larmes de son corps dans un Kleenex et trépignait sur le tapis en caoutchouc.

C'était à cette époque que Lyle avait perdu la foi, même s'il continuait à occuper son banc habituel tous les dimanches. Il ne le faisait pas de gaieté de cœur, ça non. Et, comme l'eau érode une faille dans un grand rocher, il avait peu à peu essayé de convaincre Peg de rompre son lien avec l'église et aussi avec sa foi.

« On n'est pas obligés d'aller à la messe aujourd'hui si tu ne t'en sens pas la force, disait-il. On peut même ne plus jamais y mettre les pieds, en ce qui me concerne. » Ou : « Je crois que ça ne nous apporte rien de bon. Ça ne fait que te rappeler Peter. On devrait aller faire du vélo ou une randonnée. Du canoë. N'importe quoi. Je crois qu'on s'en tirerait mieux en fréquentant l'église de la nature. »

Mais c'était à l'église Saint-Olaf qu'ils avaient entendu parler de Shiloh par une amie de Peg, qui les avait pris à part après la messe pour leur confier l'histoire de sa nièce de quinze ans : elle venait d'accoucher dans les toilettes d'un McDonald's de l'Indiana et était hébergée chez eux, à quatre-vingts kilomètres de Redford, car elle ne pouvait pas compter sur le soutien de son entourage – famille, proviseur, professeurs, église, conseillers, amis et camarades de classe – qui l'aurait à coup sûr frappée d'ostracisme. Elle avait dissimulé sa grossesse à tous en adoptant des tenues de plus en plus amples. Dans les moments qui avaient suivi la naissance, seule dans les toilettes bruyantes et sales, et plus tard cachée chez une amie, la jeune mère avait compris qu'elle était incapable de s'occuper de son enfant et décidé de la faire adopter. Elle avait donc menti à ses parents, prétexté qu'elle se rendait à une retraite pour jeunes chrétiens et, au lieu de cela, acheté un billet de car Greyhound à destination du Wisconsin, où vivaient ses chers oncle et tante, les deux seules personnes au monde en qui elle avait confiance. Elle était arrivée chez eux débraillée, exténuée et affolée avec son bébé d'un jour.

— Où est-elle ? avait demandé Peg, prise de panique. Quand peut-on la rencontrer ?

Son amie s'était passé la main dans les cheveux.

— Le plus tôt sera le mieux. La pauvre petite n'a plus beaucoup de temps. Elle doit rentrer chez elle avant que ses parents commencent à poser des questions.

Ils y étaient allés directement. Dans le parking, Peg s'était ruée sur le siège conducteur, ce qui lui arrivait rarement. « Monte », avait-elle dit sans regarder Lyle.

Il avait obéi, observant sa femme du coin de l'œil. Elle conduisait vite. En ces premiers jours d'hiver, juste avant Noël, le reflet du soleil sur les champs recouverts de givre blanc-bleu était éblouissant. Habitué à tenir le volant, Lyle ne savait que faire de ses mains. Il avait ouvert la boîte à gants et fouillé parmi des cartes routières, un manomètre, une paire de lunettes de soleil cassée, une boîte de Tic-Tac orange.

— Je sais que tu as renoncé à… que tu n'es plus sûr de croire en Dieu, avait commencé Peg. Mais laisse-moi t'expliquer une chose, Lyle, et écoute-moi bien : je ne suis pas convaincue que tu aies raison. Je ne dis pas que tu as tort, ni que tu as tort de ressentir ce que tu ressens. Si j'avais croisé Dieu après la mort de Peter, eh bien… je L'aurais sans doute tué de mes propres mains. Mais j'ai un pressentiment. À propos de cette fille que nous allons voir. Peut-être que tout n'était qu'un sentier très sinueux, une espèce de plan complexe pour nous mener ici, aujourd'hui, dans cette voiture, vers elle.

Elle lui avait tendu la main.

— J'ai besoin de toi, avait-elle dit. J'ai besoin de toi, à cette heure, comme jamais avant.

Et elle lui avait adressé un regard d'une intensité inédite.

Il lui avait pris la main.

— Je suis là, avait-il répondu. Je suis avec toi.

L'oncle et la tante de la jeune maman vivaient dans une maison qui ressemblait à beaucoup d'autres dans le Wisconsin : un pavillon de trois chambres des années 1950 dans une rue droite bordée de grands frênes d'un quartier de classe moyenne. Lyle et Peg avaient été accueillis par l'odeur de bœuf grillé des sandwichs *sloppy joe* et les effluves de tarte aux pommes. La rencontre devait se dérouler dans les règles. Il y avait des plats de pickles et de bâtonnets de légumes, des chips et du fromage en grains. L'oncle et la tante n'étaient guère plus âgés qu'eux mais les avaient reçus avec un certain formalisme, avant d'être rejoints par la mère, Sarah, aussi jeune que mince et blême, qui tenait Shiloh dans ses bras, emmitouflée dans une couverture rose. Ils avaient vu qu'elle pleurait mais n'en souriait pas moins; sans hésiter elle s'était placée directement à côté de Peg et en moins d'une minute le bébé était passé dans ses bras et tout le monde pleurait, y compris Peg : elle ne pouvait détourner ses yeux troubles de ce bébé, qui, elle l'avait su à cet instant, allait devenir sa fille.

5

Bien qu'il ait cessé de croire, Lyle n'avait jamais vraiment cessé de fréquenter l'église. Il soupçonnait d'ailleurs ne pas être seul dans ce cas, que des millions de chrétiens, juifs, musulmans, bouddhistes, taoïstes et mormons du monde entier se rendaient dans leurs églises, temples et mosquées autant par habitude ou par sentiment d'obligation que poussés par une véritable ferveur ou croyance. Peut-être aussi pour exhiber une nouvelle robe ou un chapeau, des souliers neufs, un élégant costume. La culpabilité, pensait-il, devait également jouer un rôle, car il fallait bien reconnaître que tous les derrières posés sur ces bancs n'accomplissaient pas la mission divine à plein temps ; certains trichaient peut-être en déclarant leurs impôts, couchaient avec la voisine ou le voisin, flambaient les économies destinées à l'éducation de leurs enfants dans des machines à sous, à la roulette, ou se rendaient coupables de toute une litanie de faiblesses, allant du trivial au criminel. D'autres encore s'y rendaient par ennui ou solitude. Mais pour Lyle, son assiduité tenait surtout à son ami d'enfance, le pasteur Charlie, et à la charmante vieille église de campagne dans laquelle, petit, il avait passé tant de dimanches, traîné sur ces bancs durs par ses parents, depuis longtemps disparus.

Lyle entendait parfois des gens de La Crosse ou d'Eau Claire déplorer les effets pervers du développement urbain, de la croissance et, dans l'ensemble, il leur donnait plutôt raison. Qui aimait voir les forêts et les champs dévorés par des routes et des parkings, parsemés d'immeubles à l'aspect répugnant, construits à la hâte ? Pour beaucoup, l'émotion la plus immédiate était la tristesse, la colère, ou une forme de deuil. Mais toute sa vie durant, Lyle avait vu sa ville natale de Redford, sa rue principale, ses magasins, restaurants, bars et églises se vider peu à peu, fermer, avant de tomber en décrépitude ou de se désagréger dans la terre. Pour lui, ce déclin était plus tragique que le développement commercial, car dans l'ensemble ce qu'il avait aimé jadis était désormais perdu, à tout jamais.

La messe à Saint-Olaf était un rappel hebdomadaire et mélancolique de cette perte. Car au fil des ans, les cheveux des paroissiens avaient grisonné, blanchi, puis complètement disparu, et les bancs s'étaient progressivement clairsemés. Il y avait assurément beaucoup moins d'enfants, si bien que le dimanche matin le prêche à la fois désuet et provocant du pasteur Charlie résonnait dans le vide ; la chaire sur laquelle il se dressait semblait de plus en plus fragile et artificielle. Lyle s'était souvent demandé s'il n'aurait pas mieux valu former un grand cercle et parler. Quant au pasteur Charlie, que pensait-il face à cette longue salle rectangulaire ? Bondée deux décennies plus tôt, elle accueillait maintenant quelques dizaines de paroissiens… L'église n'avait plus les moyens de financer un secrétariat, n'avait pas assez de membres pour une chorale et ne proposait plus d'école du dimanche ; il n'y avait qu'une poignée d'enfants âgés d'un à dix-huit ans. Le service lui-même avait été réduit à quarante-cinq minutes, avec un quart d'heure dédié à l'accueil, au geste de la paix, aux annonces multiples (les banquets locaux avec morue *lutefisk* ou pain *lefse*, les funérailles, la vente de gâteaux, le bulletin météo entre autres), et la fin arrivait toujours trop tôt et en même temps beaucoup trop tard, mais largement méritée par tous, semblait-il.

Peg et Lyle persistaient. Si Lyle avait perdu la foi, Peg avait depuis longtemps saisi son mari par le poignet et, alors même qu'ils s'agrippaient tous les deux à une falaise qui s'effondrait, elle ne le lâchait pas – elle croyait *pour* lui et aussi *en* lui, d'une certaine manière.

Ils allaient donc à la messe tous les dimanches, Peg en jolie robe, Lyle dans son costume élimé de plus en plus étroit ; ils gravissaient les collines vers la fière église Saint-Olaf avec ses hauts vitraux, son majestueux clocher blanc, ses murs de pierre des champs et de brique aux larges portes accueillantes, ses bancs en chêne rustiques, ses bibles et missels moisis, son odeur persistante de café brûlé. Tous les ans, le nombre de voitures et de pick-up diminuait ; tous les ans, Lyle et Peg se garaient un peu plus près de l'entrée.

Malgré cela, Lyle appréciait la routine. Appréciait de voir les petits pépères sur leur trente-et-un, rasés de frais, propres et parfumés pour leur sortie dominicale. Combien d'entre eux étaient désormais durs d'oreille ! Mais cette surdité faisait naître une intimité merveilleuse car, pour se faire entendre, Lyle devait se pencher vers eux, et eux vers lui, tout près des touffes de poils ébouriffés de leurs oreilles, de leurs gros appareils auditifs, et parfois, ces vieux routiers ne lâchaient plus sa main après l'avoir serrée d'une poigne tremblotante ; ils attiraient Lyle tout contre eux, comme s'ils voulaient lui confier le plus important secret de l'univers ou le code d'un ancien coffre-fort renfermant un trésor oublié d'or, d'argent et de pierres précieuses. Lyle savourait ces moments… Le temps ralentissait, il se projetait loin dans l'avenir et s'imaginait, un peu rabougri peut-être, se raccrochant à une personne plus jeune comme à un radeau ou à la racine d'un arbre, s'agrippant à elle alors que les tourbillons et les rapides le tiraient par les chevilles pour l'entraîner dans le fleuve et le précipiter dans les chutes, sans même un tonneau pour le protéger.

Peg et lui avaient un banc qu'ils affectionnaient particulièrement et qu'ils occupaient depuis des décennies. Près de la chaire, mais pas trop (au quatrième rang sur la gauche). Ils partageaient un missel que Lyle tenait entre eux et, pendant la lecture de l'Évangile, il aimait trouver le verset correspondant dans la Bible et suivre du doigt le texte imprimé, alors que Peg préférait écouter. Dès que le pasteur Charlie montait en chaire, elle balançait une jambe par-dessus son genou, puis caressait du pied le mollet de son mari tandis qu'il passait un bras derrière son épaule ; ils restaient ainsi et écoutaient. Et si la nuit de samedi avait été agitée, eh bien oui, il n'était pas impossible qu'ils ferment les yeux, espérant que l'un saurait réveiller l'autre à temps par une douce pression du coude dans les côtes.

Lyle et Charlie avaient grandi ensemble dans des fermes voisines ; ils s'acquittaient de leurs corvées, allaient à l'école, jouaient au football et assistaient à l'école du dimanche ensemble. C'est la bénédiction et la malédiction la plus flagrante d'une petite ville : votre famille, vos amis, vos voisins, vos collègues de travail et votre paroisse ne cessent, semble-t-il, de vivre dans votre poche, de vous observer par la fenêtre ; ils sont assez proches de vous pour deviner si vous êtes heureux, triste, distrait, amoureux ou si vous avez une furieuse envie de disparaître à tout jamais.

Disparaître aurait d'ailleurs été le terme approprié pour décrire ce qu'avait fait Charlie après le lycée. Pendant des années, il avait travaillé dans l'Ouest, au sein d'équipes d'entretien des voies de chemin de fer du Canadian-Pacific, jusqu'à ce qu'il finisse par se retrouver tout au Nord, en Alaska, où il avait effectué des jobs éreintants : dans la pêche au crabe, la conserverie de saumon, comme bûcheron, barman, ou encore prospecteur minier à la batée en forêt.

Peut-être son corps ne supportait-il plus d'être malmené par ces boulots, ou peut-être les longs hivers froids, sombres et alcooliques avaient-ils eu raison de lui, ou pour une autre raison encore, mais en approchant de la cinquantaine, Charlie s'était laissé porter vers le Wisconsin, était entré au séminaire et s'était réjoui d'atterrir à Redford, dans une église où tout jeune séminariste aurait eu du mal à s'enthousiasmer : petit salaire, fidèles de moins en moins nombreux, soutien administratif inexistant et bâtiments vieillissants et désuets. Mais rien de cela ne dérangeait Charlie le moins du monde.

Quand il était réapparu à Redford après tant d'années, Lyle et lui avaient aisément renoué des liens d'amitié, s'ajustant à leurs expériences et responsabilités respectives. Charlie était devenu silencieux, plus reclus – disponible le dimanche, évidemment, mais terré dans sa maison le reste du temps, à écumer sa bibliothèque en écoutant sa vaste collection de vinyles. C'était parfait pour Lyle ; il avait sa famille et son travail, sa propre vie. Mais lorsqu'ils se revoyaient pour une bière ou une partie de chasse au cerf, ils retrouvaient leur relation familière, ce mélange de réserve et de curiosité ; ils parlaient de Saint-Olaf, de Redford, des fermes de leur enfance et, au fil des ans, de leur corps qui commençait à les trahir de manière importune, parfois embarrassante.

Lyle éprouvait une déférence et une admiration discrète pour son vieil ami : Charlie était parti, avait vu le monde, fait des boulots romantiques, été l'amant de centaines de femmes. Sa vie ressemblait à un roman de Jack London et Lyle ne se lassait jamais d'entendre ses aventures. Comme Charlie ne s'était jamais marié, il vivait dans le presbytère, une maisonnette en brique à moins d'un kilomètre de l'église où il passait la plupart de ses journées seul, à lire des histoires de la guerre de Sécession, à écouter la radio publique, à sculpter et peindre des pièces de jeu d'échecs, à se promener au hasard des chemins. Plus grand et musclé que Lyle, il avait longtemps gardé une barbe dont le bouc jaunissait autour de ses lèvres, conséquence de ses liaisons furtives avec les cigarettes Old Gold et les cigares White Owl. Ses cheveux étaient longs et plats et, au plus chaud de l'été, il lui arrivait de prêcher en Birkenstock (il aimait dire en plaisantant que Jésus aurait été le parfait ambassadeur de cette marque de sandales hippies). Il se comportait avec le genre de bienveillance détachée qui caractérise ceux qui sont tombés du plus haut, qui ont souffert le plus ou, disons-le, qui ont survécu après avoir usé et abusé de drogues.

Mais il n'avait jamais, *jamais*, sermonné Lyle sur des questions de religion ou de foi. C'est ainsi que Lyle avait passé des années, d'innombrables dimanches, assis devant son ami pour l'écouter prêcher et ce qu'il appréciait le plus dans sa manière de diriger l'église, c'était que Charlie (en dépit de sa vie exceptionnelle et de sa taille) dégageait une certaine vulnérabilité. Vulnérabilité face à la nature insaisissable de la foi, certainement, à la difficulté de la conviction, à l'impossibilité de savoir sans l'ombre d'un doute que ce livre-là, cette Bible – interprétée, traduite et recopiée par des milliers de mains pendant des centaines d'années dans de multiples pays – soit véritablement à même de transmettre la pureté, l'essence et la sobre sagesse de Dieu, créateur de toutes choses. Il y avait des moments, pendant la messe, où Charlie baissait la tête et interrompait son prêche pendant cinq, dix ou vingt secondes ; Lyle s'inclinait doucement vers lui, comme pour secourir son ami d'un abandon de foi, mais Charlie se redressait, lissait ou grattait sa barbe, souriait à l'assemblée et disait simplement, de sa voix rocailleuse du petit matin : « Veuillez m'excuser. J'ai parfois l'impression que mon disque est rayé et que je dois légèrement déplacer l'aiguille pour trouver un nouveau sillon. »

Les fidèles l'adoraient car eux aussi percevaient chez le pasteur de vieux défauts et imperfections. Ils se reconnaissaient en lui. Le corps de Charlie n'avait plus d'angle aigu – ses contours, tout en rondeurs, faisaient penser à ces galets lisses que l'on ramasse dans les rivières et que l'on garde au fond d'une poche ou sur une étagère, de ceux que l'on frotte entre les doigts comme un talisman ou un grigri.

Après l'office, il se mettait sur le parvis et serrait la main de tous les fidèles, les appelait par leur nom, laissait la porte grande ouverte sauf en hiver ; ses yeux se plissaient en dévoilant ses rides et, trois quarts d'heure plus tard, on pouvait le trouver derrière l'église, assis sur un vieux siège pliant métallique, les jambes tranquillement croisées, en train de fumer une cigarette, le regard sur les ravins, sa soutane probablement suspendue à l'intérieur mais son col romain blanc toujours en place.

Ce dimanche, Shiloh et Isaac, qui accompagnaient Lyle et Peg à Saint-Olaf, furent accueillis comme deux astronautes ou explorateurs revenus d'un long voyage par les doyens de l'assemblée qui s'approchaient de leur banc pour étreindre Shiloh et ébouriffer les cheveux d'Isaac. Quelle joie pour Lyle de s'afficher avec ces deux personnes pour lesquelles il ressentait tant d'amour et de fierté ! Se retrouver ensemble dans cette église, comme avec Shiloh jadis, quand elle n'était qu'une fillette assez menue pour se nicher sous son aisselle où elle lisait un livre de la collection Boxcar Children ou peut-être un de ses Laura Ingalls Wilder adorés, dont *La Petite Maison dans les grands bois* n'était pas très éloignée de celle où ils habitaient.

Shiloh et Charlie adoraient parler ensemble et l'ami de Lyle parvenait mieux que quiconque à lui soutirer en douceur des détails sur sa vie qu'elle n'avait jamais confiés à ses parents : les textes sacrés qu'elle avait étudiés, les théologiens qu'elle avait consultés, ses missions dans des communautés ravagées par une tornade ou un cyclone, ses anciens petits amis, ses boulots… Toute cette vie qu'elle livrait au compte-gouttes à ses parents, même si elle se montrait généralement polie, respectueuse et réservée envers eux.

Après la messe, entassée dans le fidèle break Subaru de Peg, la famille revint à Redford, où Shiloh prépara un brunch de fruits frais, de feuilletés à la saucisse et d'œufs tandis que dehors Lyle poussait Isaac sur la balançoire – une planche érodée de bois gris suspendue par deux cordes à une grosse et solide branche de chêne à l'arrière de leur petite propriété. Isaac pouvait se balancer des heures durant et, de son côté, Lyle aimait la métronomie de l'exercice : les douces protestations de l'arbre, la rêche harmonie des cordes et le babillage incessant du garçon qui passait d'un résumé incomplet du sermon de Charlie à celui des dessins animés de la veille, puis enchaînait sur des sujets bibliques ou de physique théorique, avant d'aborder les théories fondamentales de l'évolution et de revenir à ses couleurs et pizzas favorites.

— Papy, si l'homme descend des gorilles et des singes, est-ce que ça veut dire qu'Adam et Ève descendaient des gorilles et des singes ? Ils ressemblaient plus à des gorilles ou plus à nous ? À moins que ce soit juste une histoire ? Et si Adam et Ève étaient les premiers humains sur Terre, est-ce qu'ils ont toujours été grands ? Je veux dire, est-ce qu'ils ont été enfants ? Tu trouverais pas ça cool si à un moment donné on était tous des enfants ? Juste deux enfants sur la planète entière ?

Puis il continuait :

— Papy, c'est où, le paradis ? C'est *dans* les nuages ou plutôt *derrière* les nuages ? Dans le cosmos ? Et si c'est dans les nuages, qu'est-ce qui se passe quand il fait soleil ? Où va le paradis ? Et pourquoi on peut pas voir les gens qui sont au paradis ?

L'enfant pouvait poser des questions – un enchaînement exhaustif, acharné et tout à fait sincère – pendant des heures. L'église remplissait sa petite tête d'énigmes et de promesses de gloire et, plus tard, c'était souvent Lyle qui devait délicatement démêler les nœuds, en prenant toujours soin de ne pas rompre le lien que Shiloh avait soigneusement tissé autour d'elle et d'Isaac. Le monde possède une gamme presque infinie de mystères et un nombre encore plus infini de suppositions, d'escroqueries, de mensonges, de boniments avec, ici et là, quelques rares et précieuses réponses.

De plus en plus, Lyle s'apercevait qu'il appréciait la tranquillité et la proximité des êtres aimés, sans problèmes à résoudre ni questions auxquelles répondre ; il préférait apprendre à vivre plus légèrement, aimer plus intensément, manger mieux et, le soir, avant de fermer les yeux, lire un des nombreux livres de ses étagères, tout en sachant qu'il ne vivrait malheureusement pas assez vieux pour ouvrir tous ces oiseaux aux ailes blanches qui se perchaient sur sa poitrine dans la pâle lumière de la lampe de chevet, en attendant le bout de doigt humecté qui tournait en douceur leurs fines pages, dévoilait leurs histoires, poèmes et mythologies. À l'opposé de sa soif de lecture, Lyle n'affectionnait rien de plus qu'une bonne petite sieste, que de chiper un instant de sommeil comme un enfant chipe une pièce de monnaie sur la table – un petit méfait aussi insignifiant que palpitant.

6

Le verger Sourdough chevauchait des terres se déployant à l'est des marais du Mississippi jusqu'aux imposantes falaises de grès que les aigles, faucons et vautours survolaient sans relâche ; il était délimité au nord par une route du comté, au sud par un ravin profond, et à l'ouest, bien sûr, par le fleuve et River Road, la route qui portait son nom. Le matin, les ombres parsemaient cette étendue de noirs et bleus extravagants tandis que l'après-midi dessinait d'infinies nuances d'or et de cuivre dues au coucher de soleil sur le fleuve et sur l'État du Minnesota. C'était l'emplacement idéal pour être un pommier.

Lyle était plutôt matinal, mais il ne se levait jamais avant Peg qui s'affairait dans la maison en chemise de nuit élimée en flanelle, consultant de temps à autre les photos et messages que Facebook notifiait constamment sur son précieux ordinateur portable et qu'elle commentait à voix haute, moins pour Lyle que pour elle-même. « Ça alors, Maya attend un autre enfant ! » Ou : « Oh flûte ! Le fils d'Elsa, Zachary, va encore divorcer. » Lyle, qui bricolait dans la cuisine, moulait le café, lavait la vaisselle, nettoyait les plans de travail ou tartinait son pain grillé de beurre et de marmelade, murmurait « Ah bon ? » ou une autre banalité car, dans le passé, alors qu'il écoutait d'une oreille par trop distraite, il lui était arrivé de lâcher un malencontreux et déplacé « Quel dommage ! », comme lorsque Peg lui avait annoncé que sa cousine Nancy avait posté un album photo complet de son voyage en Norvège : fjords, cascades, ports idylliques, *et cetera*. Ses décennies de mariage lui avaient enseigné que s'il n'écoutait pas attentivement son épouse, il était dangereux de faire semblant. Un murmure opportun, un grognement ou un « tiens, tiens » valait souvent mieux.

Après avoir rempli son Thermos, Lyle disait au revoir à Peg – Shiloh et Isaac étaient encore endormis dans leurs chambres au sous-sol –, prenait le volant de son vieux Ford et, sitôt franchie la sortie sud de la ville, il virait à l'est vers le petit verger dont il était l'unique employé, payé en liquide et au noir tous les vendredis après que les propriétaires, Otis et Mabel Haskell, avaient calculé ses heures sur un carnet à spirale à quatre-vingt-neuf *cents*, servant à noter et à conserver ces informations capitales.

Pendant près de trente ans, Lyle avait travaillé pour Redford Électroménager et Dépannage, un petit commerce familial aux abords de la ville qui vendait de tout, des grille-pain aux micro-ondes, des souffleuses à neige aux tondeuses, et une large gamme d'appareils : cuisinières, lave-linge et sèche-linge, broyeuses à déchets, réfrigérateurs, congélateurs, lave-vaisselle, aspirateurs, jusqu'aux chaudières et climatiseurs. L'entreprise assurait aussi l'installation et le service après-vente. C'est ainsi qu'en dépit d'un marché restreint elle avait réussi à se maintenir à flot d'une année sur l'autre, sans pour autant prospérer, grâce à une clientèle farouchement loyale. Hoot avait également été employé à Redford Électroménager comme vendeur ou, pendant les mois d'hiver, quand les affaires tournaient au ralenti, dans l'atelier, où il disséquait des aspirateurs Hoover déglingués et de vieux fourneaux Amana. Lyle avait aimé son travail et ses clients, qui n'étaient nuls autres que ses voisins, sa famille, sa belle-famille. Si l'un d'eux se plaignait du dysfonctionnement de son lave-vaisselle, Lyle savait précisément de quel modèle il parlait et dans quelle pièce il avait été installé. Il pouvait aussi se représenter les circuits de la maison, plomberie et électricité. Jusqu'à l'odeur des pièces et leurs soupirs les jours de vent violent.

— Il a quel âge, ton produit vaisselle ? demanderait-il par exemple.

— Pardon ? lui répondrait-on.

— Ton produit vaisselle. T'utilises quoi, des petits cristaux ?

— Ouais, des petits cristaux dans une boîte verte. Cascade.

— Bon, dirait Lyle. Voilà ce que tu vas faire : quand tu rentres chez toi, verse une cuillerée de cristaux dans le creux de ta paume et frotte-toi les mains. Et après, tu m'appelles.

Plus tard dans l'après-midi, on téléphonerait au magasin.

— Salut Lyle, j'ai fait ce que tu m'as dit, j'ai frotté les petits cristaux entre mes mains. À quoi ça sert ?

— Le produit t'a paru chaud au contact de la peau ?

— Mince… (Ça mériterait réflexion.) Attends un peu. (Le silence durerait.) Non, j'ai rien senti. Pas de chaleur en tout cas. Tu veux parler d'une brûlure, ce genre de sensation ? Je comprends pas, Lyle.

— Ton produit est trop vieux, répondrait-il. Achète une nouvelle boîte et je parie que ton lave-vaisselle va marcher à merveille.

Pendant trente ans, Lyle avait ainsi œuvré à aider sa communauté de la façon la plus élémentaire et quantifiable qui soit. Mais alors qu'il approchait de la soixantaine et que Redford continuait à se dépeupler, les affaires avaient périclité. Le jour où l'entreprise ferma ses portes fut plus ou moins le jour de sa retraite et celui où il accepta de toucher une pension. Il s'était résigné à cette idée sans pour autant savoir comment il allait occuper ses journées, si ce n'était devenir homme à tout faire et réparer l'électroménager autour de Redford jusqu'à ce que tous les Whirlpool, Frigidaire, KitchenAid, GE et un rare Viking ou Wolf vieillissants finissent par rendre l'âme.

Puis, environ deux ans plus tard, Otis Haskell – qui s'était fait un point d'honneur de soutenir toute sa vie Redford Électroménager et Dépannage et que beaucoup considéraient comme l'intello-progressiste-et-excentrique de la ville – téléphona à Lyle et offrit de l'embaucher dans le verger Sourdough, un emploi qui valait ce qu'il valait, mais qui s'avéra une véritable aubaine pour Lyle. Pas pour l'argent qu'il lui rapportait – en vérité, le salaire était très modique –, mais parce que les cycles du verger lui donnèrent ce qui lui avait manqué sans même qu'il s'en aperçût : un sens à sa vie. Et aussi parce qu'il redécouvrit le bonheur de travailler en plein air.

En ce matin de printemps, Lyle se gara près du hangar à pommes où la récolte était entreposée et réfrigérée dans des caisses en bois (bien qu'à cette époque il ne contînt rien de plus que des relents de fragrance de la saison passée), puis il frappa à la porte des Haskell avant d'entrer. Il savait qu'ils l'attendaient, attablés à la cuisine, en lisant le journal. Otis serait déjà vêtu de sa sempiternelle salopette en jean sur une chemise de flanelle jaune, coiffé de sa casquette de baseball à longue visière tachée de sueur avec un rabat pour protéger la nuque, un crayon à papier Dixon Ticonderoga #2 glissé derrière l'oreille et chaussé d'une ancienne paire de Nike blanches que l'herbe avait teinte en un vert quasi irlandais. Mabel serait encore en chemise de nuit, chaussée de pantoufles roses bon marché, une robe de chambre trop grande pour sa fine ossature étroitement sanglée autour de sa taille fluette.

— Bonjour Lyle, dit Otis.

Lyle s'assit à la table. Otis écrasait une banane trop mûre en chassant un moucheron obstiné, tandis que Mabel se grattait la nuque avec un crayon mal taillé.

— Comment se porte ton petit-fils ? Tu devrais l'amener. On lui apprendrait le métier.

— Il a de l'énergie à revendre, répondit Lyle en souriant. On chôme pas, avec lui.

— Et comment va ma Shiloh ? Elle a trouvé du boulot ? demanda Otis en regardant par-dessus les verres épais et profondément rayés de ses lunettes.

S'il avait dû décrire Otis en un seul mot, Lyle aurait opté pour « frugal », ou peut-être tout simplement « radin ». Il ne jetait jamais rien, achetait très peu et presque tout ce que Mabel et lui possédaient se délabrait lentement mais sûrement : leur pick-up, leur vieille Volkswagen diesel quatre portes, leur maison vétuste, leurs vêtements, les clôtures du verger… Tous les deux étaient des enfants de la Grande Dépression et avaient souffert de conditions spartiates, pour ne pas dire désespérées. Mabel avait grandi dans les environs de Tulsa, en Oklahoma, et conservait à ce jour le souvenir d'un de ses cousins, emporté par une pneumonie causée par les tempêtes de poussière. Et bien qu'Otis eût été un membre apprécié de la faculté des sciences horticoles de l'université du Minnesota pendant des décennies, il ne dépensait quasiment rien si ce n'était pour le verger ; il disait souvent avec dérision que ces terres, cette collection de vieux bâtiments, ces centaines d'arbres… tout cela se résumait à une simple lubie personnelle.

— Apparemment, une église près de La Crosse pourrait l'embaucher comme secrétaire, expliqua Lyle. Et la crèche serait gratuite pour Isaac.

À vrai dire, la logique de Shiloh lui échappait quand il pensait aux longs trajets sur des routes à deux voies pour un boulot payé neuf dollars de l'heure, sans complémentaire santé. Cela dit, il était tellement reconnaissant de la proximité de sa fille et de son petit-fils qu'il refusait de se risquer à la moindre critique, si bénigne soit-elle, de peur de les faire fuir.

— La Crosse, hein ? répondit Otis. C'est pas la porte à côté. J'espère qu'elle a un quatre-quatre. Les routes sont parfois traîtres le long du fleuve.

Lyle fronça les sourcils.

— Elle pourra toujours emprunter mon pick-up si elle en a besoin.

Les yeux rivés sur ses mots croisés, Mabel poussa un profond soupir.

— « Pierre noire », quatre lettres.

— Jais ? proposa Lyle.

— Non, répondit Mabel. Figure-toi que ça se termine par un *x*.

Otis enfourna une dernière bouchée de banane et mâchouilla sa réponse :

— Onyx.

Mabel reluqua son mari d'un air tant moqueur qu'admiratif :

— Ce vieux schnock ne vaut plus grand-chose, mais même une pendule déglinguée affiche la bonne heure deux fois par jour.

Otis se leva, Lyle lui emboîta le pas. Dehors, l'air matinal était frais, le brouillard amassé au fond du ravin et, dans les hauteurs, un pygargue à tête blanche profitait des premiers thermiques.

— Aujourd'hui, j'aimerais pulvériser les McIntosh, dit Otis. Et peut-être jeter un coup d'œil aux Cortland. On pourrait tondre un peu, aussi.

Ils empilèrent leurs outils dans la benne du pick-up de Lyle et parcoururent la courte distance jusqu'au portail grillagé du verger, protégé par une clôture haute de trois mètres pour empêcher les cerfs de ravager les arbres. Otis ouvrit et Lyle roula à l'intérieur du verger. Ils eurent tôt fait d'enfiler des gants de cuir et d'entamer leur journée de travail.

Pendant tout le printemps et le début de l'été, le verger était en phase préparatoire. Tondre, ratisser, pulvériser des insecticides et, à certains endroits, arracher les arbres morts et les remplacer par des jeunes. La clôture avait constamment besoin d'être réparée, il y avait des tas de branches tombées à faire brûler, des badigeons à racler sur les troncs, des tuteurs d'arbustes à renforcer. C'était plus que suffisant pour deux vieux.

Lyle aimait travailler à la fin du printemps, avant que la vraie chaleur ne s'installe ; l'air frais et humide promettait déjà une douceur estivale. Les oiseaux migrateurs remontaient le Mississippi et il lui arrivait de lever les yeux et de voir une explosion de couleurs fendre le ciel, ou de s'intéresser au chant exotique d'une espèce oubliée depuis l'automne.

À midi, ils s'arrêtaient et revenaient à la maison des Haskell, où la cuisine sentait la soupe à la tomate oubliée sur le feu et légèrement brûlée. Une pile de sandwichs au fromage reposait dans une assiette, le Kraft orange suintant entre les tranches de pain de mie inégalement grillées. Sur le bar : un bocal presque vide de cornichons, une coupe de crackers rassis et un sachet de vieux Hershey's Kisses au chocolat devenu crayeux avec le temps. Mabel avait disposé des assiettes pour que les hommes se servent, comme pour un buffet, tandis qu'au salon elle continuait de marmonner sur ses mots croisés en attendant l'heure sacrée de ses « histoires ». Leur feuilleton commençait. Otis s'installa dans son fauteuil préféré, posa un plateau télé devant lui, se débarrassa de ses Nike éculées et poussa un profond soupir.

Lyle se lava les mains dans l'évier de la cuisine. Les Haskell se ravitaillaient souvent dans une station-service proche de chez eux, là où c'était le moins cher. Ce magasin vendait aussi les bananes trop mûres qu'Otis affectionnait, bradées dix *cents* la livre.

— Alors Hope est revenue avec Bo ou elle continue à batifoler avec l'autre type ? demanda Otis en mordant dans son sandwich, les yeux tournés vers Mabel. Ces histoires se ressemblent toutes, je me mélange les pinceaux.

— Je croyais qu'elle avait été kidnappée sur le port, lança Lyle depuis la cuisine, mais il s'assoupissait fréquemment pendant leur « programme ».

— Non, ça c'était Marlena, clarifia Mabel. Hope était allée voir Roman à l'hôpital. Et maintenant, un peu de silence, s'il vous plaît.

Lyle apporta son assiette au salon et s'effondra dans un autre fauteuil à côté de la fenêtre, d'où il pouvait regarder le ciel. Il se demanda ce que Peg avait prévu pour occuper Isaac, si Shiloh travaillait ou non, s'il devrait lui suggérer de trouver un autre emploi. Un qui ne l'obligerait pas à de si longs trajets sur des routes étroites.

— Le commissaire de police de Salem devrait avoir honte, décréta enfin Otis, en croquant dans un cornichon. Une ville avec un taux de criminalité pareil, c'est un véritable scandale.

*

Sur le coup de cinq heures, parfois un peu avant, ils cessaient le travail, verrouillaient le portail du verger et repartaient au hangar à pommes où ils se séparaient.

— À demain, lançait Lyle en s'en allant.

— Et tu me trouveras là où tu m'as laissé, répondait Otis avec un signe de la main, sauf si je suis mort.

Lyle hochait la tête. À quatre-vingt-six ans, Otis était toujours aussi vif d'esprit. Il y avait des jours où Lyle se disait qu'il les enterrerait tous.

*

Isaac accompagnait parfois Lyle au verger. Les Haskell choyaient le garçon, lui offraient un chocolat chaud pendant qu'ils buvaient leur café léger du matin et observaient chacun de ses gestes, fascinés. Mabel sortait des plaques de cookies ou de brownies du four ; Isaac écarquillait les yeux.

Les matins d'été, il restait souvent avec Mabel, l'« aidant » à faire la vaisselle ou s'asseyant sur ses genoux devant *Sesame Street* ou une autre émission pour enfants. Un jour, en rentrant déjeuner, Lyle et Otis les avaient trouvés tous les deux devant une vieille vidéo de *La Mélodie du bonheur*, en train de manger du pop-corn recouvert de beurre fondu.

D'autres fois, Isaac s'installait entre Lyle et Otis sur la banquette du pick-up et allait au verger. Quand Otis descendait pour déverrouiller le portail, le garçon le suivait et c'est lui qui refermait.

« Chérir » est un mot fort, mais il est vrai que Lyle chérissait ces journées. La lumière oblique de fin de printemps, le contact des branches dans ses mains, la découverte fortuite de nids délicats d'oiseaux qui chantaient sans se faire voir, la douce odeur d'herbe coupée, les relents d'humus des feuilles mortes. Les lilas et autres fleurs dans les fossés, les rares et précieuses morilles, l'énergie électrique des abeilles et leur recherche extatique de pollen, son petit-fils qui escaladait les branches basses d'un arbre ou traversait le verger en courant avec une plume de dindon dans chacune de ses mains tendues, comme s'il prenait son envol. Ou, encore Isaac, assis par terre dans sa petite veste bleue, sereinement occupé à arracher des brins d'herbe...

— Tu sais faire un sifflet avec de l'herbe ? lui demanda un jour Otis.

Le garçon rit.

Le vieil homme le regarda en affectant le plus grand sérieux.

— Tu crois que je te fais marcher ?

Isaac acquiesça.

Otis s'assit lentement à côté de lui, arracha un long brin d'herbe et dit :

— Bon, il faut le tenir comme ça, entre l'index droit et le pouce. Puis tu joins les deux mains, un peu comme pour prier, en formant une petite fenêtre. Puis tu souffles.

Il souffla, et le son qu'il produisit était celui d'un sifflet, certes, mais aussi une espèce de chant d'oiseau. Isaac souriait.

— Et maintenant, regarde autour de toi : t'as un champ entier de sifflets. (Il ébouriffa la tête du garçon.) Ça devrait t'occuper.

L'espace d'un après-midi, le verger résonna de sifflements étranges. Isaac rôdait sur le faîte de la colline sans qu'ils s'inquiètent à son sujet car le bruit portait, insolite et enjoué à travers les rangées d'arbres. Existe-t-il plus grand bonheur que d'être un enfant livré à lui-même pour explorer le vaste univers, sans un soupçon de danger ? Car ce sont les adultes qui introduisent la notion de danger dans le monde, toujours eux.

D'autres fois, Mabel arrivait dans la vieille Volkswagen et klaxonnait devant l'entrée. Isaac se précipitait à corps perdu et il avait beau ne pas être assez grand ni assez fort pour ouvrir le portail, il y parvenait laborieusement. Mabel roulait au pas dans le verger, il refermait derrière elle, puis courait pour rattraper la robuste automobile grise dont elle sortait un gros panier tressé qu'il se chargeait de porter maladroitement vers les deux hommes. Elle dépliait alors une vieille couverture en laine mitée sur laquelle ils s'installaient tous les quatre et elle distribuait des sandwichs salami-fromage-mayonnaise pliés dans du papier absorbant. Agrémentés de chips, de branches de céleri, de bâtonnets de carotte et de brownies. Parfois un Thermos de cidre. Un jour, Lyle n'était pas près de l'oublier, il y avait même eu une bouteille de vin français (un cadeau fait aux Haskell, bien entendu) et trois bocaux Mason Jar en guise de verres. Il avait trouvé tellement *civilisé* de partager la bouteille entière dans ce verger printanier, puis en se levant il avait perçu l'inclinaison et la rotation de la planète sous ses pieds et lorsqu'il avait soulevé son petit-fils accroché à sa jambe, il ne sentait plus ses soixante-cinq ans, plus du tout, il était redevenu comme quand Shiloh était toute petite, qu'il la portait dans ses bras, la faisait virevolter puis enfouissait le nez dans son cou. Oh oui, il aimait ce garçon ; c'était aussi simple que cela.

7

Peg et Isaac étaient assis à la table de la cuisine. L'enfant portait une vieille chemise du dimanche ayant appartenu à Lyle, boutonnée dans le dos, le tissu bleu clair badigeonné de peinture rouge. Il faisait doux dans la maison qui sentait le porc mijoté, le sucre roux et la cannelle. Lyle en eut l'eau à la bouche.

— Qu'est-ce que vous trafiquez, tous les deux ? demanda-t-il alors qu'il s'asseyait et délaçait lentement ses bottines Red Wing.

Peg murmura dans l'oreille d'Isaac qui répondit « Mêle-toi de tes oignons ! » en pouffant de rire, avant de reprendre son dessin sur un papier cartonné.

Lyle se leva, ouvrit le réfrigérateur et décapsula une bouteille de bière. Il embrassa le garçon sur la tête et huma les follicules de ses cheveux, mélange de fraîcheur et de shampoing à la fraise. Il ôta une brindille piégée dans les nœuds blonds, puis un bout de feuille.

*

Ce soir-là, après que Shiloh eut lavé et séché la vaisselle, après que Peg eut couché Isaac et lui eut lu plusieurs albums des *Coquinours*, les trois adultes s'installèrent devant la télé, regardant d'un œil distrait *Affaire conclue* que Peg ponctuait de remarques : « On avait un truc comme ça à la maison quand j'étais petite », ou « Ah oui, je me souviens de ce jouet ». Elle commentait souvent les émissions télévisées qu'ils regardaient ensemble, en faisait sa propre critique en temps réel.

Lyle était en train de s'assoupir lorsque Shiloh s'éclaircit la gorge :

— J'ai quelque chose à vous dire.

Il se redressa dans son fauteuil et baissa le volume de la télé.

Shiloh examinait ses mains agitées.

— Voilà, c'était formidable d'être à la maison et j'apprécie sincèrement votre volonté de nous accueillir, Isaac et moi. Je vous promets que ça ne va pas s'éterniser.

Peg s'avança dans son siège.

— Ma chérie, tu es la bienvenue et tu peux rester ici aussi longtemps que tu en as besoin. Aussi longtemps que tu le veux. Franchement, nous adorons vous avoir sous notre toit, tous les deux.

Leur fille écarta ses longs cheveux châtains de son visage, les glissa derrière ses oreilles. Elle avait le teint blême, des yeux marron foncé vifs et sérieux. La lumière du salon était douce et tamisée. La maison silencieuse.

— Je voulais juste vous dire que je cherche un appartement. À La Crosse. On ne peut pas rester ici pour toujours. J'attache beaucoup d'importance à habiter près de mon église et… c'est de ça que je voulais vous parler. Je ne veux pas que vous portiez de jugement sur mes croyances ni sur ma manière d'élever Isaac…

— Mais enfin, Shiloh, ça ne nous viendrait jamais à l'esprit… commença Peg. Tu es une mère formidable.

— Ma foi est la chose la plus importante dans ma vie. Ma foi et Isaac. Et vous deux, évidemment. Ce qui me ferait plaisir, c'est que nous *essayions* tous de partager le même lieu de culte. Si vous acceptiez de venir à l'église avec Isaac et moi.

— Bien sûr que nous pouvons venir à ton église, Shiloh, répondit Peg, une note de désespoir dans la voix. Nous serions ravis. N'est-ce pas, Lyle ?

Dans des moments pareils, la plus brève hésitation peut être interprétée comme une réticence, voire un refus, et bien que Lyle n'eût pas la moindre envie de fréquenter une autre église que celle dans laquelle il avait été baptisé, confirmé et marié, il prit soudain conscience que sa fille avait le pouvoir d'éloigner son petit-fils de lui, une pensée déchirante qui s'apparentait à une amputation. Ainsi, se sentant dépassé par les événements et par la conversation qui prenait soudain une intensité et un sens nouveaux, il se força à répondre sans tarder :

— Absolument.

Shiloh sourit, comme victorieuse.

— Je suis si heureuse. Ça n'a pas été facile d'élever Isaac toute seule. Et plus d'un jour… la seule chose qui m'a permis de tenir le coup, c'est ma foi.

Lyle fut accablé de chagrin, comme s'il venait d'avaler un verre d'eau très froide qui lui glaçait le sang. Quand Shiloh avait entre vingt et trente ans, il s'était parfois écoulé des années sans qu'elle donne de ses nouvelles.

Les lettres et les colis qu'ils lui adressaient leur revenaient, « inconnue à cette adresse ». Des visites compliquées s'étaient espacées sur des années où ils ne savaient pas grand-chose de sa vie, pas même la couleur de ses cheveux avant qu'elle débarque à leur porte à Noël. C'était assurément Isaac qui les avait rassemblés. Shiloh avait emménagé à Minneapolis d'où elle leur téléphonait (la plupart de ses échanges étaient avec Peg) et, pour la première fois depuis sa petite enfance, elle avait demandé leur aide.

Et ils avaient sauté, *bondi* sur l'occasion de pouvoir la soutenir. Lyle avait déménagé ses affaires, Hoot et lui portant les meubles – trois étages dans un étroit escalier en colimaçon – du pick-up jusqu'à son petit studio oppressant. Avaient suivi les passages à la quincaillerie pour des tapettes à souris et des détecteurs de fumée, un autre à l'épicerie pour remplir le réfrigérateur et, malgré les protestations de Shiloh, Peg avait tenu à lui donner cinq cents dollars en liquide. « Ne sois pas ridicule, avait-elle insisté, ne considère pas cet argent comme un cadeau pour toi, mais comme un cadeau pour notre petit-fils. »

Lyle et Peg ignoraient tout du père d'Isaac. Les rares fois où Peg avait abordé le sujet, Shiloh l'avait balayé d'un revers de main et avait dit : « Il ne mérite même pas qu'on pense à lui. Fais-moi confiance » ou « Je ne veux pas en parler ».

C'est Peg qui avait accompagné Shiloh à la maternité. Peg qui avait attendu devant la salle de travail. Peg qui était restée chez Shiloh le temps qu'elle puisse s'adapter à l'allaitement et au manque de sommeil. Peg qui cuisinait, lavait le linge, aidait à changer les couches, passait l'aspirateur, sortait les poubelles, faisait les courses...

« Je n'arrive pas à imaginer... avait-elle confié à Lyle au téléphone. Je ne sais pas comment elle va se débrouiller. Toute seule. » Les larmes s'entendaient dans sa voix.

C'est un sentiment désarmant que de voir votre propre enfant, votre enfant *unique*, rejeter votre amour et votre soutien, comme une fleur se détourne du soleil. Mais Lyle avait compris alors, comme il comprenait maintenant, que cette enfant adulte devait prendre ses propres décisions et commettre ses propres erreurs – ce qu'il avait toujours aimé chez Shiloh, après tout, ce qu'il avait toujours respecté, c'était sa force de caractère, son indépendance.

— Nous t'accompagnerons dimanche, dit Peg en hochant la tête. J'ai hâte.

— Est-ce que ça veut dire que tu ne veux plus venir à l'église avec nous, à Saint-Olaf ? demanda doucement Lyle. Tout le monde est si heureux de te voir. Tu as dû t'en rendre compte. Et pense à Charlie.

— Non. J'ai mes propres croyances, répondit-elle prudemment, alors que son humeur s'assombrissait légèrement, comme une ampoule vacillant dans une pièce sans fenêtre.

Il n'insista pas, même s'il avait des difficultés à comprendre en quoi ses croyances pouvaient être aussi radicalement éloignées – *meilleures ?* – que celles de l'église qu'elle avait fréquentée dans sa jeunesse. Il fit ce qu'il avait fait toute sa vie pour éviter la confrontation avec sa fille : il se leva, l'embrassa sur le front, dit bonne nuit à Peg et regagna sa chambre. Lyle avait grandi dans une famille où il se souvenait à peine d'avoir entendu ses parents élever la voix et certainement pas exprimer ouvertement leurs désaccords, et il n'avait aucunement l'intention de se disputer avec qui que ce soit, surtout pas avec sa fille adorée.

*

Allongé dans son lit cette nuit-là, il regarda par la fenêtre. Rien n'avait changé : les érables, frênes, peupliers et chênes du boulevard, les voitures piquées de rouille de ses voisins, la bouche d'incendie rouge, le trottoir défoncé à qui les racines faisaient courber l'échine… « Comment est-il possible d'être en désaccord avec quelqu'un que l'on aime aussi éperdument ? » se demanda-t-il. Il se sentait bouillir intérieurement ; il n'aimait pas la confrontation mais si l'église de Shiloh était la force qui devait les éloigner d'eux, elle et Isaac, il était d'emblée mal disposé envers elle.

Plus tard, il entendit Peg entrer dans la chambre. L'entendit se déshabiller, enfiler sa chemise de nuit, se glisser de son côté du lit. Ses pieds froids trouvèrent ses mollets.

— Seigneur, t'as les pieds glacés, ma belle. T'as de la chance que je t'aime.

— C'est ton boulot de me réchauffer.

Ils se turent un moment.

— J'aimerais la comprendre, dit-il.

— Ce n'est pas nécessaire, soupira Peg. Contente-toi de l'aimer.

— Je l'aime.

Elle lui tapota l'épaule.

— Alors il ne te reste plus qu'à serrer les dents et à encaisser.

— Encaisser quoi ?

— Des évangélistes à tous crins. Des fanatiques. Des illuminés de l'apocalypse. Va savoir ce qui nous attend.

— C'est en *ça* qu'elle croit ?

— J'ai sommeil.

Il se tourna vers elle.

— Peg, c'est en ça qu'elle croit ?

Il devinait le regard de son épouse dans l'obscurité de la chambre. Ils entendirent l'effet doppler d'un sifflet de train et ils sentirent le lit trembler – c'était peut-être le Canadian Pacific ou le Burlington Northern Santa Fe qui secouait la petite ville somnolente, faisait frémir la porcelaine dans les vitrines, trembloter les bibelots et les colifichets alignés sur les étagères poussiéreuses, tanguer les miroirs et les cadres de photographie suspendus à des clous précaires, frissonner les canettes de soda dans les frigos des vieilles bicoques efflanquées près de la voie de chemin de fer. Au Railroader, l'unique bar de la ville, les bouteilles de Budweiser, Michelob, Miller High Life et Coors vibraient et s'entrechoquaient sur l'acajou de l'ancien comptoir malmené. C'était un son strident qui donnait envie de fuir et qui rassurait en même temps, comme une main sur un berceau, d'avant en arrière, le train sur les rails, *ka-ka-ka-ka, ka-ka-ka-ka*… la cadence métronomique de l'Amérique rurale à la nuit tombée. Tout ira bien, le monde continue de tourner, les trains de rouler, le soleil se lèvera demain, et ainsi de suite.

— Je me fiche de ce en quoi elle croit, Lyle. Je m'en fiche complètement. Je l'aime, j'aime Isaac et si elle tient à ce que je fréquente son église, je le ferai avec plaisir. C'est aussi simple que ça, dit-elle en l'embrassant.

Il se tourna vers la fenêtre. Un chat se faufilait furtivement dans l'obscurité, la queue dressée en point d'interrogation.

8

L'église de Shiloh, l'Assemblée indépendante des Coulee Lands (ou ACL), s'était implantée dans un cinéma désaffecté proche de La Crosse. Le kiosque où jadis se vendaient à la criée pop-corn, soda et pâtes de jujube proposait maintenant du café gratuit et des donuts. Les fidèles circulaient dans le foyer, bavardaient tranquillement en petits groupes. Les enfants les plus jeunes dévalaient les couloirs recouverts de moquette ; les plus âgés traînaient dans les coins du bâtiment, les yeux rivés sur leur téléphone. À dix heures et demie, Lyle entendit ce qui ressemblait à un groupe de rock et Shiloh les guida vers la musique.

Elle portait des souliers plats, blancs, une jupe bleu marine qui lui arrivait aux genoux et son maquillage était discret : un trait de rouge à lèvres et une touche de mascara. Elle avait les cheveux savamment ondulés, les joues à peine fardées. Lyle eut l'impression qu'elle était plus heureuse que d'ordinaire, comme plus investie dans le monde.

Il n'y avait pas de bancs, seulement des enfilades de sièges capitonnés déglingués, mais les fidèles n'avaient pas l'air de s'en formaliser. Beaucoup se balançaient, debout, accompagnaient la musique du petit groupe en frappant dans leurs mains. Lyle ne reconnut pas la chanson – à ses oreilles, c'était un genre de rock bancal beuglé dans des tons douloureusement stridents, dont les paroles plaintives flirtaient avec la prière formelle. « Il devrait y avoir une loi interdisant le rock chrétien », songea-t-il alors, à l'exception notable du *Spirit in the Sky* de Norman Greenbaum. Beaucoup de gens avaient pris place dans la salle, certains vérifiant leur portable de temps à autre ou sirotant du café dans des mugs en inox. Lyle ne savait que faire ni comment se comporter ; il ne reconnaissait pas une seule âme. À l'église luthérienne de Saint-Olaf, Mme Drummond jouait de l'orgue, comme elle semblait le faire depuis *toujours*, comme elle l'avait fait pendant toute l'enfance de Lyle et – qui sait – comme elle le faisait peut-être depuis la guerre de Sécession. Dès qu'elle prenait d'assaut les touches et les pédales, les fidèles savaient qu'il était temps d'ouvrir le missel à la page convenue sans se soucier de leur inaptitude musicale. Les cantiques étaient moins entonnés que *bourdonnés*. Seul le *À toi la gloire* parvenait à émouvoir Lyle au point de lui faire élever la voix.

Mais ici, aux Coulee Lands, les paroles des chansons étaient projetées sur l'écran et tout le monde chantait *fort*. Il se tourna vers Peg en quête de soutien moral, mais elle gardait le visage résolument tourné vers la scène. Elle chantait en chœur et frappait même dans ses mains, pas nécessairement en rythme. Il fallut attendre trois chants avant que les fidèles s'assoient enfin, certains déjà lustrés d'une couche de sueur euphorique. Lyle consulta sa montre. Une vingtaine de minutes s'étaient écoulées. Il remarqua qu'Isaac dessinait sur une enveloppe destinée aux offrandes. Il eut envie de tendre le bras et de le serrer contre lui, mais c'était impossible avec ces sièges individuels. Il se carra dans son fauteuil et prit son mal en patience. Il s'imagina retranché, peut-être en train de faire une réussite.

Un jeune homme rejoignit l'« avant » de l'église d'un pas décontracté et se plaça juste au-dessous de l'écran. Il portait une barbe assez longue, un blue-jean neuf délavé, des bottines de travail éculées, une chemise en flanelle au col déboutonné et aux manches retroussées sur les tatouages de ses avant-bras. Il était grand, assurément bien plus que Lyle, qui se surprit à redresser le dos pour habiter pleinement son mètre quatre-vingts. Le jeune homme ressemblait à un chanteur de rock ou à un ouvrier du bâtiment sorti boire une bière.

Lyle l'observa attentivement. L'observa se dresser face aux rangées de fidèles. Il avait un regard d'une assurance excessive, intelligent. Lyle se tourna vers Shiloh et remarqua sur son visage un sourire qu'il n'avait pas vu depuis des mois, peut-être des années. Elle rayonnait devant cet homme. Lyle tressaillit en comprenant qu'il s'agissait du pasteur, face à ses ouailles.

Il se mit alors à songer au mot « ouailles ». Il savait qu'il voulait aussi dire « moutons ». « Brebis », plus précisément. Un troupeau de moutons et de brebis peut complètement ravager un pré avec ses innombrables crottes. Il faillit rire à voix haute, mais se ressaisit en s'intéressant aux fidèles. Ils tendaient le cou, imperceptiblement, vers ce jeune pasteur débraillé.

Lyle n'avait jamais eu un tempérament de suiveur. Pendant des décennies, il avait fréquenté l'église sans éprouver de révérence particulière, un peu comme on va poster une lettre ou prendre de l'essence, par routine. Il n'aimait pas la politique ; il avait vécu assez longtemps pour que tous les politiciens qu'il avait un jour admirés l'aient cruellement déçu, par leurs actes ou par leurs mensonges. La religion ne valait guère mieux à ses yeux – il la trouvait même pire, à dire vrai – en dépit du respect et de l'affection qu'il éprouvait pour Charlie. Assis comme il l'était à cet instant, dans ce siège de cinéma bringuebalant, il dénoua ses épaules, bomba le torse et regarda ses chaussures. Le sol était constellé de vieux chewing-gums. Il se représenta le cinéma avant son abandon, les adolescents qui s'étaient bécotés *à cet endroit précis*, les spectateurs qui avaient mâchouillé du pop-corn, s'étaient assoupis, avaient pleuré, ri, frémi de terreur…

— Bonjour, dit enfin le pasteur d'une voix tranquille, posée, avec juste un soupçon d'accent du Sud, comme une dernière goutte de mélasse traînant à s'écouler d'une bouteille.

Lyle se détendit un peu. Tout en ayant envie de lever les yeux et de croiser le regard de cet homme, il gardait la tête baissée.

— Bonjour ! répéta le pasteur et Lyle pouvait *entendre* les sourires se fendre sur les visages dans la salle, se greffer sur ceux de sa propre famille.

Un chœur de « Bonjour ! » résonna dans l'église.

— Bonjour ! hurla-t-il à nouveau.

Lyle risqua un bref coup d'œil et le vit arpenter le devant de la scène, les bras en l'air comme un entraîneur victorieux célébrant un but déterminant pour son équipe.

— Commençons par une prière.

De quoi inciter Lyle à regarder autour de lui, car depuis le décès de Peter, il avait pris l'habitude de *ne pas prier*, de rester ancré dans le monde, les yeux ouverts, et d'observer le recueillement des autres.

Le pasteur avait baissé sa tête à l'épaisse chevelure châtain et, devant Lyle, les rangées de disciples se voûtaient, épaules courbées, mains croisées sur les genoux, paupières scellées.

Lyle n'écouta pas la prière. Il était occupé à observer les fidèles, à absorber l'ambiance de l'ancien cinéma. De chaque côté de l'écran, sur les rideaux fatigués en velours bordeaux, des taches d'eau formaient des tourbillons amibiens et un motif cachemire accidentel. Les minuscules lumières blanches qui longeaient les allées évoquaient une piste d'atterrissage peu fiable avec ses nombreuses ampoules grillées. Pas de chaire à proprement parler, s'aperçut Lyle, il n'y avait qu'un pupitre branlant où reposait une lourde bible. Les instruments traînaient négligemment comme des adolescents à une fête : une guitare acoustique dans un coin, un violon, une guitare électrique et une basse, quelques tambourins, des percussions, un petit clavier Casio rudimentaire… Dans l'allée près de la scène, une dame âgée en fauteuil roulant psalmodiait en se balançant d'avant en arrière… Une jeune femme faisait doucement tinter la demi-douzaine de boucles qui pendaient à son oreille… Un homme de l'âge de Lyle éternuait dans un mouchoir blanc qui arborait le nom « Royal » brodé en bleu… Une petite fille avec deux couettes blondes se curait le nez… Un garçon, le visage crispé par la concentration, devenait rouge comme une betterave… Un saupoudrage irrégulier de pellicules sillonnait l'épaule d'un vieil homme… Des enfants coloriaient en serrant de pleines poignées de crayons… Des mères consultaient subrepticement les messages de leur téléphone portable… Des toupies à main tourbillonnaient entre certains doigts… Et quelques ouailles lui semblèrent proches des larmes, déjà, alors que le service ne faisait que commencer…

Lorsque Lyle finit par s'intéresser à ceux qui étaient le plus près de lui, il vit Peg et Shiloh, les yeux clos, le visage serein. Puis Isaac, assis à côté de sa mère, qui croisa son regard et lui adressa un sourire espiègle et un petit coucou de la main. Lyle lui fit signe, puis il loucha et lui tira la langue. Il ne pensait pas que Dieu prenne ombrage de quelques facéties anodines entre un grand-père et son petit-fils.

Le service dura près de trois heures. Lyle se rappela avoir vu *Ben-Hur* au cinéma à l'époque où il y avait encore des entractes, surtout pour les longs films. Sa prostate fatiguée, en tout cas, aurait apprécié n'importe quelle sorte de mi-temps, car dès l'*amen* final, il se précipita aux toilettes et resta planté devant l'urinoir de longues minutes. Après s'être lavé les mains, il retrouva sa famille dans le « narthex » (qui n'était rien d'autre que l'ancien hall d'entrée du cinéma), blottie autour du pasteur. Celui-ci semblait conclure quelque épatant tour de magie car, en s'approchant, Lyle vit Peg et Shiloh applaudir tandis qu'Isaac, emballé, lui faisait un *high five*.

— Vous devez être le père de Shiloh, l'accueillit-il en lui tendant la main. Je suis le pasteur Steven. Enchanté de faire votre connaissance.

Lyle remarqua qu'il portait une grosse montre en plastique blanc, plusieurs bracelets en argent et des bandelettes de fils tissés bariolés.

— C'est bien moi, répondit-il en lui serrant la main, Lyle Hovde. Et voici Peg, mon épouse.

— Oh, nous avons déjà fait les présentations, répondit-elle gaiement. C'était un merveilleux sermon, pasteur Steven. Simplement merveilleux. Vous êtes un prédicateur hors pair, surtout pour un homme aussi jeune.

Lyle vit qu'elle était sincère.

Shiloh reposa son poids sur l'épaule droite du pasteur, qui pencha la tête pour la nicher contre la sienne.

Lyle fronça les sourcils.

— Vous préparez sans doute vos sermons à l'avance, poursuivit Peg. Vous les rédigez, peut-être ? Il me semble pourtant que vous n'aviez pas de notes…

— Excusez-moi, je vais juste saluer des amis, dit Shiloh.

Elle partit rejoindre un groupe de jeunes de son âge, qui riaient aux éclats, se montraient leurs écrans de téléphone, gribouillaient des notes, portaient des bébés sur la hanche ou les berçaient dans leurs bras. « Elle a un vrai cercle d'amis ici, songea Lyle. Pas seulement ses vieux parents et les visites occasionnelles de Charlie, de Hoot ou d'Otis et Mabel. »

— Non, madame, je ne prépare jamais mes sermons. Tout est là, dit le pasteur en tapotant sa poitrine. Et là-haut, ajouta-t-il en se touchant le front.

À mon avis, s'il doit avoir recours à des notes ou tout rédiger, l'homme d'église renonce à être sur le qui-vive et à tenir sa congrégation en haleine. Dans cette église, nous plaçons tout entre les mains de Dieu. Nous travaillons sans filet, ici, sans *airbag*. Tout est vrai, tout se déroule en temps réel. Et je ne suis qu'un simple intermédiaire, si vous voulez, un simple vaisseau.

Isaac s'était approché de Lyle et avait passé un bras autour de sa jambe. Le grand-père le regarda brièvement et lui caressa la tête.

— Votre petit homme est très doué, dit Steven en souriant à Isaac d'un air approbateur qu'il agrémenta d'un clin d'œil.

— Pas de doute là-dessus, répondit Peg. Nous sommes très fiers de lui. Et de sa mère.

— Doué ? demanda Lyle.

Steven le dévisagea avec une concentration et une intensité que Lyle n'avait pas ressenties depuis de longues années, comme si ce jeune pasteur voyait à travers lui, ou au-delà de lui, comme s'il scrutait chaque molécule de son être, chaque seconde de sa vie, chaque pore de sa peau.

— Oui, répondit Steven, sa mère et moi pensons qu'il a des talents de guérisseur.

— De guérisseur ? répéta Peg. Isaac ?

— Qui donc pourrait-il guérir ? demanda Lyle. Il n'a que cinq ans, c'est un gamin.

— Je ne pense pas que ce soit très important aux yeux du Seigneur. Qui peut dire pourquoi Il habite une personne plutôt qu'une autre, pourquoi Il éclaire cet enfant alors qu'il en laisse d'autres dépérir ou mourir. Mais j'ai vu ce dont je parle, n'est-ce pas, Isaac ?

Le garçon se tourna vers son grand-père, acquiesça prudemment, puis garda les yeux rivés sur la moquette.

— Et maintenant, si vous voulez bien m'excuser, je veux m'assurer de saluer les autres paroissiens, dit Steven.

Il leur serra à nouveau la main, s'agenouilla devant Isaac, fit le signe de croix sur son front, se redressa en touchant sa tête blonde et partit tranquillement rejoindre Shiloh et ses amis.

Lyle fixait Peg, qui tardait à croiser son regard.

— Papy, demanda Isaac. Je peux avoir un donut ?

Lyle fouilla son portefeuille et tendit un billet d'un dollar au garçon.

— Et rapporte-moi la monnaie, dit-il d'un ton plus péremptoire qu'il ne l'aurait voulu.

Même si la monnaie représentait au plus cinquante *cents*, c'était plus que ce qu'il avait envie de donner à cette église ce jour-là.

Lorsque Isaac fut hors de portée de voix, Lyle regarda autour de lui et dit à Peg :

— Eh bien. Je m'étais préparé à des illuminés de Dieu, mais j'ai l'impression que notre fille a rejoint une secte.

Elle le frappa doucement.

— Ce n'est pas une secte, murmura-t-elle.

— Tu en es bien sûre ? Ce type vient juste de décréter que ton petit-fils de cinq ans est un *guérisseur*, nom de... Quoi que ça veuille dire...

Shiloh s'approcha d'eux, les bras croisés, tout sourire, le teint rayonnant.

— Bon, ma chérie, lui dit Peg, ton père et moi pensions rentrer à la maison. Tu seras bientôt prête ?

— Non, mais le pasteur Steven nous ramènera à la maison, Isaac et moi, un peu plus tard.

— Tu es sûre ? Nous pourrions prendre le petit, proposa Peg.

Lyle détecta une pointe de désespoir dans sa voix.

— Il est bien ici, répondit Shiloh. Il y a d'autres enfants, il jouera avec eux.

Devant le kiosque, Isaac était en train de parler à une petite rousse aux longs cheveux bouclés et au teint pâle. Elle portait des lunettes à verres épais et contemplait l'enfant comme un grand frère adoré, ou un enseignant peut-être. Il lui offrit une bouchée de son donut, qu'elle accepta avec joie.

— Ça ne nous dérange pas, insista Peg, honnêtement. Nous le ferons déjeuner et dîner. Et des repas sains, je te promets. Comme ça, tu pourras te détendre ici avec tes amis.

— Mais je suis détendue, maman. Et Isaac est bien ici. D'ailleurs nous irons peut-être visiter un appartement ensemble dans l'après-midi.

— Ensemble ? demanda Lyle. Avec Isaac, tu veux dire ?

— Et Steven, répondit Shiloh. En tout cas, je vous remercie d'être venus. Ça compte beaucoup pour moi. À ce soir.

Elle les embrassa sur la joue et repartit vers ses amis, comme elle l'aurait fait dix ou quinze ans plus tôt.

En se dirigeant lentement vers les portes, passant devant le kiosque – leur petit-fils avait disparu –, Lyle et Peg eurent l'impression de sortir d'une séance de cinéma terriblement triste, un dimanche après-midi pluvieux. Mais il ne pleuvait pas. Dehors, le parking était tiède et lumineux, un soleil aveuglant se reflétait sur les dizaines de pare-brise. Lyle se surprit à prendre la main de Peg et ils rejoignirent ainsi leur voiture, comme des petits vieux traînant des pieds dans la foule d'un centre commercial ou d'un stade. L'avenir leur semblait plus trouble qu'il ne l'avait été trois heures auparavant.

Après s'être lentement recroquevillés à l'intérieur du véhicule, ils restèrent un moment assis, le regard perdu.

— Un guérisseur ? dit Peg.

— Je ne sais pas, répondit Lyle. De toute façon, bon… tu sais ce que j'en pense, moi.

— Je crois que tu devrais en parler à Charlie. Pour voir ce qu'il sait sur cette église, sur ce pasteur Steven.

— Tu veux demander à *notre* pasteur d'espionner *son* pasteur ?

— Je suis sérieuse, Lyle.

Il soupira.

— Moi aussi. À vrai dire je ne suis pas seulement sérieux. Je suis… je suis un peu inquiet. Les fidèles de cette église avaient tous le regard vitreux.

— Qu'est-ce qu'on peut faire ? demanda-t-elle.

— Je ne sais pas.

Il démarra, prit la direction du sud et ils roulèrent en silence vitres ouvertes, longeant le flot de la campagne et du Mississippi.

Dès qu'ils arrivèrent, Peg s'empressa d'enfiler une vieille tenue et des baskets avant de sortir dans le petit jardin où elle se mit au travail, assénant de vigoureux coups de binette dans la terre. Ne sachant trop quoi faire, Lyle s'allongea simplement sur le lit. La maison était d'un tel calme sans Isaac. Il était presque toujours en train de parler ou de chanter, qu'il soit occupé à dessiner à la table de la cuisine, à construire des châteaux forts bricolés avec les meubles du salon et diverses couvertures, à faire du vélo, à feuilleter les pages de l'*Encyclopedia Britannica* (datant de 1985, l'année où ils avaient adopté Shiloh), ou à tailler un morceau de bois dans l'atelier du garage... Il régnait continuellement ce joyeux murmure de fond, cette voix aiguë mais ténue, comme l'écho d'un parc de jeux au bout de la rue. Quand Lyle se rasait dans la salle de bains, par exemple, il entendait le babillage incessant du garçon qui racontait à Peg ce qu'il avait vu et entendu en ville, ou lui fredonnait un extrait de chanson entendu à la radio : « *So hoist up the* John B*'s sail ! See how the main sail sets. Call for the Captain ashore. Let me go home*[1] *!* »

Lyle se leva, ôta ses habits du dimanche, enfila un blue-jean et un vieux tee-shirt gris, puis sortit dans le jardin sans se presser. Peg désherbait ; ses poings terreux arrachaient pissenlits, carottes sauvages, ambroisies et chiendents. Des bandelettes de boue, terre et sueur mêlées, lui striaient le visage. Il se planta derrière la minuscule clôture de jardin, un simple grillage d'un mètre de haut tenu par quelques poteaux, juste de quoi dissuader les marmottes et les

1. Extrait de *Sloop John B*, chanson traditionnelle interprétée notamment par les Beach Boys : « Hissez les voiles du *John B* ! Regardez la grand-voile prendre le vent. Rappelez le capitaine. Je veux rentrer chez moi ! »

lapins. Peg était à genoux et Lyle s'aperçut qu'elle haletait, à bout de souffle.

— Peut-être qu'on devrait… commença-t-il. Je ne sais pas. Donner un peu de mou à Shiloh. Ne pas nous monter le bourrichon.

Peg hocha la tête jusqu'à ce que son menton touche sa poitrine. Elle poussa un profond soupir.

— Tu as raison. En même temps, on doit garder un œil sur elle. Lui poser quelques questions, peut-être.

— T'as besoin d'un coup de main ? demanda-t-il.

— Je t'aime, répondit Peg.

— Je t'aime aussi, dit Lyle.

Il enjamba prudemment le grillage et s'agenouilla à côté de sa femme. Les mains dans la terre, ensemble, ils passèrent ainsi plusieurs heures, jusqu'à ce qu'il soit temps de penser au dîner. Puis ils attendirent à la cuisine le retour de leur fille et de leur petit-fils.

ÉTÉ

9

La maison de Lyle et Peg n'était pas climatisée et, avec les premières grandes chaleurs de l'été, Lyle n'arrivait pas à trouver le sommeil. Il avait passé des heures à tourner et se retourner de son côté du lit comme un rondin emporté par le courant. Il alluma sa lampe de chevet et lut un de ses livres préférés, *The Control of Nature* de John McPhee. Puis il éteignit. Alla aux toilettes. But un verre d'eau. Revint au lit à pas feutrés. Compta les moutons. Tendit l'oreille pour détecter le passage d'un train : rien. Ralluma la lampe et s'attaqua à un sudoku.

Il finit par éteindre et se rendit dans la cuisine. Il se versa un verre de lait, le but avidement, s'en versa un autre et s'installa à l'extérieur, sur la balancelle du porche.

La petite ville ne bougeait pas d'un pouce. Ni circulation. Ni trains. Ni promeneurs avec leur chien. Il était trop tôt dans l'année pour les lucioles et les cigales. Pas même une chauve-souris pour faire des acrobaties nocturnes. Sur le boulevard, les feuilles des arbres ne frémissaient pas, ne tremblaient pas. Il n'y avait pas un souffle de vent.

Lyle avait-il faim ? Possible. Dans la cuisine, il entrouvrit la porte du réfrigérateur et fut ébloui par la lumière blanche. Fromage ? Non, pas de fromage. Salami ? Une pomme, peut-être ? De la glace ? Oui, une glace ferait l'affaire – mais, en ouvrant le congélateur, il ne trouva qu'un fond de menthe-éclats-de-chocolat, ce qui était presque pire que de ne rien trouver du tout. Peg avait le chic pour cela. Laisser un dé à coudre de lait au fond de la brique ; un Oreo solitaire dans une boîte abandonnée ; quelques pièces de puzzle, triangles minuscules et poudre de maïs dans un sac de chips tortillas…

Il mangea le peu de glace, jeta le bac et se promena dans l'étroite cuisine, la cuiller glacée dans la bouche. Il aimait le contact du métal froid sur sa langue. Il ouvrit un placard, prit un pot de beurre de cacahuètes et se mit à avaler cuillerée sur cuillerée, le regard perdu dans l'obscurité derrière la fenêtre.

— Papy ?

Lyle sursauta et faillit lâcher le pot. Isaac, en slip de petit garçon, le regardait en bâillant.

— Salut, mon loup.

— Tu t'es servi de la même cuiller.

— Quoi ?

— Pour la glace et aussi pour le beurre de cacahuètes. Je t'ai vu.

— Ah oui, tu as raison.

Isaac rejoignit Lyle d'un pas traînant, lui étreignit la taille.

— Il fait trop chaud, papy, se plaignit-il d'une voix somnolente.

— Je sais.

— On peut regarder la télé ?

— Non, c'est encore plus dur de se rendormir après avoir regardé la télé. Mais tu sais quoi, on pourrait faire un tour de voiture.

— Où ?

— Je sais pas. Dans une station-service. On achèterait des eskimos. Ou alors un McDonald's. Il y a peut-être un McDo ouvert quelque part.

— Y en a un à La Crosse, lui souffla le garçon tout excité.

— D'accord. Habille-toi, on va se promener.

— On devrait peut-être le dire à maman ? Ou à mamie ?

— Non, on ne veut pas les réveiller.

— Alors on devrait leur laisser un petit mot.

— Ça, c'est une excellente idée, mon bonhomme. Je vais l'écrire pendant que tu t'habilles.

— D'accord.

— Attends un peu, sois gentil et va faire pipi avant de partir. C'est pas tout près et on ne veut pas d'accident, hein ?

— D'accord, papy.

Le garçon fila dans la salle de bains. Lyle se pencha sur le comptoir de la cuisine et gribouilla sur une feuille de papier : « Parti manger une glace avec Isaac. On tardera pas. Bises, Lyle. » Il ajouta l'heure « Après minuit », et cet *After Midnight* lui rappela la chanson de J. J. Cale, un de ses morceaux préférés à une époque complètement différente de sa vie.

*

Ils suivirent les méandres de la route du fleuve avec la climatisation au maximum.

— Maman dit qu'on va déménager à La Crosse avant la rentrée, déclara Isaac, installé à l'arrière sur son rehausseur.

Lyle soupira.

— Ah bon ?

Le garçon acquiesça.

— Et alors, poursuivit Lyle, qu'est-ce que t'en dis ? T'es excité ?

Isaac haussa les épaules.

— J'aime bien habiter avec toi et mamie. J'aime bien quand on est tous ensemble. Et j'aime bien l'odeur de votre maison.

— Et on adore t'avoir chez nous, mon bonhomme. Hé, t'as pas envie de me montrer ta nouvelle maison ?

— Je me souviens juste que maman a dit que ça s'appelait un duplex et que les voisins ont tout un tas de petites motos dans l'allée.

Lyle le regarda dans le rétroviseur.

— Des petites motos ?

— Ouais, et elles étaient toutes sales.

Le McDonald's était ouvert vingt-quatre heures sur vingt-quatre, sept jours sur sept. Ce concept, l'idée même qu'un commerce soit potentiellement ouvert non-stop pendant cent ans, perturbait Lyle. Ils s'engagèrent dans le *drive* et commandèrent deux milk-shakes à la fraise.

Lyle se dirigea vers l'église de l'Assemblée des Coulee Lands et, se fiant à son intuition, il demanda :

— Ta maison ne serait pas dans le coin ?

— Je sais pas, répondit Isaac. Il faisait pas nuit quand je l'ai vue. Mais je crois que oui.

Ils roulèrent doucement au hasard de rues plongées dans l'obscurité, les milk-shakes froids dans leurs mains, la clim à fond, la radio jouant en sourdine le *Sweet Thing* de Van Morrison. « *I shall drive my chariot down your streets and cry*[1]*...* » Alors qu'ils s'étaient engagés dans une impasse bordée d'appartements récents et de pavillons peints en beige, Isaac se redressa sur son siège.

— Attends, dit-il en regardant dehors, le doigt tendu. Je crois que c'est celle-ci.

Lyle descendit sa vitre et laissa entrer l'humidité de la nuit, poisseuse comme l'eau d'un marécage. Il n'y avait pas un arbre, ni sur les bas-côtés ni dans les jardins, un détail que Lyle avait toujours associé à la pauvreté. Ou à la négligence. Ou à l'éphémère. Il examina le bâtiment, le revêtement en vinyle, la pelouse négligée, les stores déglingués aux fenêtres sombres.

— Maman dit qu'on aura la clim, précisa Isaac.

L'allée du voisin était encombrée par quatre motos tout-terrain crottées de boue, et la pelouse jonchée de canettes de bière froissées. Une forte odeur de liquide allume-feu et de charbon flottait dans l'air ; des rires étouffés provenaient d'une arrière-cour et quand un chien se mit à aboyer, une voix s'éleva soudain pour lui dire de la fermer. Un peu plus loin, un pick-up aux roues surdimensionnées affichait un

1. « Je conduirai dans ta rue en pleurant. »

autocollant du drapeau des confédérés[1] avec le slogan : « MÉFIEZ-VOUS. »

Ils attendirent un instant en silence, juste avec la radio… « *And I will never, ever, ever, ever grow so old again*[2]… » Isaac suçotait son milk-shake rose ; le clair de lune enflammait les bris de verre jetés dans l'impasse comme un millier de diamants bruts dispersés sur un peignoir en veloutine sombre. De l'autre côté de la rue, Lyle aperçut du coin de l'œil quelqu'un fumer dans le noir, une simple petite rondelle de lumière orange clignotant nonchalamment. Il remonta la vitre et ils reprirent le chemin de Redford.

— Le pasteur Steven est sympa, non ? demanda Lyle.

Isaac haussa ses petites épaules.

— Il nous a dit que tu pouvais guérir des gens…

Isaac regardait les traînées de lumière par la vitre.

— Qu'est-ce que ça veut dire, mon bonhomme ?

— J'en sais rien, papy.

Lyle le regarda dans le rétroviseur et vit qu'il avait les yeux fermés.

— Isaac ?

— Bonne nuit, papy.

— Parle-moi, Isaac. Je suis ton grand-père. Tu peux tout me dire. Je te promets.

---

1. Le drapeau des États confédérés du Sud est considéré comme un symbole raciste.

2. « Et je ne serai jamais jamais aussi vieux. »

Lyle déboîta pour se garer dans le parking d'une scierie désaffectée. Il se tourna vers le garçon qui ne pipait mot.

— Tu sais comment je devine que tu fais semblant de dormir ?

Isaac ne répondit pas, les yeux résolument clos.

— Parce que tu tiens ton milk-shake avec une poigne de fer, pour commencer, et aussi parce que quand tu dors pour de vrai, t'as la bouche ouverte, exactement comme ta maman. Alors maintenant, parle-moi, s'il te plaît.

Isaac ouvrit les yeux et aspira distraitement le fond de son milk-shake.

— Qu'est-ce qui leur fait penser que t'es un guérisseur ?

— J'en sais rien, papy. Un jour, un cardinal s'est cogné à la fenêtre de la cuisine et on a cru qu'il était mort. Y avait même des mouches. Mais avant que maman le jette à la poubelle, je l'ai touché et il s'est envolé.

« D'accord, pensa Lyle, ça ne veut strictement rien dire. L'oiseau était sans doute assommé. »

— Et les gens, Isaac ? Tu crois que tu peux les guérir ?

La paille pincée entre ses lèvres, le garçon haussa les épaules.

— C'est ce que dit maman.

— Et pourquoi, bonhomme ?

— J'imagine que c'est parce que j'ai aidé des gens.

— Quels gens, Isaac ?

— Ils disent quelque chose au pasteur Steven et après il m'emmène chez eux. D'habitude, il y a déjà un groupe et tout le monde prie. Puis ils disent au pasteur où ils ont mal, il me le dit, et je mets mes mains là où ils ont mal, et après ils vont mieux. Mais on l'a pas fait souvent. Papy ?

— Oui, bonhomme ?

— J'ai pas envie d'en parler.

Lyle scruta l'obscurité qui le séparait de son petit-fils, puis tendit la main pour frotter le genou du garçon.

— D'accord. De toute façon, il est l'heure de rentrer.

— Papy ?

— Oui, mon chéri ?

— Faut que je fasse pipi.

— Encore ?

— Désolé…

— Non, non, c'est pas grave, c'est juste… (Il ne voulait surtout pas le blesser.) Attends, je viens avec toi.

Il s'aperçut qu'il avait lui aussi la vessie pleine. Ils s'approchèrent d'un talus d'ombres et d'obscurité, puis il n'y eut plus que le bruit de leur urine dans les grandes herbes.

Isaac s'endormit sur le chemin du retour. Une fois garé devant chez lui, Lyle le prit dans ses bras, referma doucement la portière, le porta dans la maison et descendit l'escalier pour le mettre au lit, écarta les cheveux de ses yeux, se pencha pour l'embrasser sur le front, puis il remonta les marches sans bruit, traversa la maison dans le noir pour revenir dans la cuisine, froissa la note qu'il avait laissée et, enfin épuisé, se retira dans sa chambre où il s'endormit aussitôt.

10

Le lendemain matin, la maison sentait les pancakes et le bacon, le café et les œufs brouillés. Peg et Shiloh bavardaient et riaient doucement dans la cuisine.

— Bonjour, dit Lyle en se servant un mug de café et en embrassant sa fille sur la joue. Où est Isaac ?

— Encore au lit, répondit Shiloh. Je crois que personne n'a bien dormi la nuit dernière.

Un bruit de petits pieds remonta de l'escalier du sous-sol, puis Isaac fit irruption dans la cuisine et sauta directement sur les genoux de son grand-père.

— T'as faim ? demanda Peg.

Il acquiesça.

— Combien de pancakes peux-tu manger ?

— Trois, je crois.

Tiède comme ses draps, les cheveux ébouriffés et emmêlés, il se blottit contre Lyle.

Shiloh leur sourit.

— Regarde ça. Copains comme cochons.

Isaac acquiesça :

— Même que nous deux, on est sortis boire un milk-shake dans la nuit. Et j'ai montré notre nouvelle maison à papy.

Peg posa une assiette pleine et un gobelet de jus d'orange devant Isaac, regarda furtivement Lyle et s'essuya les mains sur son tablier.

La cuisine se fit silencieuse un moment alors que le garçon entamait son repas.

Shiloh lança un regard noir à son père et s'éclaircit la gorge :

— Et qui a eu cette idée ?

— Papy, répondit Isaac, la bouche pleine de pancake, de beurre et de sirop d'érable.

Nouveau silence pesant. On n'entendait que les mastications du garçon et le crépitement d'autres pancakes sur la cuisinière. Un train siffla dans le lointain. Peg poussa quelques plats dans l'évier, mais Lyle savait qu'elle ne les lavait pas, pas vraiment. Il sentait le regard fixe de Shiloh. Il n'aimait pas commencer la journée comme cela, par un conflit ; c'était même une des choses qu'il détestait le plus.

— Écoute, rien ne t'empêche de rester à la maison, *ici*, proposa-t-il. Bon sang, je suis prêt à te conduire au boulot, si tu veux.

Il entendit le désespoir dans sa voix et savait que ses efforts de rationalisation lui donnaient l'air d'autant plus misérable et ne faisaient que pousser Shiloh à fuir.

— Les écoles sont excellentes ici. Elles sont plus petites. Isaac serait suivi de près. Et nous pourrions vous aider. Nous pourrions l'amener à l'école et aller le chercher. Ça te ferait faire des économies.

— Décidément, tu as pensé à tout, hein, papa ? dit-elle d'une voix blanche.

— Et je suis désolé pour la climatisation, aussi. Je vais appeler Hoot et voir si on peut réparer ça au plus vite. Ta mère et moi aurions dû nous en occuper il y a des années.

— S'il te plaît, papa, la climatisation n'a rien à voir là-dedans. C'est juste… Je n'arrive pas à croire que tu es allé épier notre nouvelle maison. C'est comme… tu aurais pu me le demander, tout simplement.

Elle se leva de table.

— Enfin, passons. Steven va m'aider à trouver une voiture aujourd'hui. Il devrait arriver dans une heure environ. Alors… je vais me doucher.

Lyle toucha la tête d'Isaac, frotta le lobe de son oreille gauche entre ses doigts. Peg malmenait bruyamment les casseroles dans l'évier. Puis elle éteignit le feu de la cuisinière et partit dans leur chambre à coucher.

— Elle est en colère, mamie ? demanda Isaac. Et maman aussi, elle est en colère ?

Lyle se leva et remplit son mug de café.

— Bien sûr que non, mon cœur.

Sur le gril, les quatre pancakes avaient changé de couleur, virant du doré au brûlé.

*

Steven se gara dans leur allée au volant d'un pick-up vintage GMC – fin des années 1970 ou début des années 1980 – tout en angles abrupts et chromes brillants. Il n'y avait pas une piqûre de rouille sur la carrosserie peinte dans des tons de rouge berlingot, turquoise rutilant et blanc.

Lyle, qui était sous le porche, alla accueillir le pasteur.

— Bel engin, reconnut-il. Il appartenait à votre père ? À un oncle ?

— Non, répondit Steven. Je l'ai acheté d'occasion quand j'avais seize ans. J'avais fait des petits boulots et économisé pendant des années. Depuis, j'ai pas arrêté de bosser dessus. Ça me change les idées, après le travail. Et je trouve que c'est un bon moyen d'attirer l'attention des gens, de les mettre à l'aise. Un peu comme un chien facilite les rencontres. Ou un livre, j'imagine. Les gens ont toujours des questions à poser quand on a une vieille voiture. (Il sourit.) Comme vous venez de le faire.

Lyle rosit et se sentit tiraillé, embarrassé. Son propre pick-up, dans le garage, n'était guère plus récent que celui de Steven, mais il était rongé de rouille. La cabine qui servait de solarium aux mites et aux mouches était couverte de poussière, de copeaux de bois et de crasse. On lui avait appris à être fier de ses possessions, à en prendre soin, et voilà que ce jeune homme, qui n'avait peut-être même pas trente ans, avait restauré quelque chose de vieux, lui avait donné une nouvelle vie… Lyle décida de poursuivre son interrogatoire.

— Vous êtes à La Crosse depuis longtemps ?

— Non, monsieur. Huit mois environ.

— Et avant ?

— Oh, un peu partout. C'est comme si tous les douze ou dix-huit mois, on m'appelait dans un endroit différent. On me recrute pour faire germer et pousser une église. Ces cinq dernières années, j'ai vécu dans l'Oregon, l'Idaho, le Missouri, le Minnesota, et me voilà dans le Wisconsin. Vous savez ce qu'on dit : « Pierre qui roule… »

Lyle avait envie de lui demander ce qu'il comptait faire avec sa fille et son petit-fils, mais au lieu de ça, il baissa les yeux sur ses vieilles bottines de travail.

— Monsieur, reprit Steven. Je tiens à vous dire que Shiloh et moi allons simplement cohabiter. Nous occuperons des chambres séparées. Je suis pasteur, monsieur. Je ne peux pas vivre dans le péché. C'est juste un arrangement pratique, un moyen d'aider Shiloh à se remettre sur pied à La Crosse. Et comme vous le savez, les pasteurs ne gagnent pas grand-chose… Mais je m'intéresse à elle, monsieur. Et bien sûr à Isaac aussi. Ah, ce garçon…

Je vous avoue que j'ai seulement vu ça une fois avant, et pas dans ma congrégation. C'était dans l'Oregon, un vieil homme que les gens allaient voir quand ils avaient des infirmités. Je l'ai vu guérir des gens. Je l'ai vu détruire une tumeur dans le ventre d'une fille simplement en soufflant dessus. Je l'ai vu prier pour un bébé mort-né et le ramener à la vie ; le souffle de Dieu l'a traversé et a rempli les poumons du bébé qui s'est mis à pleurer et à passer du bleu au rose, juste comme ça.

Il rayonnait, un sourire large et sincère.

— Et vous avez vu Isaac faire ce genre de choses ? demanda Lyle. Guérir des gens ?

— Oui, monsieur, c'est exact. Cinq fois. La première, eh bien… je n'en croyais pas mes yeux. J'ai honte d'avoir douté maintenant, pour dire la vérité. Mais on avait trouvé une vieille femme derrière l'église, complètement possédée, elle tremblait…

— Attendez un peu, *possédée* ?

— Tout à fait. Un démon avait pris possession de son corps.

— Un démon ?

— Ou un esprit malin. Mais je l'ai vu. Elle se tordait dans la neige, parlait en langues, les yeux complètement révulsés. Shiloh était auprès d'elle pour tenter de la réconforter, peu après Isaac les a rejointes et je l'ai vu, de mes yeux vu, imposer les mains sur elle et repousser le démon comme si de rien n'était : il a ramené la femme à son état normal. Je me rappelle avoir pensé qu'un petit garçon aussi doux que lui aurait dû avoir peur. Mince, j'avais peur, moi. Mais il était… il était d'un tel calme. Oui, Lyle, il était serein. Je n'ai jamais vu un tel pouvoir chez un enfant avant.

— Et les autres fois ?

— Eh bien, quand un de mes fidèles vient me parler d'un problème de santé, un problème d'une certaine gravité, Isaac et moi lui rendons visite et prions. Isaac a imposé les mains sur trois fidèles différents et, à chaque fois, monsieur, je sais qu'il les a guéris. Sans compter qu'il m'a guéri, moi aussi.

— Ah bon ?

— Voyez-vous, depuis des années, je souffrais de migraines effroyables. Aveuglantes. Si douloureuses que je devais me réfugier dans une pièce sombre. Débilitantes parfois au point de ne pas pouvoir prêcher correctement ou, si j'y parvenais à grand-peine, j'étais alors incapable de partager les moments fraternels qui suivaient, de prier avec des fidèles ou de jouer au basket avec les jeunes. Un soir, j'ai donc demandé à Shiloh si Isaac et elle pouvaient prier pour moi, si nous pouvions nous tenir la main et prier, et monsieur, je n'ai jamais senti la présence de Dieu avec une telle force avant. Je le sentais – *oui je Le sentais* – jaillir en moi, me traverser de part en part, des doigts jusqu'aux bras et directement au cerveau, et ma migraine a tout simplement disparu. Je n'en ai pas eu depuis. C'est la vérité.

— Hum, répondit Lyle en baissant les yeux.

Dans un monde de plus en plus lisse, minutieusement dirigé par l'informatique, la téléphonie et les médias, la sincérité brute d'un homme comme Steven était stupéfiante ; elle eut l'effet d'un caillou projeté sur le front de Lyle par un lance-pierre.

Il prit le temps de digérer cette révélation et de se ressaisir.

— Et votre Église approuve ce genre de choses ? finit-il par demander. Je suis un peu perdu, là.

— Eh bien, monsieur, c'est une question difficile. Mon Église croit évidemment en la prière, au pouvoir de la prière. Prier est notre manière de nous adresser à Dieu, de changer le monde et de soutenir les autres chrétiens. Et oui, nous croyons que le Seigneur habite certains élus. Cela dit, nous n'allons pas le crier sur tous les toits et nous n'avons aucune intention d'exploiter Isaac, rien de tout ça, non, monsieur. Mais permettez-moi de vous dire une chose : je ne serai ni un obstacle ni une ombre à la lumière du Seigneur. Non, monsieur.

Shiloh sortit prestement de la maison, passa devant Lyle et Steven, et monta dans le pick-up.

— Isaac ne vous accompagne pas ? demanda Lyle.

Elle haussa les épaules.

— Il est bien ici. Je crois qu'il va cuisiner avec maman. Et puis, ce sera sans doute plus facile sans lui aujourd'hui.

Steven tendit la main à Lyle.

— Bénie soit votre journée, dit-il avec entrain.

— Ouais, c'est ça.

Le pick-up s'éloigna sans un regard ni un geste de Shiloh. Lyle resta planté un moment dehors avant de rentrer à la maison.

Isaac était juché sur un petit tabouret de telle sorte que sa poitrine atteignait le comptoir en Formica ; Peg se tenait derrière lui, protectrice. Le sol était saupoudré de farine. Et de sucre. Isaac se retourna pour sourire à Lyle ; il avait de la farine dans les cheveux, sur les joues et sur ses vêtements. Peg lui chuchotait des instructions et il tendait la main vers les pépites de chocolat ou vers le mixeur.

— Je croyais qu'il n'était pas censé manger des cookies, dit Lyle.

— Ce sont des cookies bio, répondit Peg. On les appelle des « cookies magiques ». Et maintenant, Isaac, dis-lui : « Va-t'en, papy. »

Peg était plus détendue, remarqua Lyle, mais elle gardait une certaine distance ; ses sourires s'adressaient au garçon, pas à lui.

— Va-t'en, papy, répéta gaiement Isaac comme un perroquet.

Mais Lyle n'avait pas envie de s'en aller. Il voulait rester à tout jamais figé dans ce moment et dans ce lieu, cet encadrement de porte où il prenait appui, d'où il regardait la femme qu'il avait épousée une quarantaine d'années auparavant et ce petit-fils miraculeux, baignés de lumière, dans les odeurs encore présentes du petit déjeuner, au sein de cette maison qu'il chérissait, près des trains qui rythmaient ses journées, *clic-clac clic-clac*, des péniches qui remontaient lentement le large fleuve brun, des motards qui fonçaient sur River Road, près des pommes chaque jour plus joufflues qui faisaient progressivement ployer les branches et de son ami Hoot qui bricolait tranquillement sous le capot de ses deux Mustang en panne…

Ne voulant pas quitter ce moment, pas du tout, il ferma les yeux, huma les odeurs de la cuisine, toucha le chambranle de la porte et sentit ses pieds dans ses bottes, jusqu'à ses orteils, puis il souffla, et s'il avait été croyant, à cet instant précis il aurait sans doute murmuré : « Amen. » Mais au lieu de cela, il ouvrit les yeux et croisa le regard de Peg, qui tourna le haut du corps vers lui.

— Tu vas bien ? lui demanda-t-elle.

— Oui, fit-il en hochant la tête. Bien sûr que oui. Mais on ferait peut-être bien de parler un peu ce soir, dit-il en regardant le garçon.

*

Allongés dans leur lit, ils écoutaient la pluie glisser sur le toit avant de ruisseler dans les chenaux et d'être admise dans le flot qui ralliait le fleuve. C'était une pluie douce et lente, assez régulière pour que Lyle puisse entendre des gouttes rebondir l'une après l'autre sur les feuilles du jardin. Il se réjouissait de cette pluie ; elle avait brisé le cycle de chaleur et apporté une fraîcheur bienvenue. Ils allaient tout de même installer la climatisation la semaine prochaine, sans faute, avant les canicules étouffantes de fin d'été.

— Qu'est-ce que tu racontes ? Qu'il peut guérir des gens ? demanda Peg, dressée sur un coude. Comment est-ce possible, Lyle ? Ce n'est qu'un garçon. Un petit garçon.

« Les voies du Seigneur sont impénétrables », faillit répondre Lyle, mais il se reprit à temps.

— Tu veux savoir ce que j'en pense ?

Ils parlaient à voix basse derrière la porte fermée de leur propre chambre.

— Oui, Lyle, bien sûr que oui.

— Je pense que ces illuminés se mettent quelque chose en tête et s'en persuadent. Je pense qu'Isaac est aussi capable de guérir les migraines de cette andouille que je suis capable de faire cesser la pluie. Je pense que Steven *veut* y croire et qu'il s'en est convaincu… Et le fait qu'il se soit entiché de notre fille ne doit pas être étranger à tout ça.

— On devrait s'inquiéter ?

Il soupira.

— Je n'en ai pas la moindre idée.

— Je suis un peu inquiète.

— Moi aussi, admit Lyle. Moi aussi.

11

Il y avait de nombreuses variétés de pommes dans le vieux verger : Cortland et HoneyCrunch, Gala et Pink Lady, Zestar et Granny Smith, Golden Delicious et une bonne dizaine d'arbres étranges, des espèces sauvages qui donnaient des fruits une année, oubliaient – ou refusaient – d'en donner une autre. Selon une théorie, ces pommiers sauvages étaient naturellement programmés pour s'empêcher de produire afin de désorienter leurs ennemis les insectes. Ils ne manquaient pas de désorienter Lyle et Otis, en tout cas. Les pommes sauvages étaient imparfaites, périssables, difficiles à stocker et à transporter, compliquées à commercialiser, mais ils en appréciaient d'autant plus l'individualité. Certaines avaient la peau fine et se talaient aisément. D'autres étaient immangeables : d'une aigreur corrosive, sèches et farineuses, ou aussi délectables qu'une liasse de papier. La chair de certaines, quoique ramollie, était juteuse et pouvait être pressée. D'autres encore avaient un goût bizarre ou étaient d'une acidité à vous faire grimacer.

Le verger fournissait aux deux hommes des activités gratifiantes et variées. Et une stabilité rare à l'approche de leurs dernières années. Certains matins,

Lyle frappait à la porte et trouvait le vieux couple en train de se chamailler pour une télécommande égarée ou une facture en souffrance ensevelie sous une pile de journaux. Otis embrassait rapidement Mabel sur le front et les deux hommes partaient au verger, Otis ouvrant le portail, Lyle conduisant à l'intérieur des terres clôturées.

Leur journée pouvait alors commencer. Certes, ils s'accordaient quelques dernières gorgées de café pour profiter une minute encore de la tiédeur de la cabine en écoutant le bulletin d'informations, mais bientôt les portières claquaient, ils étiraient leurs dos raides et rouillés, échauffaient leurs vieux membres en deux temps trois mouvements saccadés et, laissant leurs gamelles et Thermos dans le véhicule, ils pénétraient dans le verger qui s'offrait à eux, paré de brouillard, d'oiseaux en fuite, de papillons de jour et de nuit volant au ras du sol.

Leurs tâches étaient dictées par la progression de l'été. Tonte, ratissage, pulvérisation d'insecticide. Ils s'attelaient parfois à réparer la clôture. Par ailleurs, Otis créait constamment de nouvelles activités, une impulsion singulière chez un homme de plus de quatre-vingts ans. Quelques années auparavant, il avait décidé qu'un petit carré de myrtilles permettrait de diversifier le verger, puis des rangées de fraises, un quart d'hectare de framboises…

Lyle adorait les myrtilles. Porridge aux myrtilles, pancakes aux myrtilles. Cuites au four dans des muffins ou dans du pain. Saupoudrées sur une salade ou, dans le creux de sa main, mangées à pleine bouche. Même sur une coupe de glace, avec quelques gouttes de sirop d'érable pour couronner le tout. Il en stockait d'énormes sacs en plastique dans son congélateur. Cela dit, il ne prenait aucun plaisir à les cueillir. Ses doigts étaient trop épais et ces dernières années ils semblaient gourds, moins sensibles. Peg disait en plaisantant que s'il trouvait une fine pièce de dix *cents* sur le trottoir, Lyle pouvait passer le reste de la journée à essayer de la ramasser. Elle se moquait à la fois du manque d'agilité de ses doigts et de sa frugalité scandinave bien ancrée.

Sans parler d'avoir à se baisser. Même avec la protection de genouillères et d'une couverture épaisse, Lyle avait mal aux genoux, des *élancements*, et ses épaules se crispaient et se nouaient. Mais on ne lui avait jamais appris à se plaindre. Alors il cueillait les baies, toujours plus de baies, et en mangeait en travaillant, vérifiant de temps à autre qu'Otis ne s'opposait pas à cette forme de larcin. Celui-ci avait les lèvres et même le menton tout aussi violacés.

— Et ton petit-fils, comment va-t-il ? demanda Otis.

— Il commence l'école maternelle à la rentrée.

— Ah bon ? Ici, alors, en ville ?

— Non, répondit Lyle. Shiloh et lui déménagent à La Crosse. Ils ont trouvé un petit appartement.

Otis interrompit sa cueillette et fixa Lyle du regard, les peaux foncées de plusieurs myrtilles coincées entre ses longues dents tordues. Il courba un doigt plein d'arthrose, le plongea dans sa bouche et se cura les dents avec son ongle. Le soleil derrière sa tête faisait ressortir les poils rebelles qui s'échappaient de ses oreilles en feuille de chou.

— Sans blagues ?

— Shiloh voulait se rapprocher de leur église, expliqua Lyle en revenant à ses myrtilles.

Il n'avait pas l'intention de s'empêtrer dans les détails de la relation qu'entretenait sa fille avec Steven, mais il était très curieux de savoir ce qu'Otis pensait de la religion et du sujet plus sensible de la soi-disant guérison par la prière. En dépit d'années passées à travailler côte à côte, ils n'avaient jamais abordé le sujet.

— Je ne comprends pas la religion en tant qu'institution, expliqua enfin Lyle. Sois une bonne personne. Ne fais pas de mal à tes semblables. Ne triche pas. Ne sois pas cupide. Tout ça ne semble pas bien sorcier. J'ai pas besoin d'un manuel pour rester dans le droit chemin, nom de Dieu. Ni de tablettes de pierre gravées par la foudre. Ni de récompense au paradis. J'ai pas besoin d'un jour de la semaine consacré à tout ça. Tous les jours sont importants, tous, jusqu'au dernier. Plus on vieillit, plus c'est évident.

Lyle se redressa, sentit l'étirement et le réalignement de sa colonne vertébrale, le soleil sur son visage.

— Tu crois qu'il y a autre chose, Otis, quand on sera… après ça ?

Otis goba quelques myrtilles.

— Nourrir les vers. C'est la prochaine étape. Un bon compost pour l'herbe au-dessus de nos têtes et pour les arbres. C'est pas ce que nous dit ce vieux Walt Whitman ? Qu'on est à la fois uniques et pas uniques. Pas plus uniques que ces merles, là-bas, ou que ces satanés mulots. Juste un organisme répugnant comme tant d'autres, destiné à l'auto-éradication finale. Moins grandiose que les dinosaures, à mon avis. J'aimerais bien savoir quoi ou qui va nous succéder, mais je serai parti depuis longtemps.

— Pas de paradis ni d'enfer, dans ce cas ?

— Et ça, alors ? demanda Otis en tendant les bras vers le verger. C'est pas paradisiaque, peut-être ? Regarde – on voit la Lune, crénom de nom ! Alors ni paradis ni enfer. Non. Juste ce qu'on a. Sous les yeux. Juste ces satanées myrtilles. Des milliers de myrtilles prêtes à être cueillies et qui cherchent un acheteur. C'est le paradis.

Lyle hésita, puis répondit d'une voix mal assurée :

— Je sais pas, Otis. Ça ne serait pas une si mauvaise idée de retrouver mes parents. Mes tantes, mes oncles.

Lyle sentit le jus des baies sur ses doigts, leur sucre. Sentit la boue sécher sur ses mains, la rosée du matin s'infiltrer dans le cuir de ses bottines et le coton douillet de ses chaussettes. Il pensa à son enfant, le garçon qu'il avait perdu. Et soudain il ne savait plus ce qu'il faisait là, à genoux au milieu des longues ombres. Lyle ne croyait pas au paradis, mais il avait parfois désespérément envie d'y croire.

— Je comprends, dit Otis. Pas un jour ne passe sans que je me demande lequel de nous deux va partir en premier, Mabel ou moi. Pourvu que ce soit moi, putain ! Cette vieille bique me rend marteau, mais j'arrive pas à imaginer la vie sans elle.

— Tu ne crois donc pas au paradis ?

— Non, répondit Otis en reprenant sa cueillette. C'est peut-être dû à un demi-siècle dans le système universitaire. Un demi-siècle à enseigner l'horticulture à des gamins. Je ne crois pas en ce qui ne peut pas être démontré. Je n'achète pas de billet de loterie non plus. Je crois aux probabilités, aux mathématiques, aux données et au temps.

Le verger était très silencieux.

— Ou alors… poursuivit-il. Je sais pas, Lyle. Qu'est-ce que tu veux que je te dise ? D'accord. Je crois au paradis. On ira tous au paradis. La montagne en sucre. Valhalla, Vaikuntha, l'Élysée… J'y crois, oui, monsieur. Je veux m'inscrire !

12

Le téléphone sonna en début de soirée. Lyle répondit en s'attendant à du télémarketing ou à un énième sondage d'opinion.

— J'ai besoin de toi, mon pote, lui dit Hoot d'une voix défaillante. Tout de suite.

Lyle ne posa pas de questions.

— J'arrive, dit-il simplement.

Sur le chemin de l'hôpital, Hoot se tordait de douleur sur la banquette du pick-up. Se tordait comme si ses vêtements avaient pris feu ou étaient pleins de charbons ardents. Sa respiration saccadée était ponctuée de quintes de toux.

— J'ai du mal à respirer, dit-il. J'arrive pas à reprendre mon souffle.

Il fut immédiatement admis aux urgences et Lyle s'assit dans la salle d'attente, trop inquiet pour lire les vieux magazines étalés sur les tables basses. Il finit par se lever et faire les cent pas. Cent plus cent. Une première heure s'éternisa, puis une autre. En ces longues journées du début d'été, le soleil se couchait de plus en plus tard, mais son heure arriva ; le doux ciel pourpre contrastait avec les lumières blanches et crues de l'hôpital.

Une infirmière vint enfin chercher Lyle et l'emmena aux urgences. Hoot était alité, des perfusions branchées dans ses bras malingres, deux tubes dans les narines. Il fit une grimace en voyant son ami.

— Tu te souviens quand ils m'ont dit de pas m'inquiéter ? lui demanda-t-il. Que c'était une simple pneumonie ? Eh bien, ils s'étaient trompés.

— Je comprends pas.

— Ils m'ont fait des radios. Je les ai vues. Ils disent que c'est partout.

— Qu'est-ce qui est partout ? demanda Lyle bien qu'il connût déjà la réponse.

— Le cancer, mon vieux. On dirait qu'on m'a renversé un sachet de M&M's sur la poitrine. Sauf qu'ils sont tous de la même couleur merdique. Tout un tas de vilaines petites tumeurs blanches. Le médecin m'a même présenté des excuses. Pour avoir cru que c'était une pneumonie. Il était vraiment secoué, je t'assure. C'est un petit jeune, que veux-tu…

Lyle s'assit à son chevet.

— Il y a un traitement ?

Hoot toussa.

— On n'est pas toubibs, toi et moi, Lyle, mais on sait tous les deux comment ça va se terminer.

— Non, Hoot, j'en sais rien. Tout ce que je sais, c'est que t'es increvable. Et je miserais pas contre toi.

— J'y ai réfléchi, *amigo*. Mais la vérité, c'est que j'ai personne. Ni femme. Ni enfants. Les seuls qui s'apercevront de mon départ, c'est toi et ta famille. Ma sœur aussi, bien sûr, mais elle a sa vie, ses occupations. Peut-être que mon ex-femme viendra aux funérailles…

Lyle plaça sa tête entre ses mains.

— Et nous, alors ? On a besoin de toi. On veut que tu te battes.

— Je suis pas convaincu de l'intérêt de se battre quand la partie est perdue d'avance. C'est de chimio qu'on parle. Écoute, je sais pas. J'imagine que je peux essayer quelques traitements, voir comment je les supporte. Mais je crois que j'ai intérêt à mettre un peu d'ordre dans ma vie. Et en même temps il y a aussi une bonne nouvelle.

Lyle le regarda.

— Ah bon ?

— Plus besoin d'arrêter de fumer, dit Hoot avec un sourire mélancolique.

*

Ils firent d'abord un arrêt à la pharmacie, où Lyle récupéra les nombreux produits prescrits à son ami, puis il le conduisit chez lui. Hoot regardait par la vitre.

— Le fleuve va me manquer, affirma-t-il. J'ai jamais eu envie de vivre ailleurs, je te le dis.

Peg et Shiloh attendaient Lyle à la porte. Elles l'étreignirent toutes deux longuement et Peg sanglota sur son épaule, ce qui était très rare.

— Alors, il va essayer de se battre ? demanda Shiloh.

Lyle hocha la tête.

— Je ne sais pas. Le pronostic est mauvais. Il essaiera peut-être un peu de chimio, histoire de voir s'il la supporte. Je lui ai dit que je le conduirai aux séances. Mais honnêtement, je crois que je le comprends. Je ne sais pas comment je réagirais à sa place.

— Mais on ne peut pas vaincre le cancer sans lutter, dit Peg.

Lyle haussa les épaules.

— Hoot est adulte. Essaie de lui parler, toi.

— Peut-être qu'Isaac pourrait l'aider, suggéra Shiloh.

— Comment ça ? demanda Lyle d'une voix qui gronda plus qu'il ne l'aurait voulu.

— Il… il guérit des gens, répondit Shiloh. Je l'ai vu faire. Steven dit que le Saint-Esprit est en lui. Il a un don. Un don divin.

— Chérie, ce n'est qu'un petit garçon, répondit Peg. Tu penses vraiment que c'est une bonne idée de l'encourager à ce genre de choses ? Il est si jeune.

— Ce n'est pas de mon ressort, maman. C'est *Dieu*. C'est Dieu qui traverse le corps d'Isaac. Comme la foudre dans l'eau.

— Bon, je suis fatigué, dit Lyle. Je suis fatigué et je préfère ne pas parler de ça maintenant si ça ne vous fait rien.

Il leur tourna le dos et se dirigea vers sa chambre.

— Papa, Hoot est ton meilleur ami ! Allons… Tu pourrais au moins l'envisager !

Lyle fit volte-face avec une colère et une frustration qu'il n'avait pas ressenties depuis plusieurs années.

— Je sais que c'est mon meilleur ami, Shiloh ! Qu'est-ce que tu crois, bon Dieu ! aboya-t-il en frappant le mur de sa main, assez fort pour faire trembler les cadres des photos. C'est mon meilleur ami et il va mourir.

C'est alors qu'ils remarquèrent tous les trois la présence d'Isaac à l'entrée de la cuisine, les yeux rougis par les pleurs.

— J'ai fait pipi au lit, dit-il d'une voix frêle et tremblotante. Désolé…

Peg allait se précipiter sur lui, mais Shiloh intercepta son fils et le prit dans ses bras.

— Pourquoi tout le monde est en colère ? demanda-t-il.

— On n'est pas en colère, mon lapin, lui dit Peg d'un ton rassurant. Personne n'est en colère. On va changer tes draps et tu te sentiras comme neuf.

— Maman ! lui reprocha sévèrement Shiloh. C'est *moi* qui m'en occupe, d'accord ? Bonne nuit.

Elle disparut dans l'escalier et peu après Peg et Lyle entendirent des bruits de machine à laver, de douche, de Shiloh nettoyant le garçon.

Lyle était exténué, totalement démoralisé.

— Allons nous coucher, suggéra Peg. On y verra plus clair demain.

Ils se retirèrent dans leur chambre, où Peg aida Lyle à ôter ses bottines, à se débarrasser de ses chaussettes, à passer sa chemise par-dessus ses épaules dures et musclées. Puis, alors qu'il essayait de fermer les yeux, il entendit les pas de Peg dans le couloir, dans la cuisine, l'eau couler dans l'évier et, plus tard, le sifflet de la bouilloire. Elle revint avec deux mugs de thé qui sentaient le miel et le citron.

— Assieds-toi, dit-elle en lui tendant une tasse.

Ils restèrent assis ensemble dans leur lit, à écouter la musique du train, quelques voitures dans la rue, le cri d'un engoulevent.

— Tu ne trouves pas qu'Isaac est un peu grand pour faire encore pipi au lit ? finit par demander Lyle. Il me semble que ça s'est déjà produit depuis qu'ils sont à la maison.

— Je me suis posé la même question, admit Peg, mais ça fait si longtemps que Shiloh était petite, je dois reconnaître que je ne me rappelle plus ce qui est normal. Ce que je sais, c'est que c'est différent pour chaque enfant et que ça peut arriver à tout le monde, bien sûr. Ça pourrait nous arriver, à l'un ou à l'autre.

Lyle étouffa un petit rire.

— J'en suis pas déjà à ce point, si ? J'en suis pas à porter une couche-culotte ?

— Ce n'est pas ce que je voulais dire, répondit tendrement Peg.

— Et qu'est-ce que tu penses de cette histoire de guérison par la prière ?

Peg soupira.

— J'imagine que c'est à Hoot de décider. Il devrait peut-être essayer. Il n'a rien à y perdre.

— Je ne sais pas. Ça ne ferait que les encourager, tu ne crois pas ? Ça normaliserait la chose. Enfin bon sang, c'est bien de « guérison par la prière » qu'on parle, non ? Comment notre fille peut-elle croire en un truc pareil, au vingt et unième siècle ?

— Finis ton thé et dors, chéri, lui dit doucement Peg.

Lyle but sa tasse tiède puis se reglissa sous les draps où il écouta le train et songea longtemps à son ami Hoot, seul chez lui, imaginant peut-être le jour du Jugement dernier, sa dernière heure.

13

Lyle trouva Charlie sous le soleil de fin de matinée ; il raclait le vieil enduit entre les pierres qu'il rejointait sur la dalle devant Saint-Olaf. Un siège pliant surveillait une brouette pleine de ciment frais et un tuyau d'arrosage coulait à flots dans l'herbe verte. Un petit poste de radio noir, bon marché, jouait des classiques de rock, un genre de musique que Lyle trouvait de plus en plus nébuleux ; en début de semaine il avait entendu du Nirvana, puis du Metallica, juste après des morceaux de Jimi Hendrix et de Janis Joplin. « Classique » semblait être devenu un terme générique et vague qui englobait tout ce qui n'était pas « nouveau ».

— Lyle, l'accueillit Charlie d'un ton bourru, t'es venu me donner un coup de main ?

Lyle s'assit sur la chaise et scruta la campagne environnante.

— Qu'est-ce que tu peux me dire sur la guérison par la foi ?

Charlie s'esclaffa.

— Ben dis donc, mon vieux, t'y vas pas par quatre chemins aujourd'hui, hein ?

— Je suis sérieux.

— D'accord, mais dis-moi d'abord à quoi ressemble mon ciment, là-bas. Tu veux bien l'arroser un peu ? Vas-y mollo, juste quelques gouttes.

Charlie termina de bourrer le joint et se lava les mains sous le tuyau.

— T'as piqué mon siège, dit-il en hochant la tête. T'as piqué mon siège et tu m'interroges sur la guérison par la foi. Est-ce que t'as au moins pensé à m'apporter une cartouche de clopes ou une bouteille de cognac ?

— C'est Shiloh, répondit Lyle.

Charlie acquiesça, toussota et cracha un glaviot dans l'herbe.

— Évidemment, dit-il.

— Alors ?

— Quelle heure est-il ? demanda Charlie.

Lyle consulta le soleil.

— Autour de midi, je dirais.

— Écoute, aide-moi à finir le peu de joints qu'il reste à faire et après on ira discuter chez moi.

Ils travaillèrent une vingtaine de minutes sous les rayons vifs et directs du soleil puis, quand ils eurent utilisé tout l'enduit, Charlie nettoya les pierres, rinça la brouette et, emportant le siège et les outils, les deux compères rentrèrent au presbytère, où Charlie découpa des rondelles de saucisson et quelques dés de cheddar qu'il disposa sur un plat à côté de cornichons et de crackers avant d'ouvrir deux canettes fraîches de Leinenkugel's. Ils sortirent alors dans le jardin, s'assirent sur un banc en bois brut et Lyle commença à parler de Shiloh, de Steven et de l'Assemblée des Coulee Lands. Dans la lumière presque bienveillante, un machaon papillonnait entre eux.

Lyle termina et soupira, puis il se tourna vers son ami et lui demanda :

— Qu'est-ce que tu en penses ?

— Rien de bien, à vrai dire.

— Qu'est-ce qui n'est pas bien ? La guérison par la foi ?

— Oui, pour commencer. Mais ce n'est pas tout, dit-il avant d'inspirer longuement par le nez. Écoute, la guérison par la foi ou par les prières se pratique dans beaucoup d'Églises et touche tous les milieux socioculturels. Mais ce dont tu parles, les illuminés purs et durs, à la je-vais-te-souffler-dessus-et-guérir-ton-hépatite… on trouve ce genre de trucs dans des Églises très discrètes, très isolées. Ça ne se pratique presque jamais ouvertement car les dirigeants de ces Églises savent qu'ils risquent la fermeture. Et ils se feraient probablement arrêter.

Charlie but une gorgée de bière.

— En général, ils font ça en privé. Une rumeur se propage, tu sais, par le téléphone arabe, on avertit les fidèles que quelqu'un est malade, pas juste souffrant mais condamné. Les gens se déplacent alors chez cette personne et ils prient ou ils imposent les mains sur elle. Il y a parfois un guérisseur attitré, mais la plupart du temps c'est la congrégation qui fait le boulot, les hommes sans doute.

Ils n'en parlent pas parce que si le malade finit par mourir, c'est pas bon pour l'image de l'Église. En particulier pour les dirigeants de l'Église. C'est pas bon pour la famille non plus, qui aurait mieux fait d'amener le malade à l'hôpital.

Lyle but une gorgée de bière.

— Et t'essaies de me dire que Shiloh croit en la guérison par la prière ? demanda Charlie.

— Pas seulement. Shiloh prétend qu'Isaac a des dons de guérisseur.

— Vraiment ? demanda Charlie en soupirant. Et pourquoi ?

— J'imagine qu'il l'a fait quelques fois.

— Oh, Lyle. Je ne pensais pas qu'elle avait sombré à ce point. La guérison par la foi, c'est de l'extrémisme. Ce genre-là, en tout cas. (Il termina sa canette d'un trait et se carra dans sa chaise.) Ce que je veux dire, c'est qu'il n'y a rien de mal à *prier* pour quelqu'un, à prier pour un mourant. Mais, sérieusement, leur guérison par la foi est tout simplement criminelle. Je ne vois pas d'autre mot pour décrire ça. Si tu sais que quelqu'un est en danger de mort et que tu pries pour lui au lieu de l'amener chez le docteur, c'est de la négligence. Et si quelqu'un souffre et que tu penses que Dieu va trouver un moyen de le guérir par magie, c'est purement et simplement illégal : non-assistance à personne en danger.

— Je crois que je suis en train de la perdre, Charlie. Elle parle de déménager, ce que je comprends, bien sûr, mais… qu'est-ce qu'on est censés faire pour Isaac ? On doit le laisser grandir entre les mains de ces, de ces…

— T'es allé dans son église ?

— Une fois, oui.

— Parle-moi du pasteur.

Lyle eut un rire sombre.

— Il fait partie du problème. Elle l'aime bien. Entends par là qu'elle l'aime *vraiment* beaucoup.

— Je ne sais pas quoi te dire, Lyle. Les gens se lancent à corps perdu dans ce genre d'Églises. C'est comme une espèce de trou noir. Ils se font aspirer et c'est très difficile d'en ressortir. Ceux qui critiquent l'Église ou refusent sa doctrine sont bannis.

— Mais ça doit bien arriver, quand même, non ? Que des gens quittent ces Églises, je veux dire.

Charlie semblait sceptique.

— D'après ce que j'ai lu… pas si souvent. Il arrive qu'un fidèle ait une sorte d'épiphanie, même si c'est dans le sens opposé à celui d'une épiphanie chrétienne. Comme s'il tombait en disgrâce. (Charlie hésita.) Un peu comme ce qui t'est arrivé, en fait. Cette « chute » survient parfois avec la perte d'un être aimé, quand la guérison par la prière a échoué et que l'on comprend son erreur.

— Comment peut-on l'aider, comment les aider tous les deux ? demanda Lyle.

— Je vais te dire une chose, mon vieux, à mon avis il ne faut surtout pas rejeter ta fille. Et si j'étais toi, je surveillerais ce gamin de près. Je peux essayer de parler à Shiloh si tu veux, mais elle est intelligente, elle verra tout de suite dans mon jeu. Non. Dans l'immédiat, fais ton possible pour la soutenir. Le problème avec ce genre d'Église, telle que tu la décris, c'est que si tu ne fais pas attention, elle va l'engloutir et…

Charlie se mâchouilla un ongle.

— Et quoi ?

— Tu risques de ne plus la revoir. Ça devient un combat entre eux et le monde entier. Ils croient que tout le monde essaie de leur nuire. Et ça ne fait que renforcer leur foi.

Lyle termina sa bière et un silence s'installa entre les deux amis. Lyle avait envie de dire « J'ai peur », mais il renonça, il n'osait pas exprimer ce qu'il redoutait par crainte de le rendre encore plus réel.

— Lyle, dit Charlie. Essaie de rester aussi proche d'eux que possible, tu comprends ce que je te dis, mon pote ? Le plus près possible.

14

De la chute des feuilles d'automne bariolées et condamnées jusqu'au week-end prolongé de Memorial Day, fin mai, River Road et les populations alentour sombraient dans l'oubli. Pourquoi emprunter ces voies sinueuses limitées à 90km/h et bordées de bleds paumés et déserts, alors qu'on pouvait foncer entre 110 et 140 km/h sur l'axe nord-sud de l'Interstate 35 en fendant les entrailles de l'Amérique, ou encore choisir les artères d'asphalte transversales qu'étaient les routes 90 et 94 ? Les commerces longeant River Road fermaient habituellement autour de Noël et ne rouvraient leurs portes qu'à la mi-mai, le temps d'aérer et de balayer les toiles d'araignées de tous les recoins et étagères. Pour la plupart des riverains, l'hiver était une saison idyllique. Ni touristes, ni motocyclistes, ni chauffards éméchés pour encombrer les routes. Le calme régnait, en dehors du vacarme des trains de marchandises.

En été, une énergie folle se déchaînait le long du fleuve. Elle se manifestait en tout et partout. Sur les berges, les gigantesques peupliers de Virginie déployaient leurs bouquets de feuilles vertes et, plus tard, projetaient joyeusement leurs chatons cotonneux à tous vents, de telle sorte que dans les caniveaux, les entrées et les paliers, la peluche blanche formait des congères moelleuses de fausse neige. Et les fleurs… jacinthes en tête, puis jonquilles, suivies d'une profusion de lilas. Les lilas ! En pourpres princiers et blancs tape-à-l'œil, exhalant un parfum capiteux capable de saturer l'air ou n'importe quelle pièce… Ensuite, les grenouilles, crapauds arboricoles, rainettes, criquets et cigales… l'univers entier des insectes bourdonnait de vie, éclatait en une cacophonie jubilatoire. Assez fort pour que leurs voisins humains dussent parfois claquer leurs fenêtres pendant la nuit, soit pour assourdir les invertébrés, soit pour réduire le boucan des hiboux perchés sur la cime des arbres ou les poteaux téléphoniques, hululant à toute heure comme un groupe de fêtards avinés au fond d'un bar.

Et en dernier lieu les touristes, bien sûr. Au volant de Volvo, Volkswagen, breaks Subaru, Jeep et minivans dernier cri. Faisant claquer leurs tongs le long de River Road, jetant un coup d'œil dans les ateliers de poterie, allant d'une boutique à l'autre et trouvant enfin refuge dans un café, une boulangerie ou un bar pour assouvir leur besoin en croissants et scones, vin blanc ou café infusé à froid, cornets de crème glacée ou dégustation gratuite de fromage.

Rien de tout cela ne dérangeait Lyle, à condition qu'ils dépensent leur argent puis s'évaporent comme des traces de pieds humides. Mais cet été-là, il n'avait guère de patience pour les touristes et leurs sourires baguenaudants. Sa fille et son petit-fils déménageaient et son meilleur ami était mourant. Le monde s'assombrissait.

*

Hoot n'avait jamais eu de kilos en trop, mais il ne lui restait désormais que la peau sur les os, une fragilité d'épouvantail. Quand il avait un rendez-vous chez le docteur, Lyle le conduisait au cabinet médical de La Crosse ou d'Eau Claire et les deux hommes patientaient dans une salle d'attente climatisée en feuilletant des magazines écornés.

— Je veux que tu saches que je laisse tout ce que j'ai à ma sœur, à Oakland, lui confia Hoot un jour. Sauf les voitures. Elles sont pour toi.

— Hoot… inutile de parler de ça. Concentrons-nous sur ce que dira le docteur. Inutile de prévoir…

— Lyle, l'interrompit Hoot. T'es mon ami, je t'aime, mais arrête de jouer les imbéciles. Je suis en train de mourir. Et j'essaie de mettre de l'ordre dans mes affaires. Je pourrais en parler directement à ma sœur, mais j'aime autant éviter. Si elle apprenait que je suis mourant, elle voudrait venir s'occuper de moi et elle m'enquiquinerait toute la sainte journée pour la chimio et pour que j'arrête de fumer. Elle me ferait bouffer du tofu et boire du kombucha ou une autre saloperie de ce genre. Alors… c'est mieux comme ça. Je lui ai déjà écrit une petite lettre.

Après un long silence, Lyle dit :

— Si seulement je savais comment t'aider. Faire quelque chose pour toi.

Hoot toussa.

— Y a bien quelque chose.

Lyle dressa l'oreille.

— Peg cherche toujours à m'inviter à dîner…

— Hoot, elle adorerait que tu viennes manger, elle…

— Ferme-la, Lyle. Tu vois pas que j'essaie de te dicter mes dernières volontés, bon Dieu ?

— D'accord, répondit Lyle en croisant les bras.

— J'aimerais venir dîner chez vous. Et j'aimerais que ce soit avec Shiloh et Isaac. Même ce bouffon de pasteur, le petit ami de Shiloh. Peut-être Otis et Mabel. Invite Charlie aussi, si ça te chante. Et je veux qu'on soit tous bien sapés. Comme pour Thanksgiving. Ou Noël. Même Isaac. Je lui achèterai un petit costume-cravate s'il en a pas. Je me fiche un peu du menu. J'ai plus beaucoup d'appétit à vrai dire. Mais je pensais aux vacances et… écoute… Je sais pas si je tiendrai jusqu'au mois de novembre, alors ça… ça me ferait vraiment plaisir.

Sa voix se brisa. Lyle n'avait jamais entendu son ami exprimer de la tristesse. Pas depuis plus de vingt ans qu'il le connaissait. Jamais.

— J'ai toujours adoré Thanksgiving, poursuivit Hoot. Depuis tout gamin. Notre maison se remplissait de cousins, de tantes et d'oncles. Les odeurs de cuisine, les adultes un peu plus gentils que d'habitude, sans doute parce qu'ils avaient un petit coup dans le nez. Les tartes et la glace. C'est… cette sensation que je recherche. Tu me comprends, *amigo* ?

Il fut appelé à ce moment.

— Horton Shaw ?

Lyle entendait rarement le vrai nom de son ami.

— Ça va ? lui demanda-t-il doucement. Prêt à l'attaque ?

— Je sais pas, mon pote. Comme dirait le grand et regretté Joe Cocker : « *I'm not feelin' so good myself*[1]... »

— Je vais t'aider, lui dit Lyle.

Il se leva pour soutenir Hoot, le temps qu'il trouve son équilibre, en l'attrapant par le biceps, près de l'aisselle. Un bras fin comme un manche à balai, fragile comme une tige de maïs au mois d'octobre.

— Quelle idée d'appeler leur fils Horton, bon Dieu ! s'exclama Hoot. C'est comme si mes parents avaient tout fait pour que je sois persécuté.

Il se mit debout et les deux hommes se dirigèrent à petits pas vers l'infirmière, qui les encourageait d'un sourire.

— C'est un rendez-vous pour quoi ? demanda Lyle en le confiant à la soignante qui lui passa un bras dans le dos.

Sans cesser de traîner des pieds et sans se retourner, Hoot lui répondit haut et fort :

— Oh, juste pour me rappeler que je suis en train de mourir.

Lyle lui cria tandis qu'il franchissait la porte :

— Je t'attends. Je bouge pas.

*

Une heure plus tard, Hoot réapparut, frêle et exténué, soutenu par deux infirmières. Lyle se leva immédiatement et accourut vers son ami.

---

1. Extrait de la chanson *Feeling Alright* : « Quant à moi, je me sens pas super bien. »

— C'est bon, mon vieux. Tu vas pas nous faire une scène, nom de Dieu. Ramène-moi chez moi. Je suis crevé.

— D'accord, dit Lyle. C'est parti.

— Mais on s'arrêtera en route. Y me faut une bouteille d'air. Je suis devenu un de ces vieux croûtons qui se trimballent avec leur propre atmosphère. Remarque, je suis à peu près certain que l'oxygène pur n'est pas dangereux. Je risque rien à continuer de fumer mes cigarettes. C'est pas pire que les abrutis qu'on voit dans les stations-service, qui crapotent en pompant leur super. Crétins.

*

En arrivant chez Hoot, Lyle voulut l'aider à entrer, mais il lui fit signe de s'en aller.

— T'es un bon ami, Lyle. Mais rentre chez toi. Et donne le bonjour à Peg.

— Je peux rester un peu, si tu veux…

— Barre-toi, je te dis. Qu'est-ce que tu veux ? Que je te mente ? Très bien : j'ai envie de chier. Tu veux me tenir la main ?

— J'ai compris, répondit Lyle. N'hésite pas à m'appeler si t'as besoin de quoi que ce soit.

*

À une rue de chez lui, Lyle tourna et s'engagea sur une route de campagne ; le soleil couchant flambait comme une lampe à acétylène dans le rétroviseur. Il se rendit dans une vieille carrière désaffectée, une tranchée profonde dans le grès d'une falaise qui donnait sur une eau aussi turquoise et pure qu'aux Caraïbes. Il éprouvait un besoin furieux de pleurer, mais les larmes refusaient de couler et, frustré et affligé, il finit par sortir de la voiture en faisant claquer la portière ; il chercha la plus grosse pierre qu'il put trouver, la brandit au-dessus de sa tête et la jeta dans les eaux paisibles où elle fit un plouf étonnamment fort avant de propager ses ondes à la surface. Lyle se traîna alors jusqu'à son pick-up, se regarda furtivement dans le rétro, et rentra chez lui retrouver Peg.

15

Lyle, en soixante-cinq ans de vie, n'avait jamais eu à « marcher sur des œufs » avec qui que ce soit. Il n'avait même jamais eu à y songer. Il avait grandi dans un milieu stoïque d'agriculteurs américains d'origine norvégienne, où l'on n'exprimait pas – ou du moins très rarement – ce qu'on ressentait : les sentiments étaient considérés comme des départs de feu qui devaient être immédiatement étouffés, en privé. Peg, élevée dans une famille du Midwest de même acabit, avait repris le flambeau de professeur de mathématiques pour la troisième génération consécutive, ce qui voulait dire qu'elle était un modèle ridiculement patient d'esprit logique et factuel. Bien sûr, cela ne les rendait ni l'un ni l'autre insensible ou cruel. Cela signifiait seulement que dans leur vie, l'âpreté à la tâche et la ténacité étaient des valeurs primordiales. Personne, à leurs yeux, ne méritait de se croire exceptionnel. S'ils avaient eu une devise ou un credo, ç'aurait peut-être été : « Garde la tête basse, fais toujours ton travail correctement, nettoie derrière toi – et surtout, ne cause aucun dégât. »

Dès qu'elle était entrée dans leur vie, Shiloh avait bouleversé cette vision du monde ; Lyle et Peg se pliaient en quatre pour la satisfaire, la gâter, lui offrir des chaussures et vêtements neufs, une tenue de ballerine ou des cours de danse à La Crosse – tout ce qu'elle désirait, en vérité. Car pour eux, après leurs souffrances et leurs attentes démesurées, elle était un miracle. Et au sein de la population sombre et loyale de Redford, déjà caduque à l'époque, elle était chouchoutée par tous les petits vieux, le moindre de ses déplacements devenait un défilé de princesse sans flotte ni tiaré. On lui offrait sucettes et cookies où qu'elle posât le pied, on l'alpaguait des voitures ou du trottoir, on la hélait ou la klaxonnait pour la saluer. Parce qu'il y avait, et il y a encore aujourd'hui, dans le monde entier, des petites villes si intimement liées que la douleur ou l'exubérance d'un habitant est ressentie avec la même intensité par son voisin. La communauté restreinte de Redford avait donc aidé Lyle et Peg à guérir et à tourner la page – avec une satisfaction et une joie sincères. De cette manière, le couple avait délaissé son ancienne vision du monde – il l'avait balayée, supprimée, avait bientôt oublié jusqu'à son existence ; tel était le pouvoir de l'amour, tel reste son pouvoir.

Shiloh, ils en étaient persuadés, était *exceptionnelle*. Et elle pouvait causer tous les dégâts qu'elle voulait. Ils étaient là pour nettoyer.

Aujourd'hui cependant, Lyle redoublait de prudence avec sa fille, tant et si bien qu'il avait l'impression de vivre sur la pointe des pieds : quand elle quittait une pièce ou s'éloignait dans le pick-up de Steven, Lyle était incapable de réprimer un grand soupir de soulagement.

L'endroit qui l'angoissait le plus était l'église des Coulee Lands où il s'asseyait, droit comme un *i*, les muscles tendus comme s'il s'attendait à recevoir un coup de poing plutôt que la communion. Car pour la messe, Peg et lui ne pouvaient plus jouir d'un anonymat relatif au fond de la salle de cinéma. Maintenant que Shiloh et Steven « sortaient ensemble » officiellement (bien que Lyle eût du mal à comprendre la définition de « sortir ensemble » au vingt et unième siècle), les parents devaient s'asseoir au premier rang, si près du pasteur que Lyle entendait tinter les bracelets et breloques à son poignet comme un tambourin. À leur insu et à leur corps défendant, Peg et lui en étaient plus ou moins venus à assumer le rôle de dignitaires de l'église.

Steven était un orateur né. C'était indéniable. Et au-delà de ses talents oratoires, il était manifestement très versé dans les Écritures saintes. Lyle avait entendu plusieurs de ses sermons, les avait passés au peigne fin et, bien qu'il fût en désaccord absolu avec son interprétation de l'Évangile, il ne pouvait ignorer les *amen* de fidèles qui se levaient en nombre et agitaient les mains devant leur corps comme des feuilles dans le vent.

Dans le sanctuaire, Steven rôdait telle une panthère, s'adressait directement à la congrégation, donnait l'impression de connaître intimement chaque personne – pire encore, de connaître les plus grandes faiblesses, les peurs et les crimes de chacun. Outre son aplomb suprême, le pasteur était suprêmement dévot et il arborait sa posture moralisatrice avec fierté, comme une cape pourpre ; on aurait dit un mélange absurde de mec branché et de vieux sage.

Ce dimanche-là, le sermon semblait tourner vaguement autour de la moralité de l'avortement, un sujet qui n'aurait jamais été abordé à Saint-Olaf, où les questions politiques étaient tenues à une distance plus que respectable. Lyle ne fut pas surpris d'entendre Steven condamner l'avortement, de manière générale, mais il fut plus que surpris lorsque Steven cessa d'arpenter le cinéma, s'arrêta juste devant Peg et lui, et se mit à déballer publiquement leur propre vie.

— … Il se trouve une femme parmi vous, mes amis. Une femme dont la mère naturelle n'était qu'une gamine de quinze ans quand elle l'a mise au monde, ni à la maternité ni même dans le confort rassurant et la sécurité de sa maison de famille, non, elle a accouché dans les toilettes crasseuses d'un fast-food. Cette histoire aurait pu prendre un cours différent, des centaines de cours différents, tragiques. *Imaginons*, mes amis, que ce bébé – aujourd'hui une femme parmi nous – ait été assassiné avant d'avoir pris son premier souffle ? Imaginons, mes amis, que la mère de cette femme ait utilisé la contraception – la méthode bien trop courante de la soi-disant pilule du lendemain, par exemple. Imaginons que ce nouveau-né – aujourd'hui un membre bien-aimé de notre congrégation – ait été abandonné, rejeté, éliminé, comme tant d'enfants innocents le sont chaque année, chaque mois, chaque jour, chaque heure, à chaque *instant* dans ce pays. Balancés parmi les serviettes en papier et les détritus dans la benne à ordures d'une ruelle. Que se serait-il passé, mes amis ? Que penser de notre monde ? De nos vies ? Cette église…

Lyle n'écoutait plus Steven. Il le fixait en sentant le sang lui monter à la tête, aux oreilles, engorger son cœur.

— Mais j'ai de bonnes nouvelles, mes amis. Le Seigneur refusa d'abandonner ce bébé. Le Seigneur parla à l'oreille de la jeune mère, il sut la consoler, et grâce aux prières et à la bonne volonté de ses prochains, la volonté du Seigneur se propagea dans un réseau de croyants jusqu'à ce que Sa commande, Sa vision pour cette enfant atteigne ses vrais parents.

L'église était si silencieuse que Lyle *entendait* presque le sang dans les veinules de ses oreilles, il entendait sans le voir un parent s'adresser à son jeune enfant devant les toilettes du foyer, l'aider à se reculotter... De longues années s'étaient écoulées sans que Lyle repense au jour où ils avaient rencontré Shiloh pour la première fois. Mais en l'entendant aujourd'hui, il décelait une omission dans la version de Steven : le pasteur excluait par commodité tous les personnages – tous les chrétiens – qui avaient bel et bien abandonné la jeune mère, qui l'avaient jugée et qui, de fait, avaient forcé une gamine de quinze ans à monter dans un autocar, en quête de sécurité et de protection.

— Mes amis, ces vrais parents n'avaient jamais rencontré ni l'enfant ni sa mère. Ils n'en avaient même pas vu une photo. Ils montèrent dans leur voiture, tout simplement, et se dirigèrent vers elle. Comme les rois mages suivirent l'étoile... Et certains d'entre vous me demandent : « Pasteur Steven, comment savoir si Dieu m'appelle ? »

Le jeune pasteur sourit alors à ses ouailles et elles lui rendirent un sourire, ponctué de quelques rires et applaudissements feutrés, car elles savaient que cette question était purement rhétorique. Lyle ne tenait plus en place. Incapable de maîtriser ses mains, il se mit à les tordre. Il piétinait le sol. Il gardait les yeux baissés. Il était furieux. C'était *son* histoire. Cette journée-là, ces émotions et ces souvenirs lui *appartenaient*, à lui et à Peg. Or cet homme clamait leur histoire avec la subtilité d'un grand panneau publicitaire rouge au bord de la route, ou d'une banderole criarde déployée au-dessus d'une plage par un petit avion bruyant.

— Mes amis, ces parents, ces courageux parents – et je suis heureux de préciser qu'ils sont des nôtres aujourd'hui –, ces témoins vivants de la grâce et de la volonté de Dieu, ont entendu cet appel et, sans l'ombre d'un doute dans leur cœur, ils ont cheminé et placé leur confiance en Lui.

Steven posa la main droite sur l'épaule de Peg qui se mit à pleurer. Lyle se tourna vers son épouse, sidéré car elle n'était pas du genre à exprimer ses émotions et qu'elle ne pleurait quasiment jamais, surtout en public. Sa surprise crût encore quand la main gauche de Steven atterrit sur sa propre épaule et pressa fortement ses soixante-cinq ans de muscles noués, de cartilage et d'os. Puis le pasteur s'éloigna d'eux et se remit à prêcher pour l'assemblée qu'il avait progressivement réussi à déchaîner. Peg se tapota les joues avec un Kleenex.

— Et vous vous demandez si Dieu *continue* à faire des miracles ? tonna-t-il. Vous vous demandez si Dieu se trouve *toujours* parmi nous ? Vous croyez que Dieu appartient à une histoire ancienne, se résume à de simples mots dans un vieux livre poussiéreux et ennuyeux ?

Dans le cinéma, tous les fidèles étaient debout, à part Lyle et Peg – tous frappaient des mains et criaient des encouragements à leur pasteur. La salle résonnait bruyamment, la chaleur était étouffante. Les musiciens du groupe de l'église, les Rédemption, prirent leurs instruments derrière Steven et se mirent à jouer doucement, puis de plus en plus fort, comme pour souligner chacun de ses arguments.

— *Chacun* de vous est un miracle et Dieu vous voit, comme vous me voyez et comme je vous vois. Nous sommes *tous* des miracles ! Chaque enfant est un miracle, c'est pour cela que vous devez vous armer de courage, affronter les affres du monde et brandir une torche pour anéantir l'obscurité. Que vous soyez au travail, à un barbecue ou à un match de baseball, profitez de ces moments pour partager votre foi, communiquer votre feu sacré. Inutile de chercher plus loin que les membres de votre église. Vos frères et sœurs sont ici même, dans cette salle. Vous pouvez vous sauver les uns les autres. Vous pouvez sauver des vies pour Jésus.

Lyle s'aperçut qu'il était le seul à être resté assis. Tout en étreignant Peg qui lui tournait le dos, sa fille Shiloh baissait les yeux sur lui tandis que le jeune pasteur, les bras dressés, savourait les applaudissements mais le regardait aussi, sa barbe fendue d'un grand sourire, la sueur coulant sur son front et s'accumulant dans ses sombres sourcils dressés.

— Je veux que la messe d'aujourd'hui se termine en beauté, annonça Steven, soudain entouré d'enfants.

Lyle leva la tête. Steven enlaça ceux qui étaient les plus proches de lui.

— Nous sommes tous d'accord pour dire que les enfants sont des dons, des miracles. Alors installons-nous confortablement et écoutons ces miracles chanter pour notre plus grand plaisir.

Lyle reconnut immédiatement le chant, puis il repéra Isaac parmi les petits visages du chœur ; il chantait fièrement, la bouche tendue en un « o » minuscule, flanqué de la petite Sadie qui se tournait vers lui chaque fois qu'elle oubliait les paroles. Lyle remarqua qu'ils se tenaient par la main, alors que la cheffe de chœur, une femme haute comme trois pommes, pas plus d'un mètre cinquante en tout cas, extirpait la musique des enfants, ses bras courts et épais gesticulant en mesure, se tendant vers un enfant puis un autre. Et malgré lui, malgré sa frustration, Lyle se détendit et savoura la voix de son petit-fils et le spectacle des enfants chantant à l'unisson *You Are My Sunshine*.

*

Après que Steven eut guidé la congrégation dans la prière finale ce dimanche-là, la salle vibrait du plaisir palpable d'un petit groupe de gens unis : des dizaines de visages luisant de transpiration, étreintes et poignées de main, voix enflées par la jubilation des retrouvailles. Lyle triturait le bulletin paroissial jaune pâle entre ses doigts ; il fit même semblant de le faire tomber sous son siège pour éviter d'avoir à se lever et à se mêler aux effusions. Exténué, furieux, se sentant de plus en plus piégé, il se rendait compte que Shiloh était sans doute perdue, qu'il serait impossible de l'extraire de cet endroit. Mais Isaac…

Lyle ne savait pas comment garder le garçon sous son aile, comment le protéger ; il ne savait pas s'il y avait lieu, et en quoi, de craindre pour lui.

Peg se tenait près d'un groupe de femmes et riait ouvertement. Il chercha Isaac des yeux mais ne le vit nulle part. En proie à une grande solitude, il se retira dans les toilettes où il s'enferma dans une cabine, s'assit et passa ses mains dans ses cheveux. Il attendit un certain temps, jusqu'à ce que le vacarme du hall commence à se dissiper, puis il tira la chasse d'eau, se planta devant le lavabo, s'aspergea le front et se regarda dans la glace. Il n'y vit que l'inquiétude sur son visage.

16

Shiloh était heureuse auprès de Steven ; Lyle et Peg, l'air de rien, en profitaient pour offrir leurs services de baby-sitters. « Sortez donc, les jeunes, allez au restaurant, disait Lyle. À Red Wing. Ou Stillwater peut-être. Et si vous preniez quelques jours de congé ? Vous devriez monter à Boundary Waters. Steven ne connaît pas ? Il fera bientôt trop froid pour y aller. N'hésitez pas. Ta mère et moi nous occuperons d'Isaac avec plaisir. C'est *vous* qui nous rendriez service. »

Il affectait une attitude détachée, essayait de ne pas trop insister. Cette tactique lui avait permis d'accompagner Isaac aux répétitions de la chorale et, assis au fond de la salle de cinéma, il se délectait en écoutant les enfants répéter, ricaner et gigoter tandis que leur cheffe de chœur tentait désespérément de les regrouper, de les coordonner, d'harnacher leur éparpillement ingouvernable. Pourtant, si cela avait été possible, Lyle n'aurait pas hésité à suggérer, en toute finesse, que Shiloh et Steven partent en voyage dans le désert de Gobi, remontent l'Amazone, ou traversent le Sahara entier à dos de chameau, sans se presser…

— T'es sûr, papa ? Je ne veux pas vous déranger…

Lyle, Shiloh et Steven se tenaient dans l'allée, se balançaient d'un pied sur l'autre, shootaient dans des petits cailloux, suivaient les fêlures du ciment du bout du pied.

Lyle hocha la tête.

— Shiloh, c'est notre unique petit-fils. Partez donc. Amusez-vous bien.

Steven avait demandé Shiloh en mariage quelques semaines auparavant, et même s'ils n'étaient pas encore censés coucher ensemble, l'inconvenance présumée de passer un week-end dans le même motel était moindre. Ce n'était certainement pas Lyle qui allait les interroger à ce sujet. Il n'avait en vérité aucune envie de penser à la vie sexuelle de sa fille ; cela dit, il trouvait que leurs petits arrangements sonnaient aussi faux qu'un billet de trois dollars.

— Boundary Waters est un coin sympa… dit-elle. On pourrait louer un canoë et faire du camping. Ce serait marrant et pas cher…

— Bonne idée, lui dit Lyle, mais si t'entends un air de violon, promets-moi de faire demi-tour.

Shiloh sembla perplexe.

— Excuse-moi, dit son père. C'est juste une petite blague sur le film *Délivrance*.

— C'est bon, papa, lui répondit-elle en hochant la tête. T'en fais pas.

*

Ils partirent un lundi au début du mois d'août, le plateau du pick-up de Steven chargé à ras bord d'attirail de camping ; ils semblaient aux anges, tous les deux, comme des adolescents amoureux. Steven klaxonna en sortant de l'allée, mais Isaac rentrait déjà en courant à la maison, talonné par Peg : ils avaient prévu de faire une pizza (même la pâte), de regarder des films et de boire de la racinette. Lyle salua paresseusement les tourtereaux, puis il rentra.

*

Ils vécurent quelques jours sensationnels, se rendant d'abord jusqu'à Minneapolis pour visiter le nouveau stade de baseball des Twins du Minnesota d'où la vue sur l'humble poignée de gratte-ciel de la ville émerveilla Isaac. Ils passèrent la nuit à l'hôtel Saint Paul et le lendemain matin, ils allèrent au marché des producteurs, au musée pour enfants et au musée de la science où Isaac s'extasia devant quelques squelettes de dinosaures. Avant de quitter les villes jumelles de Minneapolis et Saint Paul, ils firent un saut chez Mojo Monkey, une petite boulangerie de donuts branchée où ils s'assirent près de la vitrine, Lyle savourant son café tandis qu'Isaac regardait le flot continu de clients fidèles qui fréquentaient la boutique.

Mais le soir où ils rentrèrent de Saint Paul, Isaac ne se sentait pas bien. Il était fatigué. Lyle et Peg attribuèrent son état aux longues heures de route et à l'exaltation du voyage. Le garçon demanda, *exigea* en fait, de filer au lit à dix-sept heures et, le lendemain, il ne se réveilla pas avant dix heures et seulement lorsque Peg s'assit à son chevet pour éponger la sueur de son front bouillant.

— Il a de la fièvre, dit-elle à Lyle, inquiète. Qu'est-ce qu'on fait ? On appelle Shiloh ? Ou on l'amène directement chez le médecin ?

— Pour une fièvre ? On ne devrait pas la déranger pour une simple fièvre, Peg. Attendons de voir comment il se sent dans la journée.

Isaac resta tout l'après-midi sur le canapé du salon, et ce, en dépit d'un temps radieux.

— On pourrait aller voir Charlie, proposa Lyle. Ou aller faire un tour au verger. Je parie que Mabel te préparera une pomme au caramel. Et si on allait à la pêche ? Ça ne te dit rien ? On regarderait passer les péniches au bord du fleuve. Il frotta les épaules du garçon. Qu'est-ce que t'en dis, mon grand ?

Les yeux d'Isaac étaient ternes, son visage cireux.

— Comment tu te sens, mon biquet ? lui demanda Lyle en l'examinant plus attentivement. Ça va ? Peux-tu parler à papy ?

L'enfant avait les lèvres gercées. Lyle plongea un doigt dans le pot de Carmex et les badigeonna. Puis il le fit s'asseoir et lui offrit un verre d'eau fraîche.

— Je suis juste trop fatigué, papy. Ça te dérange pas si on reste devant la télé ?

Lyle s'assit à côté de lui ; ils regardèrent un *Harry Potter*, puis il s'aperçut qu'Isaac s'était endormi. Il le prit dans ses bras, le porta dans son lit au sous-sol et resta à son chevet, de plus en plus inquiet.

*

Le jour suivant, Isaac avait fait pipi au lit ; les draps étaient imbibés d'urine âcre mais ça ne l'avait même pas réveillé ; il restait allongé, complètement groggy, incapable de parler.

— On l'amène à l'hôpital, décida Peg.

— Et Shiloh ? demanda Lyle.

— C'est trop tard, insista-t-elle. C'est grave.

Lyle connaissait par cœur la route des urgences depuis qu'il y conduisait Hoot, mais il ne l'avait jamais parcourue aussi vite et dès qu'il arriva devant le hall d'entrée de l'hôpital, il porta le garçon aux admissions où des infirmières vinrent le chercher. Peg les accompagna tandis que Lyle s'occupait des formalités.

Environ une heure plus tard, elle sortit des urgences, les bras croisés, l'air épuisé.

— Comment va-t-il ?

— Il est déshydraté. Lyle… il est diabétique.

— Diabétique ? Je ne comprends pas.

— Ils l'ont mis sous perfusion et ils vont le réhydrater, mais… le problème vient de là. Le pauvre chéri, dit-elle en s'effondrant contre la poitrine de son mari. C'est pour ça qu'il est toujours assoiffé. Et c'est aussi pour ça qu'il fait pipi au lit. C'est le diabète.

— Mais enfin… tu crois que Shiloh est au courant ?

— Je n'en sais rien, Lyle. Peu importe. Maintenant qu'on le sait, on va lui en parler. Je vais l'appeler tout de suite sur son portable et lui expliquer ce qui s'est passé.

*

Dix heures plus tard, bien avant l'aube, Shiloh entra en trombe dans la chambre d'Isaac où Lyle et Peg dormaient dans des fauteuils inclinables. Steven la suivait de près.

— Qui vous a autorisés à amener mon fils à l'hôpital ? hurla-t-elle. Ça vous est même pas venu à l'idée de m'appeler ? C'est quoi, un coup de force ? Vous m'avez fait quitter la ville pour voler mon fils ?

Deux infirmières se pressèrent dans la chambre. Peg se leva de son fauteuil, les yeux écarquillés de confusion et d'horreur, Lyle était encore complètement vaseux et Isaac continuait miraculeusement à dormir, bien qu'il se mît soudain à s'agiter dans son sommeil.

— Shiloh ! s'exclama Peg en se précipitant vers elle. Nous n'avions pas le choix !

— Je vous demande de vous calmer, tous autant que vous êtes, ordonna une infirmière en s'interposant entre Shiloh et sa mère. C'est bon ? Vous m'écoutez, maintenant ? Je vous prie de vous calmer *immédiatement*, sans quoi j'appelle la police.

— Allez-y, appelez la police, dit Steven d'une voix posée. Et demandez-lui comment cet enfant est tombé aussi gravement malade.

Lyle se leva lentement de son fauteuil, tout à fait réveillé à présent.

— Pardon ? demanda-t-il.

— Qui sont les parents ? questionna l'infirmière.

— C'est moi, répondit Shiloh, puis en prenant la main de Steven : C'est nous.

L'infirmière tendit les bras, paumes dirigées vers le sol – « restez calmes ».

— Très bien. Dans ce cas, madame, monsieur, dit-elle en s'adressant à Peg et à Lyle, je vais vous demander de partir, s'il vous plaît.

— Je ne comprends pas, commença Peg. Nous ne voulions pas… Est-ce qu'on peut juste… est-ce que je peux au moins l'embrasser avant de partir ?

— Madame, je vous prie de me suivre, insista l'infirmière.

C'est ainsi que Lyle et Peg furent raccompagnés vers la sortie.

— Attendez un peu, dit Lyle en s'arrêtant dans le couloir. Nous n'avons rien fait de mal. C'est notre petit-fils. Notre seul petit-fils. Il était malade. Nous ne savions même pas qu'il était diabétique. Comment l'aurions-nous deviné ? Personne ne nous en a parlé. Notre fille le savait-elle ? Que se passe-t-il ? Comment savoir s'il est en sécurité ?

L'infirmière soupira profondément. Le couloir était silencieux – pas le moindre docteur, pas d'autres soignants ou d'agent d'entretien –, les sols en terrazzo bon marché réfléchissaient la lumière aveuglante des néons du plafond. On entendait le ronronnement d'une cireuse dans le lointain.

— Écoutez, dit-elle, j'ai les mains liées. Vous êtes des gens bien, ça se voit. Je peux le voir. Vous avez agi comme il le fallait. Mais je ne peux rien faire. Nous devons suivre le protocole. Nous devons respecter la loi. Alors je vous conseille de rentrer chez vous et de bien dormir. Donnez à la mère de votre petit-fils le temps de se calmer, puis vous en reparlerez. Ça arrive avec beaucoup de parents. Surtout les plus jeunes. Ils sont trop tendus.

Elle regarda dans le couloir, puis étreignit brièvement Peg.

— Vous n'avez pas commis d'erreur. Rentrez chez vous. Je suis sûre que votre petit-fils aura encore besoin de vous.

Ils durent attendre trois jours avant de revoir Isaac. Shiloh ne répondait pas au téléphone, ignorait leurs textos et leurs mails. Lyle n'alla pas travailler au verger, il préférait rester à la maison au cas où Shiloh passerait à l'improviste.

Il était attablé à la cuisine lorsqu'il entendit la porte d'entrée s'ouvrir doucement.

— Hello ? appela-t-il.

Le temps de se retourner, prêt à se lever, il vit Shiloh s'approcher de lui dans l'étroit couloir.

— Chérie, lui dit-il gentiment. Nous avons essayé de t'appeler.

Elle acquiesça sans dire un mot.

— Comment va Isaac ? Il va bien ?

— Ça va, répondit-elle d'une voix lasse, les yeux baissés.

— Que se passe-t-il, ma chérie ? lui demanda Lyle. Qu'est-ce que je peux faire ?

— Tu ne crois pas, hein ? Tu ne crois pas en Dieu.

Lyle poussa un profond soupir. Il se sentit plombé sur la petite chaise de la cuisine, l'osier et le bois grinçaient sous son poids. Il regarda par la fenêtre et vit Peg étendre la lessive dans le jardin.

— Je ne sais pas, admit Lyle. Puis : Non, j'imagine que non.

— Eh bien, papa, je suis désolée d'avoir à te le dire, mais tu es la raison pour laquelle Isaac était malade. Tu ne le vois donc pas ?

— Non, répondit Lyle, abasourdi. Je ne comprends pas. Comment peux-tu penser une chose pareille ? Comment peux-tu dire une chose pareille ?

— Ce n'est pourtant pas sorcier, poursuivit Shiloh. Tu es la maladie, la faiblesse. C'est à travers toi que Satan a trouvé Isaac. C'est dans cette maison qu'il est tombé malade. Je ne sais même pas pourquoi ça me surprend. Tu es obsédé par la climatisation alors que tu devrais te soucier de ton salut. Du salut de ton âme.

Ne sachant que répondre, Lyle regardait le vieux linoléum de la cuisine. Comme il était pieds nus, il fixa ses orteils. Fixa ses ongles de pied, jaunis par les années, aussi épais et tors que de vieilles cales en bois ébréchées. Il pensa à Peter en cet instant, à son petit garçon, et il pouvait presque sentir son poids minuscule dans ses bras, sa peau douce de nouveau-né, si lisse, et entendre ses petits gargouillements.

— Je t'aime tant, dit-il. Toi et Isaac, tous les deux. Plus que tu ne le sauras jamais.

— Bon, je vais récupérer nos dernières affaires. Isaac commence l'école dans une quinzaine de jours.

— Comment va-t-il ?

— Papa, je ne veux pas rester ici à te parler, pas aujourd'hui. Mais il s'est bien remis, d'accord ? Il a récupéré peu après que nous soyons rentrés. C'est le pouvoir de la prière, vois-tu. Satan ne peut pas l'atteindre quand Steven et moi sommes avec lui. Surtout un homme à la foi aussi fervente que Steven.

— Bien sûr, répondit Lyle en hochant la tête.

— Nous n'avons pas renoncé à te sauver, papa. Steven est sûr que si tu pries avec lui, il peut te ramener à nous. Il a même parlé de te rebaptiser.

Le silence retomba dans la pièce, puis Lyle le brisa :

— S'il te plaît, n'oublie pas le repas pour Hoot. Le week-end prochain.

— Nous y serons, dit-elle avant de disparaître au sous-sol.

Lyle l'entendit fouiller dans des tiroirs, puis dans une armoire, où elle décrochait ses derniers vêtements de leurs cintres. Ensuite ce fut le rythme de ses pas sur les marches quand elle remonta, et enfin le ton neutre et résigné de sa voix :

— Au revoir, papa. Oh, et autre chose…

— Oui, chérie ?

— Je préfère que tu ne t'approches pas d'Isaac, papa. Pas avant que tu aies vraiment changé. Pas avant que tu aies retrouvé Dieu.

17

Leur jardin n'était pas grand, mais ils l'avaient progressivement transformé en une sorte de patio : pavés, petite fontaine et, au fil des saisons, une parade continuelle de plantes et de fleurs, jacinthes, fougères, hostas, iris et lys. Dans les coins les plus ombragés près de la maison, Lyle aimait la mousse verte, épaisse et fraîche, qui poussait sur des pierres qu'il avait collectionnées lors de différentes excursions, la géologie étant l'un de ses rares hobbies. De chaque côté de la propriété, une rangée de lilas formait un dais sur la pelouse et libérait au printemps son extravagant parfum pourpre. Au nord, en bout de jardin, un vieux mur de roche calcaire s'élevait à flanc de coteau et c'était là, profitant du seul endroit ensoleillé, que Peg entretenait son lopin d'herbes aromatiques et de plantes grasses, ses gerbes de rudbeckias et de marguerites.

Peg avait vu des photos dans un magazine de mode ou peut-être s'inspirait-elle d'un film, elle nourrissait en tout cas une vision grandiose pour le « dernier repas » de Hoot, comme ils l'appelaient en secret bien qu'évidemment personne n'espérât que ce soit le cas. C'est ainsi que pendant une semaine Lyle escalada maladroitement une échelle et suspendit de fines guirlandes blanches, les entrecroisant dans la tonnelle de lilas au-dessus de la pelouse, d'un arbuste à l'autre, en suivant les instructions de Peg, qui indiquait leur emplacement précis en pointant du doigt ici et là, sa binette à la main.

Quand il ne suspendait pas les guirlandes, et en fait depuis que Hoot avait mentionné l'idée du dîner, Lyle était dans son garage, fabriquant une longue table rectangulaire avec des planches de granges récupérées dans des fermes voisines. La table, qui mesurait un mètre vingt sur trois mètres cinquante, lui avait demandé maintes soirées à travailler en écoutant les matchs des Brewers de Milwaukee ou des Twins du Minnesota à la radio et en chassant les papillons de nuit et les scarabées qui s'approchaient avec curiosité des néons suspendus au plafond. Il avait passé plusieurs jours à raboter les planches, puis à les poncer avant d'appliquer deux couches de vernis transparent, un mélange à base de résine de pin et d'huile de lin.

Peg passait le voir avant de se coucher, et Lyle se souviendrait de ces moments pour le restant de ses jours. La vue de son épouse, cette femme qu'il semblait avoir toujours connue, pieds nus ou peut-être chaussés de ses vieux mocassins à perles, les bras croisés, qui le regardait depuis l'obscurité de l'allée puis souriait en voyant sa table, s'approchait de lui, l'enlaçait et pressait son visage contre son omoplate.

— Je suis vraiment navrée, Lyle, navrée que tu perdes ton meilleur ami, lui dit-elle un soir.

Il posa son pinceau, lui prit les mains et ils restèrent longtemps à se balancer au rythme d'une musique mystérieuse, puis il lui confia :

— Ma meilleure amie, c'est toi.

— Oui, mais c'est différent, non ? répondit Peg. Je pense qu'on peut avoir plus d'un meilleur ami. Ce que je veux dire, c'est que je n'ai aucune envie de boire des bières avec toi comme tu le fais avec Hoot. Ni de regarder les matchs des Packers, ni de parler vieilles voitures. Et je suis heureuse que tu aies un ami pour ces activités. Tout comme je suis certaine que tu n'aimerais pas faire du shopping avec moi, ni une partie de Scrabble.

Ils se turent un moment.

— J'ai l'impression que… que le temps passe trop vite, dit Lyle. Comme si tout m'échappait. Comme si tout s'emballait.

— Je saurai te retenir, l'assura Peg.

Ils continuèrent de se balancer l'un contre l'autre dans ce soir d'été, le ciment tiède et humide sous leurs pieds, tandis que dans les recoins du garage des souris se déplaçaient furtivement ; sur des branches invisibles des grenouilles coassaient et crissaient et, près du fleuve, un train fonçait plein nord dans le noir – ils le sentirent, ils sentirent la terre trembler, ils virent la lumière du garage vaciller et clignoter, et Lyle eut envie de dire « Il va me manquer », mais il craignit de pleurer s'il prononçait ces mots à voix haute ; il les retint donc derrière ses lèvres où ils enflèrent et s'étendirent, et sa tête lui parut lourde, et son cœur lui parut fragile, alors il ferma les yeux et sentit les bras de sa femme autour de son corps, comme un enfant embrasse un tronc d'arbre ; il resserra encore son étreinte.

— Ta table est superbe, finit-elle par dire.

— Tu le penses vraiment ?

— Bien sûr, dit-elle en s'en approchant et en passant une main sur la surface lisse. C'est du beau bois.

— Ces planches ont sans doute plus de cent ans. Elles ne proviennent pas toutes de la même grange, mais j'ai essayé de ne choisir que du hickory.

— Tu as travaillé à partir d'un plan ? d'un schéma ?

— Non. On avait une table comme celle-ci quand j'étais petit, précisa-t-il en haussant les épaules. On appelait ça « une table des moissons » et en fin de saison, après les récoltes, mon père et ses frères la sortaient et l'emmenaient dans le champ pour y faire un grand repas.

— Tu ne m'en avais jamais parlé, dit Peg en dégageant une mèche de cheveux de son front qu'elle glissa derrière son oreille.

— Un de mes plus beaux souvenirs est avec mon père qui venait de lier sa dernière botte de foin, dit Lyle en s'asseyant sur une vieille chaise à côté de son établi encombré. Il faisait très chaud, on devait être fin août je pense. Peut-être même début septembre. Il y avait de la poussière dans l'air et on était tous aux champs, on chargeait les bottes dans la remorque. Il faisait trop chaud pour porter une chemise, je m'en souviens bien, on travaillait ensemble et on brûlait tous au soleil, ma mère nous apportait régulièrement de l'eau glacée avec des tranches de citron, elle avait le meilleur goût au monde, cette eau ; dans le champ, mes oncles et mes cousins chantaient, et quand on a eu terminé, en fin d'après-midi, mon père a dit : « Allons nous baigner, les garçons. » Puis il a enlevé tous ses vêtements, il n'a gardé que son slip, et tu sais, je ne l'avais jamais vu comme ça. Je n'avais jamais vu son ventre, par exemple, ni même ses genoux… Il est parti en courant vers le ruisseau et je me souviens qu'il a plongé et qu'on était ébahis, stupéfaits, parce qu'on ne l'avait jamais connu aussi heureux. Alors on l'a tous suivi et on s'est éclaboussés pendant que maman nous regardait sur le rivage, et elle riait elle aussi.

Je le revois parfaitement, poursuivit Lyle, à la table des moissons après notre bain. Un de mes oncles avait apporté une glacière pleine de bières et les adultes buvaient, même ma mère, et on a pique-niqué en plein champ. Rien de particulier : du maïs en épi, des *bratwursts*, de la salade de pomme de terre et des cornichons. J'imagine qu'on était pauvres, mais je ne m'en souviens pas ainsi. J'étais heureux, voilà tout.

Il laissa échapper un petit rire et se frotta la mâchoire.

— C'est le meilleur souvenir que j'aie de mon père. Notre baignade ensemble dans le ruisseau. Le voir sourire. Avoir l'impression de l'aider à ce dur labeur, de contribuer.

— Je t'aime, lui dit Peg. Tu le sais ?

Il soupira.

— Je t'aime aussi.

— Tu viens au lit ?

— On est à peu près au point pour le repas de Hoot ? Tu crois que je devrais continuer un peu ?

— Il ne reste plus qu'à cuisiner, lui répondit Peg. Mais je m'en chargerai avec Shiloh. Le jour venu, ton seul travail sera d'aider à mettre la table.

— Dans ce cas, d'accord. Allons au lit. Je suis crevé.

Il jeta un dernier coup d'œil à sa table. Le train était loin maintenant, la nuit vidée de son vacarme. Il éteignit la lumière du garage, ferma les panneaux branlants de la porte. Peg lui tendit la main et ils rentrèrent ensemble dans leur maison, dans le couloir qu'ils avaient arpenté des millions de fois jusqu'au lit qui les acceptait tels qu'ils étaient et où ils s'allongèrent sur le dos, les yeux fixés au plafond, tous deux inquiets pour leur petit-fils, ce garçon extraordinaire pour qui ils redoutaient le pire, et pour sa mère : ils l'aimaient tant que leur cœur souffrait de la sentir s'échapper de plus en plus, échapper à eux, à la maison, à leur petite ville, comme un dinghy dérivant loin de leur rivage brumeux.

18

Les dimanches étaient pratiquement les seuls jours où Lyle avait l'occasion de voir son petit-fils, et encore, Shiloh insistait pour que Peg et elle soient assises entre eux à l'église. Mais elle ne pouvait empêcher Isaac de sauter dans les bras de son grand-père dès qu'il le voyait arriver.

— Papy, disait le garçon, tu m'as *trop* manqué.

Ces mots n'étaient pas loin d'achever Lyle, de lui démolir le cœur lorsqu'il serrait Isaac dans ses bras en lui ébouriffant la tête.

— Tu m'as manqué aussi, mon loup. J'ai hâte de t'entendre chanter aujourd'hui.

— Devine quelle chanson on va chanter ?

— Je ne sais pas, bonhomme, laquelle ?

— *Jésus m'aime.*

— C'est une de mes préférées, l'assura Lyle avant de sourire courageusement à Shiloh. Bonjour, ma chérie.

— Bonjour, papa, répondit-elle froidement.

*

Le taux de fréquentation de l'Assemblée des Coulee Lands était sur le déclin, c'est l'impression qu'eut Lyle en prenant sa place. Le groupe, les Rédemption, avait perdu au moins un membre – absence criante du batteur – et le moindre bruit, toussotement, éternuement, chuchotis d'enfant, le moindre craquement des vieux fauteuils revêtait une stridence nouvelle et inquiétante. Lorsque le chœur des enfants s'installa enfin en deux rangs sur l'estrade, entre la chaire délabrée et l'écran de cinéma, leur nombre était à coup sûr diminué, même si Lyle n'aurait pas su dire de combien.

La cheffe de chœur prit sa place habituelle devant ses élèves, perchée sur une vieille caisse de pommes, puis elle leva les bras pour donner le départ.

Isaac n'était pas naturellement doué pour le chant, c'était le moins qu'on puisse dire. Et si Lyle prenait un grand plaisir à l'écouter, ce n'était pas tant pour la qualité de sa voix que pour son volume. Le gamin braillait les vieux classiques chrétiens *à pleins poumons*, avec fierté et sans complexe ; de sa place dans la chorale, il souriait et faisait signe à Lyle et Peg jusqu'à ce qu'ils lui renvoient la politesse, tandis qu'autour de lui les voix de ses camarades frémissaient en une approximation d'harmonie.

Lyle se souvint avec une certaine culpabilité des dernières années de lycée de Shiloh : les disputes, les claquements de porte, les désaccords à table… Lorsqu'elle était enfin partie à la fac, il avait éprouvé une forme de soulagement en la laissant dans son dortoir. Peg et lui avaient fait leur devoir. Ils s'étaient occupés d'elle et espéraient avoir élevé une jeune femme forte et indépendante. Les premiers mois, le nid vide ne leur avait pas semblé surréel, ni encore moins triste – non, la maison était plutôt baignée d'une sérénité dont Lyle avait profité pour passer de longues heures à lire et à travailler le bois. Lorsque Shiloh revenait pour un week-end ou des vacances, il était heureux de la voir, évidemment ; il serait toujours heureux de la voir. C'était sa fille et il l'aimait plus que tout. Mais il appréciait toujours le retour au calme quand elle repartait.

Lyle ne s'était pas attendu à être aussi enthousiaste à la naissance d'Isaac, aussi profondément touché qu'il l'avait été en tenant le nouveau-né dans ses bras. Et pourtant… Le bébé lui rappelait Peter, certes, mais aussi l'arrivée miraculeuse de Shiloh dans leur existence. Isaac incarnait une chance renouvelée, pour lui et Peg, de s'émerveiller de la beauté fragile d'une vie toute neuve, mais avec l'avantage de ne pas être les parents – ils n'avaient pas à changer toutes les couches sales, ils n'avaient pas à passer toutes les nuits à apaiser les crises de larmes.

Et voilà que ce garçonnet, cette merveille, avait maintenant cinq ans.

Les chanteurs terminèrent en saluant humblement et la congrégation applaudit avec sincérité. Isaac se précipita vers sa famille, mais au lieu de s'asseoir à sa place, il sauta sur les genoux de son grand-père.

— Tu as bien chanté, lui dit Lyle en lui embrassant la tête. Bravo.

19

Le dernier repas de Hoot tomba une de ces rares et douces journées de fin août au ciel limpide, le genre de beau temps qui suit le passage rafraîchissant du vent du nord en provenance du Canada. Sans le fracas des trains de marchandises le long de River Road, sans les ronflements de Harley-Davidson et sans les vrombissements des hors-bord sur le fleuve… Redford était paisible. Shiloh et Isaac arrivèrent avec le pasteur dans son vieux pick-up et en les voyant s'arrêter dans l'allée, blottis ensemble sur la banquette, Lyle alla jusqu'à admettre qu'ils ressemblaient beaucoup à une famille.

Shiloh ne prit pas la peine de déposer une bise rapide sur la joue de son père et Steven lui emboîta le pas, encombré de plusieurs sacs de courses remplis de nourriture. En regardant Steven se débattre avec son fardeau, Lyle prit soudain conscience qu'il avait les bras fermement croisés sur la poitrine, qu'il ne lui était même pas venu à l'idée d'aider cet homme, son futur gendre peut-être. Il se félicitait que Steven ne se soit pas mis à l'appeler « papa » et nourrissait encore l'espoir que Shiloh se désintéresse de toute cette comédie et revienne à la maison. Mais la bague de fiançailles à son doigt, l'allégresse de son pas et la couleur de ses joues racontaient une autre histoire.

— On mange à quelle heure ? demanda Steven en jonglant avec les sacs pendant que Lyle lui tenait la porte.

— Six heures, répondit ce dernier. Quand tu auras posé les courses, tu pourras peut-être me donner un coup de main pour sortir la table.

— Oui, monsieur, à votre service.

Lyle trouvait la politesse appuyée du jeune homme parfaitement agaçante. S'il avait été possible de suspendre le temps, il aurait adoré lui balancer un coup de poing dans le nez avant de relancer le temps pour voir ce nigaud s'effondrer, ahuri et stupéfait. C'était impossible, mais il tirait un plaisir juvénile à imaginer la scène.

Tandis que Shiloh et Peg préparaient le repas dans la cuisine et qu'Isaac regardait un film au salon, Lyle et Steven portèrent la « table des moissons » dans le patio et commencèrent à la dresser. Ils la couvrirent d'abord d'une nappe amish (coton et dentelle blancs soulignés de quelques touches bleu marine), puis disposèrent le vieux service en porcelaine que la grand-mère de Peg lui avait donné et l'argenterie réservée aux repas de Thanksgiving et de Pâques. Lyle plaça cinq bouteilles de bordeaux sur la table – toutes achetées lors de leur excursion à Minneapolis, chez le vénérable caviste Surdyk's.

— Oh, je suis sûr que nous n'avons pas besoin de tout ce vin, dit Steven en riant. Shiloh et moi ne buvons pas.

— Parfait, ça en fera plus pour nous, rétorqua Lyle en s'égayant avant d'enchaîner : Mais tu dois savoir que Jésus buvait du vin, non ? Je ne pense pas que ce soit contraire aux règles.

— Premièrement, je ne veux pas troubler mon jugement, expliqua Steven. Je préfère rester pur d'esprit.

— Je vois... oui, c'est sans doute plus prudent.

— Deuxièmement, je ne voudrais pas être tenté de m'adonner à des... à ce qu'on appelle des désirs charnels.

Steven semblait froncer les sourcils et rougir en même temps.

Lyle sourit.

— Je ne suis pas théologien...

— C'est le moins qu'on puisse dire, rétorqua le pasteur avec un sourire narquois.

— Mais enfin, sans être théologien, j'ai du mal à imaginer qu'un Dieu, un Être suprême quel qu'il soit, s'amuse à mesurer la quantité d'alcool que nous buvons ou soit déçu quand nous ressentons l'envie irrésistible d'embrasser ou d'étreindre la personne que nous aimons. Ça me semble juste, je ne sais pas... mesquin.

— Eh bien moi, je suis théologien et je n'ai pas besoin de vin pour embrasser ou étreindre ceux que j'aime.

— Bien sûr que non, Steven, dit Lyle.

Le jeune homme l'épuisait avec ses certitudes sur le monde, la vie après la mort : tout. Il consulta sa vieille montre Timex. Quatorze heures. Une éternité avant le dîner. La cuisine était trop petite pour accueillir beaucoup d'aide et l'unique responsabilité culinaire de Lyle – les grillades – serait expédiée en un quart d'heure avant le repas. Il cut envie de déboucher immédiatement une de ces bouteilles soi-disant superflues, ne serait-ce que pour mieux supporter le supplice d'attendre avec Steven.

— Je crois que je vais aller faire un tour chez Hoot, dit-il, voir s'il veut venir un peu plus tôt ou, tu sais, s'il a besoin d'aide chez lui.

— Je vous accompagne, lança Steven d'un ton joyeux.

Le jeune pasteur était infatigable, semblait-il.

— Oh, ce n'est pas la peine. Shiloh a peut-être besoin de toi ici.

— Je parie qu'elle préfère se débarrasser de nous, dit Steven en donnant un léger coup de poing amical sur l'épaule de Lyle. Je suis prêt. Prenons ma voiture.

S'apercevant que le pick-up de Steven bloquait le sien, Lyle acquiesça et ils partirent chez Hoot. Le véhicule était équipé d'un poste stéréo si performant qu'il semblait dommage de ne pas envoyer un bon petit morceau de Creedence Clearwater Revival, mais Steven ne l'alluma pas, et bientôt ils arrivèrent et sonnèrent à la porte de chez Hoot. Il leur ouvrit, vêtu d'un survêtement flottant, traînant sa bouteille d'oxygène, une cigarette entre les lèvres.

— Nom de Dieu, vous êtes en avance. Je sais que je suis mourant, mais je devrais pouvoir tenir jusqu'à ce soir – je pousserai peut-être même jusqu'à demain matin.

Il repartit à l'intérieur, tandis que Lyle et Steven s'essuyaient les pieds sur le paillasson avant de le suivre. Lyle voyait que Steven devait s'armer de courage pour pénétrer dans la maison et presque immédiatement Hoot glissa une canette de bière fraîche dans la main du jeune homme pétrifié. Avant qu'il puisse refuser, Hoot avait déjà trinqué avec lui, porté la canette à ses lèvres et avalé une goulée interminable.

— Qu'est-ce que t'es censé être, toi, déjà ? lui demanda-t-il. Un hipster mormon ? Ça existe, ça ?

— Non, monsieur. Je suis prédicateur.

— Sans blagues, répondit le vieil homme en le dévisageant. Hum.

— Comment tu te sens ? lui demanda Lyle.

Il s'attabla à côté de Hoot et glissa un regard à Steven qui restait planté à la porte, sans savoir quoi faire de lui ni de ses mains. Il tenait la canette de bière comme si c'était une grenade.

— J'en sais rien, Lyle. Pas terrible, j'imagine. Je suis tout le temps fatigué, j'ai mal partout, mes cheveux tombent. J'ai acheté un bonnet rouge pour me couvrir la tête. Ça me donne des allures de commandant Cousteau.

Hoot se tourna vers Steven.

— T'as pas touché ta bière, hipster.

— Steven ne boit pas, expliqua Lyle. Il a peur que ça le fasse succomber à des désirs charnels.

— Je vois que trois hommes dans cette cuisine, rétorqua Hoot. Dont deux vieux croûtons décrépits. Qu'est-ce t'en penses, prédicateur ? Tu vas réussir à maîtriser tes désirs charnels ?

— Il fait aussi semblant de ne pas savoir que Jésus aimait le vin, ajouta Lyle.

— Rien ne prouve que le Christ et ses disciples buvaient des boissons fermentées, répliqua Steven, sur la défensive.

— Je suis sûr que t'as raison, mon gars, s'esclaffa Hoot. Je suis sûr que Jésus a clairement spécifié qu'il buvait exclusivement du jus de raisin non fermenté. Et je suis sûr qu'on en trouvait partout à l'époque, y a quoi, deux mille ans, en Palestine.

Lyle but une autre gorgée de bière. Il jubilait de voir Hoot harceler Steven.

— Allez, *padre*, reprit Hoot, viens t'asseoir et nous parler. Lyle dit que t'es un vrai illuminé de Dieu.

Steven s'approcha prudemment de la table et se laissa glisser sur une chaise.

— Je suis pasteur, monsieur. Alors oui, j'imagine que ça fait de moi un illuminé de Dieu, même si je préfère des termes comme « dévot » ou…

— Alors dis-moi quelque chose, pasteur. D'après le toubib, j'ai moins d'un an à vivre. Et je crois que c'est une estimation généreuse. Vu le poids que j'ai perdu et le type de cancer qui me ronge, je pense que j'aurais du bol de voir Noël, sans parler de la prochaine Pâques. Alors je vais te poser une question : quelles sont mes chances de rencontrer saint Pierre ?

— Pardon, monsieur ?

— Les portes du paradis, mec. On va me laisser entrer ou non ?

Steven s'agitait sur sa chaise, examinait ses mains nerveusement. Lyle n'avait jamais vu le jeune homme aussi dérouté.

— Avez-vous reçu Jésus-Christ comme votre Seigneur et Sauveur ?

— Je sais pas trop. J'imagine que oui.

— Vous imaginez ?

— Ouais, j'imagine. Enfin, je veux dire que j'ai été baptisé, confirmé et tout ce joyeux bordel. J'ai raté un épisode ?

Steven recula dans sa chaise et fut presque tenté, *presque*, de boire une gorgée de bière.

— Vous êtes-vous repenti de vos péchés ? insista Steven.

— Quels péchés ? demanda Hoot avant d'éclater d'un rire profond, un râle saturé de glaires et de goudron de cigarette venu du fond de ses deux vieux poumons noircis et fatigués.

Le rire se mua vite en une violente quinte de toux ; Lyle lui prit la canette des mains et posa une main sur son dos jusqu'à ce qu'il se calme.

Steven adressa un regard inquiet à Lyle.

— J'ai vu ton pick-up, dit Hoot. Un vrai bijou.

Steven acquiesça humblement.

— C'est mon premier amour.

Hoot se leva de table en flageolant et, de ses deux doigts émaciés, il fit signe aux hommes de le suivre.

— Alors je pense que tu sauras apprécier ce que j'ai à te montrer. Lyle connaît déjà, bien sûr.

Arrivé au garage, Steven resta sans voix ; il se tenait dans l'encadrement de la porte à côté du vieux réfrigérateur vert avocat qui, dans des temps meilleurs, était toujours plein à craquer de bières.

— Seigneur, dit-il enfin, regardez-moi ça…

— Tu t'y connais en voitures ? l'interrogea Hoot.

Steven s'avança d'un pas lent et respectueux vers les véhicules.

— Eh bien, je dirais qu'on a affaire à deux Ford Mustang de la fin des années 1960. Pas exactement la même série… Les carrosseries semblent en parfait état…

Il fit glisser ses mains sur le capot, sur le rétroviseur extérieur, puis sur le haut de la portière du conducteur.

— Je peux regarder sous le capot ?

— Je t'en prie, répondit Hoot en s'installant dans un vieux fauteuil de jardin pliant.

Steven ouvrit les deux capots et se pencha attentivement sur les entrailles des engins. Il fit claquer sa langue et hocha la tête de droite à gauche, comme s'il tentait de résoudre une énigme.

— On dirait que vous les avez un peu démontées.

— Bien obligé, expliqua Hoot en allumant une cigarette. Mon ex voulait les vendre, empocher l'argent et s'enfuir en Floride.

— Vous avez gardé toutes les pièces ?

— Non, malheureusement. Y en a pas mal qui traînent un peu partout dans le garage, ou au sous-sol. J'en ai peut-être vendu quelques-unes aussi, pour pimenter un peu la sauce. À l'époque, je voulais juste tout désosser, tu comprends, pour lui compliquer la tâche.

— Et vous n'avez jamais essayé de les rassembler ?

Hoot haussa les épaules.

— Y a pas si longtemps que je suis à la retraite. Et avant, en rentrant du boulot, j'ouvrais une bière, je me faisais à manger et le temps de décompresser un peu, c'était déjà le lendemain et c'était reparti pour un tour. J'ai pas bricolé ici depuis un sacré bout de temps.

— Bon, dit Steven en regardant sa montre, ça vous dérange si j'essaie de voir ce que je peux faire ?

Hoot prit une longue bouffée sur sa Camel et observa le jeune homme.

— Tu veux jouer au docteur sur mes Mustang ?

— Je ne pourrai pas les réparer toutes les deux, mais en piochant je peux en démarrer une aujourd'hui, je vous le garantis. Et si vous me donnez un mois, je parie que je peux faire tourner les deux.

— Foutaises, grommela Hoot. On a moins de trois ou quatre heures avant mon repas.

— Vous voulez parier ? répondit Steven avec un grand sourire.

— D'accord, fit Hoot. J'ai rien à perdre, de toute façon. Je serai mort d'ici un an.

— Si je réussis à faire démarrer une Mustang aujourd'hui, avant l'heure du dîner, vous devrez venir à mon église tous les dimanches jusqu'à Noël.

Hoot s'esclaffa.

— D'accord. Et si t'y arrives pas… (Il tira longuement sur sa cigarette et se mit à tousser.) tu devras boire cinq shots de Jägermeister au repas de ce soir.

Au tour de Lyle de rire et d'applaudir.

Steven s'approcha de Hoot, crachota dans sa main ouverte et la lui tendit.

— Marché conclu ?

Hoot l'imita et Lyle se leva pour être témoin de leur poignée de main.

Steven sortit immédiatement son portable, le coinça contre son épaule, et appela plusieurs personnes tandis que ses mains tâtonnaient sous le capot, vérifiaient des tuyaux, trituraient des fils électriques.

— Il va me falloir un meilleur éclairage, dit-il.

— C'est pas moi qui vais t'aider, *padre*, répondit Hoot. T'as une ligne directe avec Jésus, un portable en état de marche et assez d'ego pour nous trois réunis. Débrouille-toi. Moi, j'ai l'intention de poser mes fesses ici même, de siffler quelques mousses, et plus tard de te voir perdre la boule en t'enfilant des jägerbombs. Ça va être génial.

*

Mais en moins d'une demi-heure, plusieurs modèles de voitures récentes au moteur gonflé, de bolides et de pick-up trafiqués étaient garés devant chez Hoot. Leurs conducteurs, dont certains étaient membres de l'Assemblée des Coulee Lands, se succédaient d'un pas lourd, des pièces détachées plein les mains ou de lourds sacs de toile sur les épaules. Un homme poussa trois types de batterie différents sur un caddie. Tous étaient polis, s'empressaient d'aller serrer la main de Hoot, écoutaient ses histoires et riaient à ses blagues. Ils furent bientôt une dizaine dans le garage : ils bavardaient tranquillement en petits groupes, se penchaient sur le capot, passaient des outils ou tenaient une baladeuse pour éclairer le moteur, d'autres s'asseyaient derrière le volant pour tenter en vain de mettre le contact ou peut-être juste pour s'imaginer conduire la vieille auto.

Peu après cinq heures, Steven tendit la clé à Hoot et lui dit :

— Essayez donc pour voir.

Hoot le jaugea, les yeux écarquillés, incrédule.

— Tu déconnes ?

Le pasteur haussa les épaules.

— Essayez toujours.

Les types dans le garage, dont plusieurs sirotaient maintenant des canettes de bière ou faisaient tournoyer des cigarettes entre leurs doigts, se réfugièrent contre les murs et regardèrent Hoot d'un air ravi.

Le vieil homme hésita puis se débarrassa des tubes de son appareil respiratoire, tira sur sa cigarette, jeta le mégot par terre et s'approcha pas à pas de la voiture. Steven ouvrit délicatement la portière et le guida dans le siège du conducteur ; Hoot n'avait jamais semblé aussi frêle que dans cette vieille Mustang qui semblait maintenant trop puissante pour son propriétaire. Il parcourut des yeux le petit attroupement dans son garage, attendit un instant et tourna la clé.

Le moteur bafouilla et crachota une ou deux fois. Hoot réessaya.

Cette fois, le moteur vrombit et se mit à gronder sourdement, dégageant un épais nuage de fumée bleu-noir. Tout le monde acclama et applaudit. Il y avait une bonne dizaine de costauds aux bedaines de buveurs de bière, arborant des barbes géantes, couverts de tatouages ; ces types à première vue peu enclins à exprimer leurs émotions ne furent pas avares de sourires et se mirent à scander « Hoot ! Hoot ! Hoot ! ». Quant à l'intéressé au volant, aussi joyeux qu'époustouflé, il enclencha la marche arrière et recula dans l'allée comme s'il s'apprêtait à mettre les voiles lorsque Steven le rattrapa et lui dit :

— Une petite minute, Fangio. Les pneus ont sans doute besoin d'être regonflés. Ça fait combien de temps qu'elle n'a pas roulé ?

Hoot posa une main sur son avant-bras. La puissance du V8 faisait vibrer l'air autour de la voiture.

— Je sais pas… commença-t-il. Je sais pas quoi dire.

— Oh, un simple merci fera l'affaire.

— Merci… répondit Hoot en acquiesçant. J'aurais jamais cru… jamais imaginé que je la reconduise un jour.

— Ça doit être une bonne sensation ? dit Steven en souriant.

— Oh, putain, oui. J'ai l'impression d'avoir vingt ans.

— N'oublie pas que tu dois mettre tes beaux habits pour ton grand repas, lui rappela Lyle en se penchant sur la Mustang.

— Ça alors, nom de Dieu, dit Hoot en hochant la tête, encore pantois. Ce jeune couillon l'a réparée. J'arrive pas à y croire.

*

Un petit convoi de voitures de collection essoufflées, de véhicules musclés et rutilants et de pick-up aux roues surdimensionnées suivit la Mustang de Hoot jusqu'à la station-service la plus proche pour qu'il puisse gonfler correctement ses vieux pneus Firestone à flanc blanc. La parade gronda ensuite dans River Road en direction du centre-ville ; elle ne dépassait pas la trentaine de kilomètres à l'heure, ralentissant la circulation estivale mais ravissant les touristes qui saluaient et sifflaient. Quand Hoot finit par se garer devant chez Lyle, les chauffeurs de la procession klaxonnèrent et hurlèrent des félicitations en partant tandis que lui, fièrement adossé à sa vieille voiture, brandissait triomphalement un bras malingre.

Lyle et Steven lui prirent chacun un coude et l'escortèrent dans le patio où la table des moissons était impeccablement dressée, les bougies allumées et la tonnelle illuminée par les guirlandes de Noël dans le ciel sombre. Peg et Shiloh les attendaient, perchées sur leurs talons hauts, en jolie robe avec un léger châle serré sur les épaules ; Isaac portait sa veste de garçonnet en seersucker et ses Converse éculées. Charlie était aussi là, boudiné dans une veste de costume en laine avec des patchs aux coudes et une cravate noire. Otis et Mabel avaient revêtu leurs plus belles vieilleries. Tous étreignirent Hoot, il embrassa les femmes et le sommet de la tête d'Isaac, puis quand Peg lui offrit un verre de vin, il hésita avant de lui demander :

— T'aurais pas une de mes petites bières habituelles, par hasard, ma chère ?

Isaac courut immédiatement à l'intérieur et revint avec une canette fraîche d'Old Milwaukee que Peg versa dans une flûte à champagne. Il la regarda et lui confia gaiement :

— C'était peut-être pas la peine de salir un verre.

— Ce soir, répondit-elle, on va salir tous les verres et toute la vaisselle de la maison, on va boire le vin jusqu'à la dernière goutte, on va manger jusqu'à la dernière miette, on va écouter de la bonne musique et on va célébrer ta… (Elle hésita, baissa les yeux un instant et conclut :) Et on va te célébrer, toi, notre ami. Trinquons.

Lyle s'empressa de verser deux verres de vin et d'en donner un à Peg ; Steven et Shiloh avaient quant à eux apporté une bouteille de vin sans alcool et levèrent aussi leur verre.

— À Hoot, qui n'épargne aucune canette de bière, dit vaillamment Peg en ravalant des larmes qu'elle avait grand besoin de verser, comme le savait Lyle, mais ne pouvait verser.

Ils trinquèrent et la soirée commença.

*

Un tourne-disque était posé sur une table d'appoint et Isaac se chargea de fouiller dans les 33-tours, avec une préférence pour les Beatles, ce qui semblait tout à fait du goût de Hoot. Assis sur sa chaise, il fredonnait *Hey Jude*, qui s'avérait aussi être une des chansons favorites de l'enfant. Chaque fois qu'il la jouait, il se glissait sur les genoux de Hoot et ils tanguaient doucement au rythme de cette berceuse euphorique : « *Na na na na, na na na na, hey Jude.* »

— C'est la chanson qu'on a passée à mon mariage, dit tranquillement Hoot. Vous vous rendez compte ? Ça fait tellement longtemps. Le monde a tant changé. On dirait pourtant que cette chanson a été enregistrée hier, ou qu'elle pourrait l'être dans dix ans.

Le repas débuta par du fromage et du saucisson, des pommes et des baies, des tartines de beurre frais. Puis ce furent des côtelettes de porc et des pêches grillées arrosées d'un filet de vinaigre balsamique de vingt ans d'âge, suivies d'une salade de chou kale, de haricots verts et, en dessert, un cheese-cake orné de fraises et une tarte à la cerise accompagnés d'une glace à la vanille maison. Quand il fut l'heure du café, les cieux obscurcis s'étendaient au-dessus de leur tête comme un chapiteau étoilé, une grande tente de cirque perforée de lumière.

Hoot mangeait peu mais semblait loin d'être malheureux, assis les jambes croisées, dodelinant de la tête en musique, demandant parfois une chanson que le petit Isaac cherchait grâce aux descriptions de la pochette – *Nashville Skyline* de Bob Dylan ou *Harvest* de Neil Young – avant de poser l'aiguille dans un sillon déjà bien labouré. Les heures s'écoulèrent ainsi, jusqu'à ce qu'ils s'aperçoivent que Hoot s'assoupissait au lieu de se balancer, que sa tête s'était effondrée sur son épaule gauche, son menton sur sa poitrine.

Lyle se pencha sur lui et le fit sursauter en posant la main sur son épaule. Hoot lui dit d'une voix douce :

— Quelle belle nuit…

— T'es bientôt prêt à rentrer ?

— Promets-moi que la Mustang ne s'est pas transformée en citrouille, lui répondit-il.

— Promis, le rassura Lyle, ce n'est pas ce genre de conte de fées.

Hoot parcourut la table des yeux, les bougies presque fondues, la douce valse des guirlandes de la tonnelle, les bouteilles de vin vides, les tasses de café à moitié pleines, les fourchettes couvertes de cerises ou de cheese-cake desséchés, les visages de ses amis, puis les étoiles et la Lune imperturbable.

— J'en suis pas si sûr, murmura Hoot.

Isaac s'était endormi quelques heures plus tôt, mais tous les autres accompagnèrent Hoot à sa Mustang fraîchement ressuscitée, l'installèrent confortablement dans le siège du passager, d'où il leur adressa un geste faible du bras comme un grand maréchal exténué, puis Lyle se mit au volant et prit la route, Steven les suivant dans son pick-up.

Une fois qu'ils furent arrivés, tandis que Steven garait la Mustang dans le garage, Lyle escorta Hoot à l'intérieur. Depuis qu'ils étaient amis, c'était sans doute la première fois qu'il entrait dans sa chambre à coucher et il l'installa sur le lit, lui ôta sa veste bleu marine, sa chemise blanche à boutons, puis ses vieux souliers habillés, ses chaussettes et son pantalon. Hoot se retrouva en tee-shirt blanc et en slip.

— Désolé, *amigo*, dit ce dernier, mais peux-tu prendre le sweat des Packers dans mon armoire ? Je suis devenu frileux, la nuit.

Lyle l'aida à enfiler le sweat, à se mettre au lit, puis il remonta les draps sur ses épaules et dit :

— Bonne nuit, mon vieux.

Mais Hoot, déjà endormi, ronflait doucement.

Lyle resta à promener son regard dans la chambre dépouillée : un grand lit, deux tables, deux lampes de chevet, trois photos encadrées sur une commode. Curieux, il traversa la pièce sur la pointe des pieds et scruta les images. Il y en avait une très ancienne de Hoot avec ses parents et sa sœur, qui datait sans doute de la fin des années 1950. Un cliché de lui et sa femme juste après leur mariage, souriant de toutes leurs dents, le voile de la jeune mariée relevé ; il avait été pris de l'arrière de la voiture, on voyait un chapelet de canettes de bière vides accroché au pare-chocs, des grains de riz blanc sur la chaussée noire et, à l'intérieur, la chevelure brune et gominée de Hoot. Quant à la troisième photo, Lyle l'examina de plus près. Il n'avait pas pensé à cette journée depuis des années.

C'était la cérémonie de remise des diplômes de Shiloh, qui marquait la fin du cycle secondaire. Peg avait dû prendre la photo car elle n'y figurait pas. Il n'y avait que Hoot et Lyle avec une Shiloh de dix-huit ans au milieu, vêtue de sa toge et de sa toque. Ils souriaient tous les trois et les détails étaient fidèles à la réalité : au bord de la photo mais pas tout à fait hors cadre, Hoot tenait une cigarette dans sa main gauche, surmontée d'une volute de fumée ; Lyle semblait beaucoup plus robuste et râblé, ses cheveux épais et blonds ; quant à Shiloh, son sourire était à peine plus réservé, un peu moins large que celui des deux autres, et ses yeux n'étaient pas fixés sur l'objectif, ils obliquaient légèrement sur le côté, vers des amis peut-être, des rires, une autre conversation…

Lyle reposa le cadre sur la commode, ferma la porte de la chambre et sortit de la maison en prenant soin de la verrouiller avant de rejoindre Steven dans son pick-up.

— Merci d'avoir réparé sa voiture, lui dit-il. J'espère que tu as vu à quel point ça lui a fait plaisir.

— C'est rien, répondit Steven. Mon vieux était mécanicien. J'ai passé toute mon enfance à lui tendre des outils ou à rester au volant pour essayer de démarrer des voitures capricieuses pendant qu'il se penchait sur des capots à se gratter la tête. C'est comme une seconde nature pour moi.

— N'empêche, c'était généreux de ta part. Un très beau geste.

— Vous savez, Lyle, les voitures sont bien plus simples que les gens, dit sèchement Steven. Une voiture vous dit quand elle est en panne et comment la réparer. Elle a même un manuel. Il y a eu… quoi, quelques centaines de milliers de Mustang fabriquées à la fin des années 1960 ? Un peu plus, peut-être… Et même si elles ne sont pas toutes exactement similaires, elles se ressemblent. Inutile de vous dire qu'il est plus compliqué d'établir un diagnostic chez les êtres humains.

Steven s'arrêta devant la maison de Lyle et lui tendit la main.

— Je vais prier pour votre ami.

— Bonne nuit, répondit Lyle en lui serrant la main.

Alors qu'il marchait jusqu'à chez lui, il se sentit accablé de fatigue ; Peg et Shiloh l'attendaient assises sous le porche, toutes les deux pieds nus. Shiloh se leva, serra sa mère dans ses bras, puis elle descendit l'allée et croisa Lyle sans s'arrêter pour l'étreindre ou l'embrasser, se contenant de frôler sa main au passage, ce qu'elle fit avec une petite grimace comme si le simple fait de le toucher était douloureux. Il ne s'était jamais senti aussi éloigné d'elle, au point qu'elle trouvât l'idée d'un contact avec son père étrangement immorale.

— Bonne nuit, chérie, dit-il tristement.

— Bonne nuit, papa, répondit-elle d'un ton neutre en fermant la portière.

AUTOMNE

20

Un lundi après-midi de mi-septembre, Lyle et Peg descendirent River Road jusqu'à La Crosse pour récupérer Isaac à la sortie de l'école, puis ils regagnèrent Redford en passant par le verger Sourdough. C'était jour de fermeture au public mais la saison battait son plein, les pommes festonnaient les branches des arbres, le hangar débordait de caisses en bois remplies de fruits. Les autres jours de la semaine, les touristes auraient encombré le modeste parking et se seraient précipités pour dépenser leurs dollars en sirops, pommes au caramel, beignets aux pommes, jus chauds ou sacs de fruits fraîchement cueillis. Cette époque, qui suivait les mois de dur labeur dans le verger, ravissait manifestement Otis et Mabel, l'un derrière la vieille caisse enregistreuse tandis que l'autre guidait les clients vers la catapulte ou le trébuchet à pommes, ou accompagnait les enfants au portique de jeu terni, sorti de la réserve pour le crucial mois de septembre. Mais ce lundi, tout le monde soufflait après un week-end chargé, le verger était paisible.

Ils trouvèrent Mabel en train de crier des instructions à Otis qui empilait des cagettes sur un chariot rouge dans le hangar réfrigéré.

— Il va renverser ces pommes, dit-elle à Peg. J'ai beau le lui dire, il ne m'écoute jamais, c'est comme si j'étais pas là. Regarde, il va renverser ces belles pommes partout et elles seront invendables.

Lyle entrait dans le hangar en se faufilant entre des rangées de caisses entassées quatre sur quatre lorsqu'il entendit le chariot basculer et des dizaines de pommes dégringoler par terre.

— Espèce de vieux bourricot ! hurla Mabel. Qu'est-ce que je t'ai dit ? Tu perdrais ta tête si elle était pas bien accrochée.

— Je peux t'aider ? demanda Lyle en examinant les dégâts.

— Trop aimable, répondit Otis. La patronne a un sixième sens pour les désastres.

Mabel leva les mains au ciel et accompagna Peg et Isaac à la maison.

— Prenons des sacs, dit Otis. Tu ramèneras ce qu'on ramasse chez toi. Elles sont probablement toutes talées maintenant.

Les deux hommes passèrent vingt minutes à nettoyer le hangar, Lyle aidant Otis à faire de la place pour stocker plus de pommes. Ils rejoignirent ensuite les femmes et Isaac, attablés à la cuisine devant des petits verres de jus de pomme doré.

— Je pensais amener Isaac au verger, dit Lyle.

— Allez-y tous les deux, proposa Peg. Je vous attends ici.

*

Après avoir promis qu'ils reviendraient goûter et discuter, Lyle et Isaac roulèrent jusqu'au verger clôturé, Isaac chargé d'aller ouvrir le portail pour laisser entrer le vieux pick-up. Il referma et rejoignit son grand-père en courant. Main dans la main, ils traversèrent le verger, les nouvelles plantations de HoneyCrunch, de Gala et de Zestar, jusqu'à la partie plus ancienne où poussaient les pommiers sauvages qu'Otis avait découverts plus de cinquante ans avant, quand la propriété n'était qu'un coin de verdure où il aimait oublier ses responsabilités de professeur à Minneapolis.

— Je vais te faire goûter une pomme, dit Lyle. Elle est spéciale. Tellement spéciale qu'Otis et Mabel refusent de la vendre. Ils la gardent pour eux. Et pour nous.

— Qu'est-ce qu'elle a de spécial, papy ?

— Trois choses. Premièrement, cet arbre ne donne pas beaucoup de fruits. Il est très très vieux. On cueille seulement quelques dizaines de pommes et encore, les bonnes années. Deuxièmement, les fruits sont très fragiles, ils s'abîment au moindre choc. Donc c'est le genre de pomme invendable chez le marchand, elle est juste impossible à transporter. Troisièmement, eh bien… tu comprendras en la goûtant.

— Je peux choisir celle que je veux ?

Lyle acquiesça.

— Pourquoi t'en choisis pas une pour toi, une pour ta mère et une pour ta grand-mère. Puis on les mettra dans un coin sûr, faudrait pas qu'on les gâte avant de les manger.

— Quel goût elles ont, papy ?

— Tu verras, lui répondit Lyle, qui attendit un moment avant d'ajouter avec sérieux : Et n'oublie pas de garder les pépins. Demande à mamie de t'aider. Tu peux même les faire sécher et les conserver dans une enveloppe en papier. Comme ça, un jour ou l'autre, peut-être quand tes par… quand tes parents achèteront une maison quelque part, tu pourras les planter et faire pousser un pommier vraiment spécial. Et tu sauras exactement d'où il vient.

« Et tu garderas aussi le souvenir de cette journée, eut très envie d'ajouter Lyle : toi et moi en ce beau jour de septembre dans le Wisconsin. » Mais il se retint en espérant que la journée se suffisait à elle-même, que la pomme se suffisait à elle-même.

Le gamin escaladait déjà le vieil arbre cagneux puis il fit précautionneusement passer les fruits à Lyle : trois pommes biscornues et verruqueuses à la peau rose et vert tachetée de blanc.

— Parfait. Et maintenant ta grand-mère veut faire des tartes ce soir, alors on va lui rapporter un ou deux sacs de pommes prises sur les autres arbres. Tu veux bien m'aider ?

C'est ainsi que Lyle et Isaac revinrent au pick-up, grappillant quelques fruits sur un arbre, puis sur un autre, remplissant deux grands sacs en papier ici et là, jusqu'à ce que Lyle craigne qu'ils cèdent et que leur cueillette se renverse. Ils remontèrent dans le véhicule, firent un petit coucou à Otis et Mabel, puis rentrèrent à la maison. Lyle prit un déjeuner tardif de chili saupoudré de cheddar râpé et accompagné de crème aigre, de ciboule, de coriandre et de crackers. Il s'installa ensuite dans le patio avec sa couverture favorite, un modèle en laine de Hudson Bay aux rayures de couleurs vives, et s'endormit dans son fauteuil.

C'est là que le trouva Isaac alors qu'il croquait dans la précieuse pomme d'une variété sans nom, pas même répertoriée par le prestigieux département d'horticulture de l'université du Minnesota. Debout dans le modeste patio de ses grands-parents, Isaac mastiqua le fruit à l'étrange goût de framboise aigrelette et de crème, découvrant à l'intérieur une chair à la fois croquante et évanescente, qui fondait sur sa langue comme un nuage de barbe à papa. Il n'en croyait pas ses papilles et s'empressa de dévorer la pomme. Après avoir fini, il s'aperçut qu'il avait un pépin coincé entre ses deux dents de devant. Il le pinça entre ses ongles, rit en douce, s'approcha à pas de loup de son grand-père assoupi et, après avoir écarté la couverture, il s'arrêta un instant et ferma les yeux.

Le garçon ne comprenait pas quel était ce « pouvoir » dont parlaient sa mère et Steven, ce pouvoir pour lequel certains fidèles de l'Assemblée des Coulee Lands n'étaient pas loin de le vénérer. Tout ce qu'il savait, c'est qu'il l'avait senti pour la première fois environ un an plus tôt. Sa mère l'avait placé dans une garderie qu'il n'aimait pas et elle non plus, il en était conscient. Lorsqu'elle le déposait le matin, il pleurait souvent, s'agrippait à elle et, en voyant sur son visage qu'elle souffrait de le laisser, il n'arrivait pas à comprendre pourquoi elle s'obstinait à le faire, jour après jour. La garderie était dans un petit bâtiment en parpaings près de l'autoroute, le vacarme de la circulation incessant. À l'intérieur, les moquettes usées sentaient le pipi. L'aire de jeu, minable et étriquée, était couverte tous les matins de mégots de cigarette et de papiers d'emballage ; les auxiliaires étaient des femmes corpulentes qui s'intéressaient surtout à leur téléphone. Certaines mettaient des bouchons d'oreilles pour ne pas entendre les pleurs.

Un jour, pendant la sieste, Isaac s'était réveillé pour aller aux toilettes. Arrivé devant la porte, il avait entendu pleurer. C'était une des auxiliaires. Il était entré si doucement qu'elle ne s'était rendu compte de sa présence que lorsqu'il lui avait touché la tête pour la consoler.

Elle avait sursauté, surprise, et il avait vu dans ses yeux qu'elle était triste, effrayée et qu'elle se sentait piégée. Elle lui avait fait l'impression d'un animal blessé. De près, il avait remarqué que ses bras, son visage et son cou portaient les marques hideuses de plusieurs bleus – certains violacés, d'autres plus anciens, d'un jaune passé.

— Ça va, mademoiselle Amy ? lui avait-il demandé.

Elle avait serré son menu corps contre le sien ; il ne voyait pas son visage mais il sentait les soubresauts de ses sanglots.

— Mademoiselle Amy, avait-elle répondu, ne sait pas où aller.

— Tu pourrais venir chez nous, avait-il suggéré.

Elle avait ri faiblement en se dégageant de son étreinte.

— On pourrait s'occuper de toi, ma maman et moi, avait-il proposé avec sérieux. Ou peut-être que ta maman peut t'aider.

Les sentiments de l'auxiliaire ne l'effrayaient pas car il avait la vague intuition qu'il pouvait tout arranger. Il ne se sentait pas tant capable d'éradiquer sa détresse ou sa souffrance que de les *soulager*. Dans son esprit, il se voyait au bord d'un étang dont la surface était troublée par une violente tempête. Il pouvait poser les mains sur cette eau et la lisser, comme s'il repassait une nappe froissée. Sa mère le complimentait fréquemment sur son sens aigu de l'observation, sur son empathie.

C'était donc ce qu'il avait fait. Il s'était assis à côté de l'éducatrice et avait touché sa tête, lui avait caressé les cheveux, s'était appliqué avec chaque geste à la consoler, à apaiser sa peur et son angoisse.

Une quinzaine de jours plus tard, quand Shiloh était venue chercher Isaac à la garderie, Mlle Amy l'avait prise à part et lui avait raconté son rêve dans lequel il lui disait de déménager et de laisser « l'homme en colère » ; c'était ce qui lui avait donné la force de demander le divorce, de requérir une ordonnance de protection et d'emménager avec sa mère.

— Votre fils, avait dit l'éducatrice, est mon ange gardien.

*

Le pépin toujours dans la bouche, Isaac songea à son grand-père et à l'après-midi où ils avaient nettoyé la pierre tombale de Peter. Il rouvrit les yeux, remonta le sweater et le maillot de corps de Lyle et, après avoir recraché le pépin avec soin, il le glissa tout humide dans le creux de son nombril, se retira immédiatement sur la pointe des pieds et courut à la cuisine, où sa grand-mère préparait une pâte à gâteau, farine sur les joues et les avant-bras, farine sur le sol, tandis que la radio chantait : « *But I'm near the end and I just ain't got the time. And I'm wasted and I can't find my way home*[1]. »

À la fraîcheur de l'ombre, dans le patio où tombaient quelques rares feuilles d'automne précoces, Lyle dormait – un train dans le lointain, le bruit de cent voitures, des centaines de roues, un sifflet très éloigné, des alarmes, le chuchotement de branches et le ballottement de tonnes de fer, d'un côté à l'autre mais toujours vers l'avant. Les wagons-trémies de charbon desservant les centrales électriques, les tombereaux de minerai vides à destination de Duluth, les wagons-citernes pleins de sirop de maïs…

Lyle s'extirpa doucement d'un profond sommeil. Il n'aurait su dire pourquoi, mais il se souvint de lointains dimanches où Shiloh venait les rejoindre au lit : les rayons du soleil matinal dardaient les fenêtres à travers les rideaux diaphanes, les livres pour enfants s'entassaient au point de lui ankyloser les jambes. Ils lisaient ensemble des heures durant, riaient, se faisaient des chatouilles, et il fut pris du désir de retrouver ce moment, de faire basculer le temps dans un trou d'épingle, pour le revivre à tout jamais.

---

1. *Can't Find My Way Home*, chanson de Steve Winwood au sein du groupe Blind Faith avec Eric Clapton. « La fin approche et je manque de temps. Je suis défoncé et j'arrive pas à rentrer chez moi. »

21

Fidèle à sa parole, Hoot se rendit à l'église tous les dimanches, quand son état le lui permettait, vêtu d'un costume qui flottait sur ses épaules émaciées comme une voile un jour sans vent. Mais il s'y tenait, son bonnet rouge de travers sur la tête, sa bouteille d'oxygène en aluminium à la traîne, aidé par Lyle qui le conduisait à La Crosse.

— Je vais te dire un truc, lui confia Hoot un dimanche sur la route, je pense que dans l'ensemble, ces fanas de Bible débitent plus de conneries à la minute qu'un camelot un jour de foire. Mais, poursuivit-il en marquant une pause théâtrale pour tousser dans son poing, ça peut pas me faire de mal de passer quelques dimanches dans une église avant de sucer les pissenlits par la racine. Ça m'étonnerait qu'Il regarde mais, après tout, sait-on jamais ?

Leur présence à l'église avait assurément adouci Shiloh qui s'était remise à traiter Peg et Lyle avec une certaine cordialité. Lyle imaginait qu'il n'était pas facile d'admettre qu'un suppôt de Satan fréquentât l'église paisiblement, de son plein gré, pendant des semaines, allant même parfois jusqu'à se fendre d'un billet de vingt dollars quand la corbeille circulait. Il fallait reconnaître que ça ne collait pas vraiment.

Lyle, qui profitait de la messe pour étudier son futur gendre, s'aperçut que Steven n'était pas toujours le messager de Dieu enthousiaste et charismatique qu'il prétendait être. Parce qu'il l'examinait à la loupe, peut-être, il crut déceler une corrélation entre l'humeur du pasteur et la taille de l'assemblée. Si les Packers disputaient un match en milieu de journée par exemple, et que la moitié des sièges étaient vides, il se lançait dans un long sermon fielleux promettant enfer et damnation, citant des passages de l'Ancien Testament saturés d'armées au galop, de rois sans scrupules et de concubines. Mais si les bancs étaient occupés ne serait-ce qu'aux deux tiers, Steven affichait son plus beau sourire. Dernièrement, Lyle avait aussi remarqué sa proximité avec une belle jeune femme bronzée aux longs cheveux blond platine, de grands anneaux dorés aux oreilles, les bras et les jambes d'une maigreur de hippie. Lyle n'en souffla mot, car leur interaction avait été brève et le pasteur avait glissé le bras sur ses épaules avec la décontraction d'un ancien camarade d'université. Mais il avait pris note de la présence de la jeune femme et, quinze jours plus tard, lorsque la scène s'était répétée, il avait cherché Shiloh du regard et l'avait vue, les bras croisés, au sein d'un groupe d'autres jeunes mamans, dévisager sa rivale avec intensité.

— J'ai la berlue ou pasteur Steven apprécie la compagnie de cette paroissienne un petit peu plus que… tu sais, qu'une ouaille moyenne ? murmura Lyle à Hoot.

Hoot l'observa par-dessus sa tasse de café.

— Je suis sorti avec une fille qui lui ressemblait avant de me marier. Elle avait des jambes si longues qu'elle pouvait les nouer deux fois autour de ma taille. Sacrée danseuse.

Peg lui donna une petite tape sur le bras.

— Ça suffit, vous deux. Nous sommes dans la maison du Seigneur, au cas où vous l'auriez oublié.

— Désolé, s'excusa Hoot, mais je te rappelle que c'est un cinéma délabré. Et ça change rien au fait que j'ai passé deux semaines torrides avec cette poupée. Je me souviens qu'on est allés camper au bord du lac Supérieur. On avait une petite tente et…

— Hoot, lui dit froidement Peg. Je t'aime beaucoup mais *s'il te plaît*… épargne-moi.

— Mais tu vois de qui on parle, Peg, oui ou non ?

— Oui, admit-elle. Je suis sûre que ce n'est rien du tout. Tout le monde adore Steven au sein de cette église.

— Tu veux que je lui renverse mon café dessus ou un truc de ce genre ? murmura Hoot. Que je mette du sucre dans le réservoir de son pick-up ?

— Hoot ! s'indigna Peg.

— Qu'est-ce que je risque, au pire ? Qu'il m'interdise de remettre les pieds dans son église ? Je m'en fiche pas mal. J'ai bouffé plus de messes ces derniers mois que pendant, quoi ? les cinquante dernières années réunies. Et je crois que le Seigneur sera de mon côté si jamais le bon pasteur dévie… de sa mission sacrée, disons.

*

Le dimanche suivant, lorsque Lyle sonna à la porte de chez Hoot, il n'y eut pas de réponse. Il se permit d'entrer en criant :

— Hoot ? Hoot ? T'es habillé, mon vieux ?

Ses questions se heurtèrent à un silence absolu, inquiétant – ni radio, ni sifflement, ni le pas traînant de son ami. Il se dirigea rapidement vers la chambre à coucher et le découvrit gisant sur la moquette élimée à côté du lit.

— Va pas raconter à Peg que tu m'as trouvé comme ça, le supplia-t-il d'une voix rauque. Je suis tombé et je… j'ai mal, *amigo*.

Ils filèrent immédiatement à La Crosse et Hoot fut admis en soins intensifs. Les docteurs expliquèrent qu'il avait contracté une nouvelle pneumonie et qu'ils envisageaient de passer au prochain niveau de soins.

— À partir de maintenant, dit un jeune docteur à Lyle et Peg, nous devons décider s'il vaut mieux continuer le traitement, continuer la chimio… ou s'il serait mieux, plus humain, de soulager la douleur. De nous assurer qu'il souffre le moins possible.

Ils restèrent avec Hoot cette matinée-là, et tout l'après-midi, à regarder le football tandis qu'il se réveillait par intermittence, incapable de manger, ayant perdu jusqu'à la force de plaisanter.

Le soir venu, Shiloh, Steven et Isaac les rejoignirent dans la chambre d'hôpital et apportèrent plusieurs cartes de vœux signées par des paroissiens et un bouquet de fleurs. Shiloh se pencha pour l'embrasser sur la joue.

— T'as une bière pour moi ? demanda-t-il à voix basse.

— Je suis désolée.

— T'es une fille bien, Shiloh, chuchota Hoot. Tu le sais, j'espère ? Tu t'es bien débrouillée. Je suis resté en retrait tout ce temps-là, mais je t'ai regardée faire. Je t'ai regardée grandir. Il y a des jours…

Sa voix devint moins audible. Shiloh s'assit sur le lit et prit sa main.

— Y a des jours où je te considérais même comme ma fille. Où j'aurais aimé avoir une fille comme toi.

Elle se pencha et l'embrassa sur le front.

— T'es un homme bien, Horton Shaw, lui dit-elle.

*

Plongé dans un demi-sommeil, Lyle était avachi dans une chaise en Skaï peu confortable lorsque Shiloh lui serra doucement la main ; il ouvrit les yeux et la trouva accroupie, le regardant avec le plus grand sérieux.

— Papa, Isaac veut aider Hoot.

Lyle digéra ses paroles en silence. Il détourna les yeux et aperçut Isaac s'agiter nerveusement devant Peg, qui massait ses menues épaules tandis que Steven se tenait sur le côté, la bible à la main. L'hôpital semblait avoir sa propre respiration : les machines reliées à Hoot, les chuchotements secs du radiateur, un hélicoptère quittant l'aire d'atterrissage, les voix et rires étouffés des infirmières dans le couloir.

— Papa.

— Oui, ma chérie.

— Il faut que tu croies, maintenant. Si tu ne crois pas, tu dois sortir de la pièce pendant que nous prions.

Lyle était fatigué, mais il se leva et étreignit Shiloh. Il la serra longuement dans ses bras.

— Je suis prêt, dit-il.

Ils formèrent un cercle étroit autour du lit de Hoot, se tinrent la main, Isaac posté près de la tête du malade, près de ses vieilles épaules malingres.

Pour la première fois depuis l'été si lointain où il avait retrouvé son cousin Roger au bord du lac, Lyle essaya avec chaque fibre de son être de vaincre ses doutes et sa colère pour atteindre – à la manière d'un fantôme sorti de son imagination, pas avec les mains, mais avec le cœur et l'esprit – son ami mourant. Il n'écoutait pas les paroles de Steven, non, il savait qu'elles ne feraient que détourner son attention, qu'elles le forceraient à se replier plus profondément en lui-même plutôt que de le guider. Lyle se recueillit, se concentra et, oui, il se surprit à prier mais, au moment même où il aurait pu parler à ce Dieu qu'il avait plus ou moins désavoué, il sentit un obstacle, un vif accès de doute, une pensée qui pénétrait les sombres eaux paisibles. Il ouvrit les yeux.

Isaac imposait la main droite sur le front de Hoot qui avait réussi à lui agripper le poignet. Lyle ne vit pas de courant électrique blanc-bleu passer entre eux. La chambre semblait s'être soudain considérablement rafraîchie ou attiédie ; l'air n'agitait ni les rideaux, ni les draps, ni les cheveux de Shiloh. Un profond silence régnait et Lyle, incapable de rester une seconde de plus, lâcha doucement la main de sa femme et de sa fille et regagna le couloir sans un bruit, refermant la porte derrière lui.

*

Un peu plus tard, Peg, Shiloh, Steven et Isaac sortirent l'un après l'autre de la chambre de Hoot et rejoignirent Lyle, assis près du bureau des infirmières, un gobelet de café à la main.

— Bonne nuit, papa, dit Shiloh, les traits tendus par l'épuisement et la tristesse.

— Merci d'être venus, répondit Lyle avec un petit hochement de tête en direction de sa fille et de Steven.

— Je suis désolé pour ton ami, papy, lui dit Isaac en se blottissant contre sa taille.

— Moi aussi, mon petit bonhomme, dit Lyle, en craignant de se briser en mille morceaux.

*

— Pourquoi as-tu quitté la pièce ? lui demanda Peg sur le chemin du retour.

Lyle prit le temps de réfléchir.

— Je ne sais pas. J'imagine que je n'avais pas l'impression de vraiment l'aider.

Un vent violent se leva, accompagné d'un crachin et, sur la route, les dernières feuilles de la saison, chassées de leurs branches noires trempées, se cognaient au pare-brise et s'y collaient, hors de portée des essuie-glaces. Il n'y avait pas d'autres phares dans l'obscurité.

Peg soupira.

— Je t'aime, Lyle, et tu es une des personnes les moins égoïstes que je connaisse. Mais il y a en toi quelque chose… que tu confonds avec de la logique ou un sens pratique, ou va savoir quoi, mais qui n'est en fait que de la peur. Tu as peur de lâcher prise, chéri. Tu crois devoir trouver un sens, une faille ou une force en toute chose, mais la vie ne marche pas toujours comme ça, si ? Peut-être que la vie, l'univers entier, le grand-tout nous dépassent complètement. Et s'il y avait quelque chose de plus puissant que nous ? Une forme de Dieu, ou de magie peut-être ? Est-il si difficile pour toi d'imaginer que tu n'as pas forcément toutes les réponses et de l'accepter ?

Ils roulèrent en silence. La maison leur parut froide, c'était la première vraie nuit fraîche d'automne. Lyle lança ses clés sur le guéridon et se sentit gêné quand elles atterrirent plus bruyamment qu'il ne l'avait voulu.

— Je vais me coucher, dit Peg.

— Bonne nuit, renvoya Lyle avant d'ajouter en élevant la voix : Je vais peut-être aller faire un tour chez Charlie.

— Comme il te plaira.

— Hoot est mon ami, tu sais.

Peg se retourna et lui fit face.

— Comme si je ne le savais pas, Lyle ! Et c'est aussi le mien. Ce qui explique pourquoi j'étais prête à tout essayer, *tout*, pour le sauver. Et tu sais ce que j'ai fait, Lyle ? J'ai simplement fermé les yeux et je me suis concentrée. Je me suis concentrée sur *Hoot*. Ni sur toi ni sur moi : sur *lui*. Et toutes les émotions positives, toutes les bonnes – je ne sais pas – vibrations, disons, dont je suis capable, j'ai imaginé que je les lui transmettais. Et toi, tu ne pouvais même pas le faire. Tu avais trop peur d'essayer.

— Peg…

— Non, vas-y, Lyle. Va voir Charlie. Mais promets-moi une chose avant, s'il te plaît.

Il ne répondit pas.

— Si je suis mourante un jour, essaie de faire un effort, un plus gros effort que ce soir, d'accord ?

Et sur ce, Peg descendit le couloir et ferma la porte de leur chambre.

*

Charlie l'accueillit avec un sourire las et Lyle éprouva aussitôt de la gratitude envers son ami. Le feu crépitait dans la cheminée et il écoutait du jazz, un verre de scotch à la main.

— J'aurais dû appeler avant de venir, murmura Lyle. Je peux entrer ?

— Bien sûr, répondit Charlie en fronçant les sourcils. Tout va bien ?

— Je ne sais pas. Non. Hoot est mourant. Peg est… fâchée. Shiloh croit qu'Isaac peut guérir par la foi…

Il fit un geste de capitulation.

— Assieds-toi, dit Charlie. Je t'offre quelque chose à boire ?

— Je ne dis pas non. Qu'est-ce qu'on écoute ?

Charlie versa deux doigts d'Oban et tendit le verre à Lyle.

— *My Favorite Things* de saint John Coltrane.

— Saint John ?

— Parfaitement. Il y a une église orthodoxe africaine à San Francisco qui s'appelle l'église Saint-Coltrane.

— Arrête !

Charlie haussa les épaules.

— Ça me paraît logique.

Ils restèrent longuement assis, silencieux, à regarder le feu, à écouter le vent chahuter les vieilles vitres du presbytère, les portes dans leurs montants. Lyle s'enfonça dans son fauteuil. Dehors, une meute de coyotes glapissait et hurlait.

— J'adore écouter ces bêtes, dit Charlie. Elles rendent la nuit un peu moins solitaire.

N'ayant jamais éprouvé beaucoup d'affection pour les coyotes, Lyle se tut, but une autre gorgée de scotch.

— Isaac a essayé de guérir Hoot ce soir à l'hôpital, finit-il par dire.

— Sans blagues ? marmonna Charlie.

— J'ai essayé, Charlie. J'ai essayé de croire. J'ai essayé de m'ouvrir, j'ai essayé… mais je n'y suis pas arrivé. Je n'ai pas pu.

— Pourquoi pas ?

— J'imagine que je me suis mis à réfléchir et… quelque chose ne tournait pas rond. Je n'ai pas la foi, moi, pas comme toi. Peut-être que je ne crois pas du tout.

— Lyle, le fait d'être chrétien – ou tout simplement d'être *quelqu'un de bien*, bon Dieu – consiste en partie à aimer tout le monde, toute vie humaine. Et je t'aime, l'ami, sans l'ombre d'un doute. Mais on dirait parfois que pour toi les gens sont condamnés à perdre la foi s'ils ne se comportent pas sys-té-mati-que-ment de manière rigou-reu-se-ment parfaite. Le dieu en lequel je crois a de l'humour. Il t'a regardé ce soir en pensant : « Ce crétin s'imagine encore que la perfection est l'ennemie du bien, ça rate jamais. » T'es Lyle Hovde. T'as le droit de douter du monde, de toi-même, de la religion. Mais je te connais : toi non plus, tu n'as pas toutes les réponses. Sinon, tu ne viendrais pas frapper à ma porte à dix heures un soir d'orage.

— Tu as déjà vu la prière aider quelqu'un ? demanda Lyle après un temps.

— Oui. Bien sûr que oui.

Lyle sirotait son scotch.

— Qu'est-ce qui s'est passé ?

— Avant que je revienne ici, j'étais pasteur dans une petite église à Ely, dans le Minnesota, près de Boundary Waters. Une vieille femme est venue me voir, elle souffrait tant qu'elle en pleurait. Elle était percluse d'arthrite. Ses doigts étaient complètement tordus, comme si elle avait joué douze saisons de foot américain ou de hockey.

Nous avons donc prié pour elle. Je tiens à préciser que je ne me suis jamais proclamé guérisseur. Je ne me suis jamais targué d'avoir des pouvoirs surnaturels et je ne lui ai absolument pas promis de pouvoir changer quoi que ce soit, mais j'ai prié pour elle avec un groupe de paroissiens et devine quoi ? Le dimanche suivant, elle est venue à la messe en disant que ça avait marché. Elle brandissait ses mains toujours tordues comme des branches brisées, toujours complètement noueuses, mais elle *se sentait mieux*. Qu'est-ce que j'étais censé lui dire ? Que la prière n'y était pour rien ? Qu'elle avait toujours deux pinces grotesques en guise de mains ? *Elle se sentait mieux*. Ça avait marché.

— Hum, grommela Lyle.

— Bon, supposons – Dieu t'en préserve – mais supposons que ce soit toi qui aies un cancer. Sais-tu ce que ton docteur – n'importe quel docteur au monde – te conseillerait de faire ?

— Chimio, régime, exercice, j'en sais rien...

— Il te dirait que tu dois *croire* que tu peux vaincre la maladie. Tu dois *croire* que tu peux gagner le combat. Alors explique-moi en quoi c'est différent de la prière. Explique-moi en quoi c'est différent de ce que vous avez essayé de faire ce soir pour Hoot.

— Mais c'est un faux espoir, répondit Lyle. Ce ne sont ni la prière ni la foi qui tuent le cancer. C'est la chimio. Tu ne peux pas *croire* que tu vas te jeter du haut d'une falaise et survivre. Tu ne peux pas *croire* que tu peux te tirer une balle dans la tête et survivre.

— Ce n'est pas un faux espoir. Le fond de la falaise n'est pas ton corps, la balle non plus. Mais le cancer, lui, *est* ton corps. La *douleur* est ton corps. La peine, le chagrin et la dépression – ces afflictions habitent ton corps. Charlie tendit le bras et enfonça son index dans le biceps de Lyle. Tu ne penses pas que ton ami préférerait te savoir près de lui, à croire en lui, plutôt que dans le placard à balais à te morfondre, en pleine crise existentielle ? Réfléchis deux secondes, Lyle...

— Tu ne me remontes pas vraiment le moral, Charlie.

— Je suis ton ami, Lyle. Te remonter le moral n'est pas dans mon contrat. Je suis là pour te dire la vérité, sans ménagement.

— Ouais, bon, je vais aller chercher du bois, grommela Lyle.

— Très bien. Je ne bouge pas, j'écoute saint John Coltrane.

Dehors, le visage fouetté par le vent, Lyle ramassa une brassée de chêne sec abrité sous le porche du presbytère. Les coyotes s'étaient rapprochés, ils jap-jap-jappaient, aboyaient et hurlaient. Lyle sentit les poils de son dos se hérisser et il fut soulagé de se réfugier à l'intérieur. Il mit deux bûches dans l'âtre et plaça les autres à côté du foyer sur le vieux plancher en bois.

En s'approchant de son fauteuil, il remarqua la tête de son ami basculée en arrière, les yeux clos, le profond râle nasal du sommeil s'échappant de sa bouche ouverte. Lyle tourna le disque et posa l'aiguille au bord de la galette de vinyle.

— Pas étonnant que tu vives seul, dit-il. Tu ronfles comme un bison.

Tiré de sa brève somnolence, Charlie but une nouvelle gorgée de scotch. Sans se parler, les deux hommes écoutèrent le jazz et les doux crépitements du feu.

— Un jour, à l'époque où j'étais en Alaska, il y a… oh, une vingtaine d'années, commença Charlie, je bossais sur un crabier. Le capitaine n'était plus tout jeune et je pense qu'il m'avait à la bonne, parce que par gros temps, quand il ne se sentait pas de prendre la mer, il me confiait son bateau, ce qui n'est pas rien. C'était son gagne-pain, vois-tu, et son assurance retraite par-dessus le marché.

La mer était calme quand on est sortis ce matin-là, juste moi et deux autres gars. Le premier était un ancien taulard en cavale qui avait braqué des banques dans l'Oregon et le second était un gamin de Cleveland, doux comme un agneau, qui travaillait un ou deux ans pour financer ses études au séminaire. On n'arrêtait pas de le taquiner et l'ex-taulard essayait toujours de lui montrer des magazines porno et de lui raconter des blagues obscènes. Il y a des fois où j'avais un peu pitié de ce pauvre gamin.

Bref, j'étais sans doute un peu trop sûr de moi – bon, d'accord, je reconnais que j'étais beaucoup trop sûr de moi – parce que je nous ai laissés dériver loin de notre cap. Les courants sont vraiment puissants dans ce coin du globe et j'avais encore beaucoup à apprendre de leurs déplacements : on s'est soudain retrouvés complètement perdus, loin de nos paniers à crabes dans la mer de Béring. On aurait pu naviguer à quelques centaines de mètres de la côte ou à mi-chemin du Japon – je n'en avais pas la moindre idée. Je n'avais aucune confiance en nos indicateurs ni en nos cartes et j'ai paniqué. Je n'ai pas voulu lancer un appel radio non plus, j'avais trop honte, alors j'ai fait comme si tout allait bien et j'ai mis le cap en direction de ce qui me semblait être le port.

Le bateau était vieux et il n'était pas rare de devoir réparer des petites pannes mécaniques quand on prenait la mer. On n'a jamais compris ce qui s'était passé, si on avait heurté un récif ou un morceau de banquise, mais on s'est mis à couler et à couler vite. Je me demande parfois si le vieux capitaine ne nous avait pas envoyés en mission suicide. Tu sais, s'il n'avait pas saboté son propre bateau pour toucher l'argent de l'assurance… Bref, on a préparé un canot de sauvetage et on a sauté dedans tous les trois, juste avant que le crabier sombre.

— Tu ne m'avais jamais raconté ça avant, lui dit Lyle.

— Je ne suis pas très fier de cette histoire, poursuivit Charlie. Et je ne serais pas ici pour te la raconter si la mer avait été moins calme. Par temps agité – et il n'y a d'habitude pas un coin plus agité sur cette planète –, on y serait tous restés. On n'était pas équipés pour se retrouver là-bas dans un bateau ouvert.

Mais on s'est contentés de dériver dans un brouillard tellement épais qu'on aurait pu le rouler entre nos mains comme une boule de neige. Puis on a écouté. On guettait le son des balises. Le son des moteurs. N'importe quel son. Des heures durant, on s'est relayés pour souffler dans le sifflet de nos gilets de sauvetage et crier au secours.

Puis tout à coup, venant de nulle part, on s'est retrouvés au beau milieu d'un groupe de baleines à bosse ; elles tournaient autour de nous et sautaient hors de l'eau. Elles se sont tant rapprochées que quand j'ai tendu la main dans le brouillard, j'en ai touché une. J'ai vu son œil. On s'est regardés, mon vieux. Pendant plusieurs secondes. Cette baleine était plus proche de moi que tu l'es maintenant. Elle était *tout près*. L'ex-taulard et le gamin les ont touchées, eux aussi. Elles ont nagé à côté de nous quelques minutes, puis elles sont reparties. Des fantômes de toute beauté.

On avait tous fait plusieurs saisons sur des crabiers, mais je peux t'assurer qu'aucun d'entre nous n'avait vécu un truc pareil. Des marsouins, à coup sûr. Et il nous arrivait de voir une baleine souffler ou sauter dans le lointain. Mais là, c'était différent. C'était… je sais pas… intime. Tu comprends ? Puissant.

Il a fallu pas loin d'un jour entier avant que le brouillard se lève et qu'on soit découverts par un autre bateau. Les pêcheurs nous ont pris à bord, nous ont donné du café chaud et enveloppés dans des couvertures. On avait dérivé à cent vingt kilomètres de notre port de départ. Quatre heures plus tard, un orage violent s'est déclaré et on aurait tous péri, j'en suis sûr et certain.

De retour au port, les deux types et moi sommes allés dans un bar du centre-ville manger un cheeseburger et descendre quelques bières. On savait qu'on allait partir chacun de notre côté. Et je me souviens, j'étais assis, sirotant ma bière dans le plus grand silence, quand le gamin a dit : « C'est la Providence qui nous a sauvés. C'est l'œuvre de Dieu. Les chances d'être trouvés… Les chances que le temps reste si calme… Si on est vivants, c'est parce qu'Il a un plan pour nous. Et j'espère que vous vous en rendez compte, tous les deux, que vous vous rendez compte qu'on vient de vivre un miracle. »

Je n'ai jamais revu l'ex-taulard après ce soir-là. Mais je me souviens, je me souviendrai toujours qu'il a fini sa bière, qu'il a pris le môme par l'épaule et qu'il lui a dit : « J'avais jamais cru en Dieu avant qu'on se retrouve au milieu de l'eau dans ce rafiot. Mais je pense que maintenant, je crois en Lui. Et tu sais ce qui m'a fait changer d'avis, mon pote ? »

Le gamin a cligné des yeux et lui a répondu : « Le sauvetage ? »

L'ex-taulard nous a regardés l'un après l'autre, droit dans les yeux, et nous a dit : « Non, les baleines. »

Et on ne l'a jamais revu. Il a tapoté du poing sur la table, balancé un billet de vingt dollars dans son assiette, et il est sorti du bar. Après cet épisode, plus personne n'a voulu m'embaucher sur un crabier. Je portais la poisse. J'étais le type qui avait coulé un bateau d'un million de dollars en eaux calmes. Alors j'ai zoné. Bossé dans des conserveries de saumon, traîné avec une fille dans une communauté près de Ketchikan, pris beaucoup d'acides. Et juste avant de m'être mis en tête que j'allais revenir ici, j'ai acheté un kayak et pagayé dans le coin où on avait vu les baleines.

J'ai campé dans une crique superbe. Un rivage bordé d'épinettes de Sitka et de cèdres gigantesques, une eau froide et limpide. Claire comme du cristal, on voyait à une dizaine de mètres de profondeur. Je faisais des balades en kayak tous les jours, je mangeais ce que je pêchais. J'ai lu plein de bouquins de Gary Snyder et de Jim Harrison. Pris des photos. Quelque chose s'éveillait en moi et c'était en lien avec ces baleines et ce petit bateau. Un jour où je regardais la mer près de mon feu de camp, une énorme baleine à bosse a fait un saut magistral, le corps entier hors de l'eau, puis elle s'est écrasée dans les flots. Un plouf épique. Comme si elle savait que j'étais là, comme si elle me faisait son show. Alors j'ai attrapé mon appareil photo en me demandant : « Quelle est la probabilité que cette baleine refasse son numéro ? »

Elle l'a refait. Moins de deux minutes plus tard. Elle a bondi complètement hors de l'eau, devant mes yeux, à une dizaine de mètres du rivage. Je suis resté dans mon campement quatre jours de plus et je n'ai jamais vu une autre baleine. Ensuite, je suis revenu ici.

— Ça alors, dit Lyle avec un claquement de langue appréciateur. Tu l'as toujours, cette photo ?

— Lyle, soupira Charlie. Je n'ai pas besoin de la photo. J'ai vécu l'histoire. J'ai le souvenir, l'émerveillement. Tu comprends ?

— Non, reconnut Lyle. Pas vraiment.

— Je n'ai pas besoin d'une preuve de l'existence de Dieu. Je *sais* qu'il existe quelque chose de plus fort. Je l'ai senti. Ce quelque chose était dans ces baleines et il est dans les coyotes qui sont dehors. Il est dans ce feu de bois et dans ce vieux single malt.

Il se leva de son fauteuil et poignarda le sternum de Lyle avec son doigt.

— Il est en toi, mon pote. Il est en moi. T'as juste besoin de trouver ton… je sais pas, de trouver tes propres baleines. De déterminer *ce* qu'elles sont. Parce que je sais que tu vois Dieu dans le monde ; je sais que tu Le sens.

Charlie poussa un profond soupir et s'étira.

Mais je suis fatigué maintenant, je vais au lit. Bonne nuit, Lyle.

— Hé, attends un peu, Charlie. Tu ne peux pas aller te coucher comme ça.

— Je ne suis pas un missionnaire, Lyle. Je ne suis pas allé frapper à ta porte ce soir pour tenter de te convertir. C'est *toi* qui es venu me voir, tu t'en souviens ? Tu ne trouves pas ça révélateur ? Te voilà au milieu de la nuit, aussi perdu que si t'étais au milieu de l'océan, et tu cherches quelque chose, mais chaque fois qu'on te tend une perche, tu te barres dans la direction opposée.

Charlie leva les mains au ciel.

— Eh bien, aide-moi, dans ce cas.

— Non, tu vas t'en tirer tout seul, mon pote. Je suis vieux, fatigué et j'ai sommeil. Cette saloperie de chaudière dans l'église est en bout de course et il faut que je trouve, va savoir où, l'argent pour la remplacer. Ou que je trouve une âme généreuse qui propose ses services pour la ressusciter. Je suis exténué. N'oublie pas de verrouiller la porte en partant.

Lyle termina son verre de scotch d'un trait, tapota les accoudoirs du vieux fauteuil en cuir, éteignit le tourne-disque et ressortit dans la nuit froide et venteuse.

22

Le camion à pommes était vieux ; pas loin d'être aussi vieux qu'Otis, c'est dire... La remorque, qui reposait sur un plateau rouillé, était fermée par des lattes de bois ancien assemblées au-dessus du passage des roues, de telle sorte qu'à l'intérieur la lumière blême du petit matin traçait des lignes parallèles jaunes et blanches sur les cageots pleins de fruits rouges. Lyle s'affairait à l'intérieur, organisait les lourdes caisses, commençait par les superposer contre la cabine avant de revenir peu à peu vers le hayon à l'arrière du camion. Le soleil disparaissait à intervalles réguliers derrière des nuages bas qui s'amoncelaient depuis le Minnesota. Les ombres lui glaçaient le dos et les mains. Son souffle s'échappait en volutes.

Le jour venait de se lever. Lyle n'était pas du genre à se plaindre, mais le matin était froid. Il s'était attardé dans la cuisine, un mug de café à la main, laissant la chaleur du liquide noir traverser la céramique et pénétrer les cellules de sa peau calleuse. Mais pas trop longtemps. Suite à sa dispute avec Peg la nuit précédente, il avait voulu quitter la maison aux aurores. Il savait qu'il avait transgressé la règle matrimoniale de base qui veut que l'on ne se couche jamais en colère. Sans compter que le scotch de Charlie lui tapait sur la tête.

Il conduisait rarement le camion à pommes. Personne ne le conduisait. Habituellement garé du côté abrité du hangar, le véhicule amassait les feuilles mortes dans son plateau, ses pneus craquelés et dégonflés formant un bourrelet contre la terre, comme s'il croulait sous son propre poids. Mais ce matin-là, Lyle devait livrer un chargement de pommes dans une supérette au sud de Redford, sur les rives du Mississippi en direction de l'Iowa.

Il avait emballé son déjeuner dans un sac en papier marron. Un sandwich au salami avec d'épaisses tranches de cheddar, une feuille de romaine et de la moutarde de Dijon. Un sachet en plastique de bâtonnets de carotte. Une barre au chocolat. Un autre sachet plastique de pistaches pour plus tard, au besoin. Il avait souri devant le plan de travail en pensant : « Pas besoin de s'encombrer d'une pomme. »

Avant de quitter le verger, il déplia une carte sur la banquette du camion et l'étudia dans la lumière grise, traçant du doigt son itinéraire. Il connaissait ces routes secondaires sinueuses abritées sous la canopée d'arbres centenaires ; il les avait sillonnées pour se faire peur quand il était jeune. À certains endroits, elles longeaient des goulets et canyons de grès où nichaient des moineaux dans la terre meuble, formant des matrices alvéolées. Les routes suivaient le cours de ruisseaux et d'affluents vers le Mississippi, où s'ouvrait enfin le ciel et, sur les rives de ce large boulevard brun, les escarpements et les ravins se dressaient et surplombaient tout.

Lyle enclencha le mode conduite et s'engagea lentement sur la route. Il vit le cerf à la dernière minute.

Planté au milieu du chemin, il clignait de ses grands yeux en broutant une bouchée d'herbe humide du fossé, ses muscles palpitant sous la haute ramure qui lui couronnait la tête. Lyle freina brusquement et le vieux camion s'arrêta en une secousse violente ; il entendit alors un fracas de caisses puis une cavalcade de pommes dans le plateau. Le cerf traversa le chemin d'un bond et, en quelques secondes, il était déjà loin. Lyle leva la main comme pour s'excuser. Puis il poussa un long soupir, fit marche arrière afin de dégager la chaussée et resta à trembler dans le camion qui tournait au point mort.

Il examina ses mains, épaisses et gourdes. Elles frémissaient. Il n'arrivait plus à se souvenir du temps où elles étaient jeunes et agiles. Il fut soulagé qu'il soit si tôt ; il n'y avait aucun signe de vie chez Otis et Mabel, pas de lumière à leur fenêtre, pas la lueur bleue de la télévision et les journaux dépassaient toujours de la boîte à lettres. Il n'aurait pas aimé qu'ils le voient comme cela, tremblotant et déstabilisé. Ni qu'ils voient les dégâts possibles qu'avaient subis leurs pommes.

Glissant un coup d'œil dans le rétroviseur extérieur, il en remarqua plusieurs sur le gravier derrière le camion. Il mit le frein à main et descendit. Il entreprit de les ramasser en les recueillant dans le creux de sa veste en toile. Les pommes étaient poussiéreuses. Il vérifia si elles étaient ou non talées. Il en envoya certaines rouler dans les herbes hautes en bordure de chemin. C'est en donnant un de ces coups de pied rageurs qu'il dérapa et perdit l'équilibre, s'effondrant lourdement à plat dos sur les gravillons. Il resta étendu quelques instants, le souffle coupé. C'est toujours un choc de perdre le contrôle de son corps de manière aussi absolue et inattendue, de se sentir si vulnérable – surtout à l'âge adulte. Il n'y a rien de bien surprenant à voir un enfant en bas âge basculer et tomber. C'est même plutôt comique. Mais des gens de soixante, soixante-dix ou quatre-vingts ans ? Il y a des chances pour qu'ils ne s'en relèvent jamais, du moins pas sans assistance. Il regarda les paumes de ses mains marquées par les gravillons, comme mordillées par un animal aux crocs biscornus, irréguliers et émoussés. Il replia les jambes et s'assit. Toutes les pommes qu'il avait récupérées étaient à nouveau par terre. « Elles tomberont pas plus bas », pensa-t-il.

Avec le souffle chaud du pot d'échappement sur la nuque, dans les vapeurs écœurantes de diesel, Lyle se leva et ramassa à nouveau les pommes, les déposant dans la dernière caisse à l'arrière du chargement, puis il grimpa dans la remorque pour s'assurer qu'il n'y avait pas de cairns de pommes vacillants ni de fruits renversés. Le temps ne se levait pas, le ciel devenait au contraire de plus en plus gris. Pour la première fois de l'année, l'hiver pénétrait le vent et Lyle tenta de repérer des signes annonciateurs de neige dans le ciel. Puis il remonta dans le camion, démarra au pas et, cette fois-ci, il inspecta la route quatre fois avant de quitter le chemin et de s'engager lentement, avec circonspection.

— C'est parti, dit-il à voix haute. Un vieil homme dans un vieux tank.

Il caressa affectueusement le tableau de bord. Les cadrans, énormes et simples, lui plaisaient beaucoup.

Il traversa des villes endormies et des lieux-dits, maintenant sa vitesse à une quinzaine de kilomètres en dessous de la limitation. Dans les champs froids et boueux, des vaches somnolaient, l'arrière-train crotté, de la vapeur émanant de leur dos. Au fond des fossés, des fleurs et mauvaises herbes ployaient sous le givre en attendant le printemps, leurs contours platinés et argentés. Seuls les chênes étaient trop radins pour renoncer aux feuilles cassantes, couleur terre d'ombre, qui pendaient encore à leurs branches.

Le camion progressait péniblement, incapable d'atteindre de grandes vitesses mais négociant chaque virage et méandre avec une sorte de stabilité gracieuse qui montait presque à la tête de Lyle, comme s'il gouvernait un petit navire robuste. Il tenait le volant à la manière d'un capitaine, sans trop le serrer, attentif et joyeux. Le radiateur soufflait son haleine sèche et régulière sur ses tibias et ses rotules.

Alors qu'il observait avec intérêt la géologie des parois rocheuses tranchées par le passage de la route, Lyle songea soudain à une jeune femme que Peg et lui avaient récemment rencontrée à l'Assemblée des Coulee Lands, une prosélyte qui tenait à les alerter des dangers d'enseigner la théorie de l'évolution à l'école, ignorant visiblement que Peg avait passé toute sa carrière dans les établissements publics de la région.

— Quel âge avez-vous ? lui avait-il demandé, alors que Peg tentait de le dissuader en lui tapotant le dos avec son bulletin paroissial.

— Vingt-neuf ans, avait-elle répondu, déjà sur la défensive.

— Et quel âge a notre planète, à votre avis ? s'était-il gentiment enquis.

— Sept mille ans, avait-elle dit avec assurance. À quelque chose près.

Elle avait un regard noir et dur. Il avait hoché la tête en souriant, puis avait poursuivi :

— Je ne suis pas expert en biologie, géologie ou anthropologie évolutionniste et ça fait des lustres que j'ai quitté les bancs de l'école. Mais j'ai plus de soixante ans. J'approche les soixante-dix. Ça équivaut à un sacré morceau de notre histoire, à vous croire. Alors je vais vous dire une chose : j'espère que je vais continuer à évoluer jusqu'à la fin. Mais je ne comprends pas comment je peux représenter un pourcentage aussi élevé de l'histoire. Est-ce que ça veut dire que ma vie, environ soixante-cinq ans jusqu'ici, correspond à… disons à la louche… plusieurs mètres de soubassement ? Je ne connais pas les termes techniques pour ce genre de choses.

Il avait sincèrement envie d'entendre son opinion.

Elle avait posé les mains sur ses hanches. Ses enfants tournaient autour de ses jambes en braillant.

— Ce qui est ici a toujours été ici, déclara-t-elle. Dieu a créé les choses exactement telles qu'elles sont. Inutile de vous le rappeler.

— Non, s'était accordé à répondre Lyle d'un ton agréable, inutile de me le rappeler.

Puis il s'était penché vers les enfants et avait serré leurs petites mains. « Bonjour », les avait-il salués l'un après l'autre. Ils lui avaient souri.

En conduisant, il songeait au visage de cette femme qui avait fait une apparition fugace dans sa vie dominicale. Tellement sûre du monde et de la place qu'elle y occupait. Lyle examina les parois de grès taillées pour construire la route ; elles suintaient d'eau de source ou peut-être d'une rosée abondante qui dévalait les collines et se déversait là comme dans un entonnoir. L'eau suait des pores de la terre, sourdait lentement de profondeurs enfouies. Il se rappela le fossile de trilobite qu'il avait trouvé dans une carrière et exposé dans leur bibliothèque – un de ses souvenirs favoris. Et il se dit à cet instant : « J'aime les bâtiments de pierre et de bois. J'aime les vieilles choses. »

Ce qui l'amena à penser et à constater : « Je suis une vieille chose. » Il sourit alors, en dépit de cette journée morose. « Peut-être que Charlie a raison, songea-t-il. Il suffit de lâcher prise. D'essayer de croire, mais sans cesser de s'interroger. De ne pas être bête. »

Le camion émergea de la vallée et en une autre journée, plus lumineuse, le doux feu du soleil aurait illuminé le ciel et les cimes des arbres. Mais ce jour ne promettait qu'obscurité et grisaille incessantes. Les gouttes de pluie s'écrasaient contre le pare-brise avant d'être chassées par le vent. Lyle trouva la manette des essuie-glaces, mais les balais anhélaient inutilement ; le vieux caoutchouc desséché et le métal crissaient sur la vitre. Lyle les éteignit et regarda fixement à travers le pare-brise, souillé par endroits de résidus d'insectes et de poussière d'ailes de phalènes. La route s'aplanit. Elle était maintenant bordée de champs de maïs récolté, ne restaient que des tiges raides et courtes, desséchées en blanc-jaune des plus pâles.

Lyle affrontait le monde, les yeux plissés. La pluie s'emballa soudain en une micro-rafale. Il baissa sa vitre et, de la main gauche, racla un coin du pare-brise pour le dégager. En vain. Le ciel et la terre se fondaient l'un dans l'autre, l'air se liquéfiait. Il déboîta sur le bas-côté de gravier et attendit, vitre baissée, humant l'air frais, humide et vivifiant. Il n'avait pas touché aux cigarettes depuis ses études universitaires tronquées mais, en ce moment précis, il avait envie d'en fumer une. Pour sa tiédeur. Pour s'envelopper de son nuage de fumée et ralentir le temps. Pas un mouvement ne troublait les champs de maïs d'octobre. Le ciel enguenillé de nuages semblait marbré de suie et de cendre.

Le camion datait d'une époque sans horloge ni radio. Lyle consulta sa Timex. Il avait tout son temps. Il jeta un coup d'œil sur le plateau. Les pommes brillaient comme si elles étaient cirées, il n'y avait rien de plus lumineux au monde. La pluie s'apaisa, devint bruine. Il redémarra en observant la vapeur s'élever du capot et reprit la route.

La supérette était située dans une ville riveraine du Mississippi, au pied d'une haute falaise jaune, dont les paysages et les tavernes étaient appréciés des motards. Lyle trouva le magasin et gara le camion au fond du parking, par respect pour les clients. N'ayant apporté ni imperméable ni parapluie, il rejoignit prestement l'entrée sous le crachin, qui lui colla les cheveux sur la tête et mouilla les manches et les épaules de sa veste. À l'intérieur du magasin, il s'ébroua comme un chien et s'approcha du service clients. Assise au guichet, une femme d'un certain âge suivait un débat télévisé sur un petit écran. Lyle attendit patiemment ; la supérette était chaude et bien éclairée. Il fallut l'interruption des publicités pour que la femme daigne s'intéresser à lui. Il lui sourit. Elle leva le menton pour lui demander ce qu'il voulait.

— J'ai un chargement de pommes, dit Lyle.

— Service livraisons, lui renvoya-t-elle avec une intonation monotone en détournant les yeux.

— Je me demande si vous pourriez les prévenir de ma part, dit-il d'une voix aussi fluide et agréable que la pluie sur le toit plat au-dessus de leur tête. Avec l'interphone ou un truc dans ce genre ?

Elle poussa un long soupir et tendit le doigt vers le fond du magasin.

— Faut voir avec Getty, conclut-elle en revenant à son programme télévisé.

Il longea des rayons qui sentaient les croquettes et la litière pour chats. Il regretta de ne pas explorer le magasin en profondeur. Il adorait faire les courses. La lente progression d'un caddie branlant dans les allées. L'examen attentif des fruits et légumes. Évaluer le poids de chaque variété. Et toutes les couleurs de ces articles, certains locaux, d'autres venant de pays que Lyle ne visiterait jamais : le Chili, la Nouvelle-Zélande, le Guatemala. Avant que Hoot ne tombe malade, ils s'étaient rendus ensemble au nord, à Eau Claire, pour l'ouverture en fanfare d'un gigantesque hypermarché. Vingt-cinq mille mètres carrés de marchandises. N'étant pas familier avec le plan du magasin et n'ayant pas apporté leur téléphone portable, ils s'étaient séparés et avaient erré dans les allées pendant deux heures – perdus – avant que Lyle ne finisse par retrouver son ami dans l'immense rayon réfrigéré des bières.

— J'aurais dû me douter que tu serais ici, l'avait taquiné Lyle.

— Doux Jésus ! avait répondu Hoot d'une voix rêveuse. Regarde un peu ces prix. Je suis au paradis.

En rentrant à Redford dans l'après-midi, Hoot avait dit en sirotant une canette d'Old Milwaukee :

— C'est pour ça que Redford Électroménager a fait faillite, tu sais. À cause de magasins comme ça. Les petits commerces peuvent pas faire le poids.

— C'est bien triste, si tu veux mon avis.

— Peut-être, mais c'est l'Amérique, non ? La main invisible et tout ce bazar. Le libre marché. Personne se soucie des commerces de proximité. Je crois qu'on a eu de la chance jusqu'à maintenant. On était protégés de tout ça dans notre petite ville. Mais c'était juste une question de temps avant qu'on nous découvre.

*

Lyle repéra deux portes battantes près des produits laitiers. Il les franchit et arriva directement devant le quai de chargement. Debout à côté d'une baie ouverte, un jeune et un type plus âgé fumaient en regardant tomber la pluie. Lyle entendit l'eau s'engouffrer dans un conduit qu'il ne voyait pas. Les deux hommes le regardèrent, puis le jeune jeta sa cigarette sous la pluie et souffla une bouffée de fumée par-dessus son épaule, comme s'il avait été pris sur le fait.

— Ah, ne vous en faites pas, dit Lyle. Excusez-moi de vous déranger.

— Vous dérangez pas grand monde, répondit le plus vieux dont le mégot pendouillait sèchement à la lèvre inférieure. Qu'est-ce qu'on peut faire pour votre service ?

— J'ai un chargement de pommes du verger Sourdough, expliqua Lyle en grelottant dans le courant d'air.

— Ouais, ben, ça me ferait mal au cul de décharger un plein camion de pommes par ce temps, répondit l'employé.

Il tira une bouffée qui fit crépiter sa cigarette tout en gardant ses grosses mains plongées dans les poches de son pantalon. Derrière lui, le jeune baissait la tête.

— C'est vous, Getty ? tenta à nouveau Lyle. Moi, c'est Lyle. Lyle Hovde. Je suis employé par Otis et Mabel au verger Sourdough. J'ai tout un chargement de HoneyCrunch, cueillies par mes soins pour la plupart. Des pommes superbes.

Getty souffla la fumée.

— Je vois… Dans ce cas, Lyle, vous n'avez qu'à garer la remorque tout contre la baie et on s'en occupera. Quand on pourra.

Lyle rit.

— C'est pas comme si j'avais un semi-remorque. Notre vieux tacot est trop bas pour se raccorder à votre quai.

Getty hocha la tête, tapota sur sa cigarette et s'essuya le nez du revers de la main.

— Lyle, dit-il, vous pourriez être Johnny Pépin-de-Pomme que je m'en battrais encore les couilles. Je m'appelle Arnold Getty, et mon patron à Value Food me paie huit dollars de l'heure sans assurance santé. Je bossais ici quand ça s'appelait pas encore Value Food et j'y bosserai encore quand ça sera racheté par des putains de requins en costard. Alors c'est pas que je veux vous manquer de respect, Lyle, mais je risque pas d'aller me cailler le cul par ce temps. Hors de question. La pluie finira bien par s'arrêter. On peut attendre, ou vous pouvez décharger vos pommes tout seul. À vous de voir. J'en ai franchement rien à foutre.

Lyle regarda sa montre. Il était dix heures. Charger le camion, sans aide, lui avait pris près de deux heures plus tôt dans la matinée. Il savait que les pommes ne craignaient pas la pluie et il n'avait guère envie de ressortir.

— Très bien, dit-il en adressant un regard insistant à Getty. On n'a qu'à se donner une heure.

— D'ac. Une heure. Mais je vous préviens tout de suite, je me barre d'ici à cinq heures pétantes, quoi qu'il arrive. Alors j'espère pour vous que ça va se calmer. Sinon, c'est vraiment pas de bol. Les portes ferment à cinq heures, avec ou sans pommes à l'intérieur. C'est comme ça et pas autrement.

Lyle leva la tête pour regarder le ciel. Il ne voyait aucune percée dans le gris des nuages, aucun signe d'éclaircie. Rien qu'un châle infini de sourde obscurité.

— Si ça vous est égal, dit-il, je vais aller chercher le camion et le stationner là où on puisse garder un œil sur lui. Et comme ça, si ça se calme, on pourra se mettre tout de suite au boulot.

— C'est ça, répondit Getty, bonne idée. On a intérêt à garder un œil sur ces pommes. On sait jamais qui pourrait passer dans le coin et piquer un camion plein de pommes. Surtout en plein orage, hein ?

Il ricana, donna un coup de poing dans le biceps de son collègue, toussa et expectora un crachat glaireux sous la pluie.

Lyle quitta les deux hommes et fit le tour du magasin où il fut tenté par quelques donuts frais avant de se souvenir de son casse-croûte. Il traversa le parking en courant et réintégra la cabine du camion, qui était sèche comme une cave. En regrettant de ne pas avoir apporté une autre veste ou un sweat épais, il mit le contact et le radiateur pour se sécher. Il observa les allées et venues des voitures, les vieilles femmes aux cheveux protégés par des foulards en plastique et les mères avec des petits enfants accrochés à leurs mains pâles et mouillées. Lyle déjeuna lentement, vérifiant sa montre plus fréquemment qu'à l'accoutumée. Il pleuvait toujours.

Quand il eut fini, il plia soigneusement le sac en papier et le rangea dans la boîte à gants. Il aimait recycler ses sacs et les user jusqu'à la trame. Puis il démarra, contourna le magasin et manœuvra le vieux camion à l'arrière, où se trouvait le quai de livraisons. Il recula prudemment pour s'accoler au mur en ciment de la baie, mais le plateau du camion restait à un mètre sous le niveau de la porte. Getty et le jeune étaient là où Lyle les avait laissés, adossés aux murs du quai à fumer et à cracher dans la pluie intarissable. Lyle descendit de la cabine et se dirigea rapidement vers l'escalier trapu qui menait aux baies. Ses bottines étaient complètement trempées et ses chaussettes imbibées.

Getty regarda Lyle, dégoulinant de pluie sur le sol des livraisons.

— Y a pas le feu, bon Dieu, pourquoi vous êtes si pressé ? demanda-t-il en hochant la tête.

— J'avais pas l'impression de me presser, répondit Lyle en haussant les épaules.

— Je veux dire, c'est pas comme si vous aviez une autre livraison prévue aujourd'hui, si ?

— Non, vous avez raison. C'est la dernière. Et la dernière de la saison.

Il regarda les pommes avec une certaine fierté et aussi une pointe d'amertume. Le temps passé dans le verger allait lui manquer, l'hiver venu. Il vérifia à nouveau le ciel.

— Bon, dit Getty. Je crois que c'est l'heure de décompresser un peu. Asseyez-vous. Piquez un petit somme si ça vous chante. On va déjeuner, le gamin et moi. Vous voulez qu'on vous ramène quelque chose ? Un milk-shake ? Un burger ? Des frites ?

Les deux hommes mettaient leurs vestes et des casquettes de baseball.

— Non merci, dit Lyle. En cas de disette, j'ai un camion plein de pommes.

— C'est ça, dit Getty. Des pommes.

Ils s'en allèrent.

Assis sur une caisse en plastique, Lyle regarda les flaques formées par la pluie. Il songea au mercure avec lequel ses frères et lui avaient joué quand ils étaient écoliers. Leur enseignante avait fait circuler un vase à bec de vif-argent pour que les élèves puissent l'examiner dans la paume de leur main. Lyle observa la pluie envahir toutes les anfractuosités de l'asphalte du parking.

Un paquet de Marlboro était posé sur un bureau en bois enseveli sous des piles de suppléments sportifs et des liasses de duplicatas de factures. Sur le mur au-dessus du bureau, les fines pages glacées d'un calendrier de pin-up s'agitaient doucement au gré des courants d'air. Lyle se leva et tapota le paquet souple pour en faire sortir une cigarette. Il la porta à sa bouche puis sonda les poches de son pantalon et de sa veste, en vain bien sûr puisqu'il n'avait ni allumettes ni briquet. Pinçant la cigarette chipée entre ses lèvres, il fouilla les tiroirs de Getty jusqu'à ce qu'il trouve une boîte d'allumettes. Il revint vers sa caisse. Il était très conscient de la cigarette, conscient comme le sont sans doute seulement les adolescents quand ils quittent le nid parental, découvrent le monde et veulent tout expérimenter. Il frotta une allumette et examina la petite flamme.

«Je fais probablement une connerie», se dit Lyle.

Mais la bouffée qu'il créa, qu'il inhala – délicieuse, sèche et d'une tiédeur grisante, – lui monta à la tête. Il garda la fumée à l'intérieur de sa cage thoracique comme un secret. Puis il souffla lentement. Il aimait avoir conscience de sa respiration. Le yoga, ça doit être comme ça, tout dans la respiration, se dit-il. Il détendit ses épaules et ses jambes et fixa les pommes. La température avait chuté et il se réjouit à nouveau de ce petit feu entre ses doigts et devant son visage. Comme il se sentait jeune soudain, jeune et ridicule.

Il fuma la cigarette jusqu'au filtre, l'écrasa sur le talon de sa bottine puis glissa le mégot dans la poche de son pantalon et se leva, d'un pas incertain. Il se souvint qu'on appelait ça « dépouiller » une cigarette, d'après ce qu'un type lui avait raconté un jour, un copain qui rentrait du Vietnam… En tout cas, elle lui avait laissé un mauvais goût dans la bouche.

Il envisagea de réquisitionner une pomme pour se rafraîchir le palais, mais il eut peur qu'un employé du magasin l'accuse de vol. Il revint donc dans la supérette en quête de bonbons à la menthe. Après en avoir acheté un paquet, il fit un détour dans les rayons, s'intéressa à leur stock de pommes. La plupart venaient de l'État de Washington. Quelques-unes de Nouvelle-Zélande. Il toucha les fruits et sut qu'ils n'étaient pas de la première fraîcheur, la chair sous la peau devait être farineuse et insipide. Il retourna aux livraisons. L'eau dégoulinait des avant-toits, giclait des gouttières.

— On n'est jamais mieux servi que par soi-même, lança Lyle à haute voix et pour lui-même.

Revigoré par la cigarette et les menthes à la cannelle, il ressortit sous la pluie et entreprit de décharger le camion, se positionnant près du hayon, posant caisse après caisse sur le rebord de la baie. Quand il n'y eut plus de place, il remonta sur le quai et les empila sur une palette qu'il avait traînée au milieu de la salle. La pluie refusait de s'arrêter, Lyle aussi. Petit à petit, il déchargea le camion, les essieux poussant des grognements appréciatifs au fur et à mesure qu'ils retrouvaient de la légèreté. Il travailla rapidement car il voulait se réchauffer, certes, mais aussi pour finir sa tâche avant le retour de Getty.

Ses vêtements étaient trempés de part en part et pesaient sur son dos. Il avait envie d'un Thermos de chocolat ou de jus de pomme chauds, mais il n'en avait pas apporté et il avait bu tout son café dans la matinée. Il essuya le verre de sa montre. Il était déjà une heure et demie ; Getty et son assistant étaient partis depuis presque deux heures. Et voilà qu'un poids lourd bringuebala sur le parking, la remorque arborant le logo rouge et blanc de Coca-Cola. Le chauffeur, un jeune homme, baissa sa vitre et cria :

— Où est cet enfoiré de Getty ?

Lyle leva la tête, l'eau dégoulinant sur ses sourcils et ses paupières. Il posa une main sur son front pour se protéger du flot et examiner le nouvel intrus.

— Je crois qu'il déjeune, répondit-il.

— Ce gros lard, déplora le chauffeur. Je vais garer la remorque et je vous donnerai un coup de main.

Lyle avait presque terminé, mais il regarda le routier manœuvrer en expert son semi dans la baie des livraisons, à côté du vieux camion à pommes. L'arrière de sa remorque embrassa parfaitement le quai – l'union de deux énormes entités. Puis le chauffeur descendit de sa cabine d'un bond et grimpa dans le plateau du camion de pommes.

— On va faire une chaîne, proposa-t-il. Vous allez vous mettre à l'abri et je vous ferai passer les dernières caisses.

— C'est gentil, répondit Lyle, mais vous n'êtes pas obligé.

— C'est bon pour mon karma. Je m'appelle James Alan. On m'appelle Jay.

— Salut Jay. Moi c'est Lyle.

— Allez Lyle, mettez-vous à l'abri.

Le vieil homme descendit du camion et remonta sur la baie. Le ciel s'éclaircissait à l'ouest. Il trouva une autre palette sur laquelle entasser les caisses pendant que Jay finissait de vider le camion avant de le rejoindre pour l'aider. La pluie s'était apaisée. Ils étaient efficaces ensemble. Lyle apprécia immédiatement le silence du jeune homme, sa force musculaire, son acte charitable.

Au moment même où la dernière caisse était rangée sur le quai, Getty et son assistant apparurent dans un claquement de rideaux en plastique.

— Alors là, ça me scie le cul, lança Getty haut et fort.

Lyle repartit dans le camion, prit le reçu et le tendit à Getty.

— J'ai juste besoin d'une signature.

— Pas de problème. Mais faut d'abord que j'inspecte la marchandise, dit Getty d'une voix traînante. Parce que normalement, c'est mon assistant et moi qu'on décharge le camion mais on dirait qu'on est tombés sur un livreur qui fait de l'excès de zèle aujourd'hui.

Son haleine empestait la bière et le graillon ; les poils de son menton étaient souillés de moutarde.

— Va te faire foutre, lui répondit Jay en les rejoignant. Tu signes son reçu tout de suite sinon je vais en toucher deux mots au manager, espèce de vieux connard.

— C'est bon, c'est bon, répondit Getty en signant le reçu d'une croix grossière avant de laisser tomber le papier aux pieds de Lyle. Je ferais n'importe quoi pour me débarrasser de vous deux.

— Je ne sais pas comment vous remercier, dit Lyle à Jay. Je peux avoir votre adresse ? Un numéro de téléphone ? J'aimerais vous rendre la pareille.

— Vous en faites pas, répondit Jay. Remontez dans votre camion et mettez-vous au chaud. Ce vieux fumier m'emmerde depuis des années. Il suffit de savoir le menacer. Il ne répond pas à la courtoisie.

Lyle tendit la main et dit :

— Merci, fiston. Merci d'avoir aidé un vieil homme.

— De rien, répondit Jay en lui serrant la main avant d'ajouter avec un grand sourire : Et maintenant fichez le camp avant que Getty change d'avis.

*

En dépit d'un après-midi qui se réduisait comme peau de chagrin, Lyle eut le sentiment que le retour, au volant de son camion International, était plus lumineux et plus gai que l'aller. Il n'avait jamais appelé un jeune homme « fiston » auparavant et il se demanda soudain s'il avait dépassé les bornes et embarrassé Jay. Seul dans sa cabine poussiéreuse, en proie à l'émotion, il songea à son fils. S'il avait vécu, il aurait eu à peu près le même âge que Jay. Quelles voies aurait-il choisies, quels emplois aurait-il exercés, de quelles femmes (ou de quels hommes) serait-il tombé amoureux ? Il imagina les journées partagées, les années : pêche dans le Mississippi, chasse au cerf, matchs de baseball, remises de diplômes, mariage, enfants… Cette ligne de vie tronquée, ces occasions disparues…

Le camion fut subitement percuté du côté conducteur, près du pare-chocs arrière, et Lyle dut agripper le volant à deux mains pour l'empêcher de se renverser et de se mettre en travers. Les quatre roues du lourd véhicule retrouvèrent leur prise sur l'asphalte et Lyle déboîta et s'arrêta sur le bas-côté pour reprendre ses esprits. Un coup d'œil dans le rétroviseur et il fut horrifié à la vue d'une petite voiture au capot écrasé, des volutes de buée s'échappant du moteur et d'un jeune conducteur qui agitait les bras, debout sous la pluie.

Lyle descendit du camion et marcha sur l'accotement mouillé. Le garçon n'était même pas en âge d'aller à l'université, juste un grand escogriffe aux membres dégingandés, avec des cheveux filasse et un soupçon de duvet en guise de moustache. Ses lunettes étaient embuées et zébrées de pluie.

— Tu n'as pas de mal ? lui demanda Lyle.

— Vous m'êtes rentré dedans ! s'écria-t-il d'une voix aiguë et geignarde.

— Tu n'as pas de mal ? répéta Lyle. (Il n'était plus qu'à un ou deux mètres de l'adolescent et il eut envie de le consoler, mais celui-ci semblait au bord de la crise de nerfs.) Allons, allons, calme-toi maintenant !

— Putain, mais vous avez bousillé ma bagnole, mec !

— Non, répondit Lyle d'une voix posée. Ça ne s'est pas passé comme ça. Tiens, regarde les marques de pneus sur la route. Tu vois ? (Il lui montra les traces de caoutchouc sur le bitume juste avant l'impact.) J'étais sur une route prioritaire, petit. Sur la bonne voie. Tu devais être…

Il chercha d'où avait débouché le gamin : un chemin de campagne à double sens qui menait à un modeste pavillon. Il faisait au moins quatre cents mètres de long et il n'y avait que quelques arbres pour bloquer la vue de la route principale, sur laquelle rien ne roulait, ni dans un sens ni dans l'autre : pas un seul véhicule.

— Qu'est-ce que tu fichais ? lui demanda Lyle. T'étais au téléphone ? Comment t'as pu *ne pas* me voir ? C'est un camion d'une tonne, quand même.

— Je, euh, ben, je veux dire… Vous m'avez pas vu non plus, bafouilla le jeune.

— Ce n'était pas à moi de te voir, j'étais *sur la voie prioritaire*. Tu bricolais la radio ou quoi ? Tu sais ce qu'on va faire, on va aller trouver tes parents. Il faudra bien qu'ils l'apprennent, de toute façon.

— Ils sont pas à la maison, s'empressa de répondre le gamin.

— Très bien, dans ce cas, on prévient les flics.

L'adolescent rétrécit d'une dizaine de centimètres à ces mots, se dégonfla comme un malheureux ballon.

— Qu'est-ce qui t'arrive ? demanda Lyle.

— C'est que, je viens tout juste d'avoir le permis, lâcha le jeune. Y a une semaine.

— Une semaine ! s'exclama Lyle.

Et il se mit à rire aux éclats, plié en deux. Après toute la tristesse du cancer de Hoot, du déménagement de Shiloh et Isaac, du diabète d'Isaac et toute cette affaire de guérison par la prière, Lyle avait besoin de se défouler. Il rit comme il n'avait pas ri depuis de longues années. Les larmes coulaient sur ses joues et il se félicita qu'elles soient camouflées par la pluie.

— Une semaine ! répéta-t-il d'une voix haut perchée.

— Très drôle, dit le gamin. C'est ça, ouais, très drôle.

Lyle finit par s'éponger le visage et reprendre son souffle. Le jeune homme était suspendu à ses lèvres.

— Laisse-moi vérifier mon camion en vitesse et on décidera de la marche à suivre, lui dit Lyle.

Il consulta sa montre – peu après trois heures, le soleil était au plus bas dans le ciel et voilé par une chaîne de nuages.

Le camion en vieil acier américain, construit pour durer, était pratiquement intact, comme Lyle l'avait anticipé. Il n'avait qu'une petite balafre de guerre sur le pare-chocs, une trace de peinture grise provenant du capot du gamin. La voiture en revanche ressemblait à un kart post-apocalyptique.

Lyle revint vers l'adolescent, qui serrait les bras contre sa poitrine pour se protéger du froid et de la pluie.

— Tu as deux options, annonça Lyle. On peut prévenir la police, pas de problème. T'auras une prune et ton assurance va monter en flèche.

— Ou bien ? demanda le gamin d'une voix pleine d'espoir.

— On appelle tes parents, on pousse ton épave chez toi et on part chacun de notre côté.

— D'accord. Je vais appeler maman.

Lyle se glissa au volant de la petite auto, mit la boîte de vitesses au point mort et attendit que le gamin ait fini de téléphoner.

— Elle sort du travail dans une heure, lui rapporta l'adolescent. Elle m'a dit de m'excuser. (Lyle patienta.) Désolé. Je vous ai pas vu venir. J'envoyais un texto à mon pote. C'était idiot. Excusez-moi. (Il éclata alors en sanglots qui faisaient tressaillir ses étroites épaules). En plus, j'avais économisé pour cette voiture. Elle m'a coûté quinze cents dollars.

Son visage était écarlate, ses lunettes encore plus embuées qu'avant.

— Ils vont tous se foutre de ma gueule au lycée.

Lyle posa une main sur son épaule et la serra grand-paternellement. Puis il ôta les lunettes du jeune et les essuya avec le doux tissu de sa chemise, soufflant sur les verres pour les embuer et les décrasser.

— Tu devrais nettoyer tes lunettes plus d'une fois par an, lui dit-il gentiment. Tu m'aurais peut-être vu venir si tes verres n'avaient pas été aussi crasseux. Allez, ramenons ce tas de ferraille chez toi.

*

Il leur fallut trois quarts d'heure pour remonter le chemin en poussant la voiture. Pas un pick-up, pas une voiture, pas un camion de laitier ne passa sur la route. Pas l'ombre d'un. Le premier véhicule qu'ils virent était celui de la mère du gamin, les phares ricochant dans les bosses. Quand elle en descendit, elle se dressa simplement au milieu de l'allée, les poings serrés sur les hanches, et lança un regard noir à son fils.

— Une semaine… dit-elle en hochant la tête.

Elle invita Lyle à entrer et ils échangèrent quelques politesses autour d'une petite table ronde en chêne. Tout du long, il surveilla la route par la fenêtre, s'attendant à voir une autre voiture passer à vive allure, mais il n'y en eut aucune. Il vérifia sa montre avant de repartir à pied jusqu'à la route principale. Une autre demi-heure s'était écoulée.

*

Après avoir ramené le camion à pommes chez Otis et Mabel et leur avoir expliqué les raisons de son retard, Lyle rentra chez lui dans son pick-up. Peg l'attendait. Elle avait mijoté un rôti de bœuf accompagné de carottes, d'oignons, de pommes de terre et de panais. Il y avait du pain frais, une salade, et elle buvait un verre de vin rouge, assise à la table de la cuisine. Elle l'ignora et continua à lire son roman, *Pionniers*, de Willa Cather.

— Je suis désolé, Peg, lui dit Lyle. Excuse-moi pour la nuit dernière. Je vais faire un effort. Je veux faire un effort. Je ne supporte pas que tu m'en veuilles. Navré…

Elle resta sur sa chaise, se lécha un doigt pour tourner la page, sans lui adresser un regard.

Il s'approcha d'elle, s'agenouilla et posa les mains sur son bras droit. Elle renonça enfin à son livre, soupira et se tourna vers lui.

— Tu es glacé, dit-elle. Tes mains sont froides comme la mort et tu as le visage transi.

— Excuse-moi, dit-il à nouveau.

— J'ai préparé un rosbif.

— Je vais faire un effort avec Shiloh. Et à l'église. Mais je crois qu'on devrait vraiment lui parler d'Isaac, de son diabète. Je me fais du souci pour lui.

— T'es têtu comme une mule, dit-elle, mais je ne t'en aime pas moins.

— Je mangerais bien un morceau, puis je crois que je suis bon pour le lit.

— Je te prépare une assiette, va prendre une douche chaude.

*

Il faillit s'endormir sous la douche – les bienfaits de la vapeur chaude, l'eau brûlante sur sa peau froide et moite, l'odeur de son savon favori au goudron de pin. Après s'être essuyé, il enfila des vêtements propres et chauds et se glissa directement dans leur lit.

Peg apparut à la porte de la chambre en chemise de nuit, se brossant les cheveux.

— Tu ne veux pas dîner ?

— Une voiture m'a percuté, murmura Lyle.

— Quoi ?

— Un gamin, un petit jeune. Il écrivait un texto. Il est rentré en plein dans le camion à pommes.

— T'es pas blessé ? Lui non plus ?

— Sa voiture est bonne pour la casse, répondit doucement Lyle. Mais ça m'a fait penser au vieux toubib, Wagner, tu te souviens de lui ?

Les paupières de Lyle étaient si lourdes, les draps si doux et tièdes.

— Bien sûr que je me souviens du docteur Wagner. C'est lui qui m'a mise au monde. Et qui a mis ma mère au monde, aussi. Pourquoi tu me parles de lui ? Lyle ? T'as perdu la tête ? Lyle ?

Mais il avait sombré dans le sommeil et ne pouvait pas lui raconter l'histoire de ce médecin de campagne qui, jusqu'au jour de sa mort, n'avait jamais pratiqué dans un cabinet médical, se contentant de sa grosse Jeep vert forêt adorée, surnommée « le Dragon », qu'il conduisait pour ses consultations d'un domicile à l'autre, armé d'une mallette en cuir patiné qui accompagnait ses pas d'une musique de pilules, aiguilles et flacons de sirop entrechoqués. Le dernier des médecins de famille de Redford, un homme qui acceptait les paiements en œufs, pain, miel, confiture, cornichons, poterie, tableau, couverture, viande, fromage, lait – tout ce que pouvaient lui offrir ses patients.

Un jour, pendant la saison de chasse au cerf, le vieux docteur roulait sur une route de campagne quand une balle perdue tirée à plus de deux kilomètres par un gamin de treize ans passa par la vitre ouverte de sa Jeep et le frappa à la tempe avec juste assez de force pour provoquer un embolisme fatal, mais pas assez pour que le plomb pénètre dans son crâne – la balle ne l'avait même pas égratigné, elle était simplement tombée sur ses genoux. Le Dragon avait ralenti et terminé sa course dans une haie de vieux cèdres, où on avait retrouvé le médecin, effondré sur le volant.

« Comment se fait-il, avait ruminé Lyle toute la soirée, que ce garçon ait percuté mon camion alors que pendant toute l'*heure* suivante – peut-être plus, qui sait ? – pas un *seul* autre véhicule n'avait circulé sur cette route ? Pourquoi leurs chemins s'étaient-ils croisés ? Et comment cette balle, cette balle perdue, avait-elle touché le bon docteur et mis fin à ses jours ? Comment se fait-il que je sois ici ? se demandait Lyle. Qu'est-ce qui m'a fait trouver Peg ? Qu'est-ce qui nous a fait trouver Shiloh ? Et si ce n'était qu'un rêve à grande échelle ? Comment est-il possible que tout cela soit dû au hasard, aux aléas, à un superbe accident cosmique ? Comment ? »

23

Quelques jours plus tard, Lyle se rendit à l'Assemblée des Coulee Lands, à La Crosse. Il faisait un temps lumineux, frais et sec. Des dizaines de milliers d'oiseaux descendaient le couloir de migration : oies, canards, grues, cygnes… une multitude de chanteurs aux formes et couleurs variées. La veille, Lyle avait appelé Shiloh, proposé de l'inviter à déjeuner et elle avait accepté, avec enthousiasme qui plus est. À l'idée de passer un peu de temps avec lui. Depuis des mois qu'il s'excusait, fréquentait son église, essayait de se racheter, d'être à nouveau dans ses bonnes grâces… il semblait avoir enfin réalisé une avancée, à moins qu'il n'ait simplement eu sa fille à l'usure.

Lyle entra dans l'ancien cinéma et se dirigea vers le « bureau » – rien de plus qu'un vieux débarras qui servait autrefois à entreposer des bobines argentées, des gobelets en papier, des gros sacs de maïs à pop-corn, des friandises, des serviettes, ce genre de choses… S'y entassaient maintenant deux petits bureaux, une photocopieuse, des rames de papier, des poubelles et de la papeterie. Lyle entendit immédiatement leur dispute.

— Est-ce que tu l'aimes ? hurlait Shiloh.

— Comment oses-tu ! répondit Steven d'une voix basse et menaçante, essayant d'étouffer le volume de leur querelle. Comment oses-tu douter de moi ?

— Ça saute aux yeux ! Aux yeux de tous ! Et ça me démolit, tu sais ! Notre mariage est prévu au printemps et toi… tu flirtes, tu pars en mission de… comment déjà ? De *confrérie* ? Avec cette… cette moins que rien !

— Je t'ai sauvée ! aboya-t-il. Je vous ai sauvés, toi et Isaac. Vous étiez perdus. Avec ta soi-disant famille de mécréants ! Nous t'avons acceptée parmi nous. Nous t'avons donné un emploi. Nous avons donné une direction, un sens à ta vie. Et tu oses douter de moi ?

— Oui, Steven. J'ai le droit de douter de mon fiancé.

— Certainement pas, renvoya-t-il froidement. Où est *l'esprit doux et paisible* prescrit par la Bible et dont je suis tombé amoureux ? J'ai à moitié envie d'annuler le mariage. Tu n'auras plus qu'à trouver une autre église, un autre boulot.

Et tu reviendras à la case départ, Shiloh. Tu rebondiras comme un vieux ballon. Un ballon qui roulera jusqu'à la maison de tes parents.

Non. Je n'ai rien à me reprocher. En tant que chef de cette église, chef de *notre famille*, je ne te permets pas d'usurper mon pouvoir. Si c'est ce que tu cherches à faire, il te faut un autre homme.

— Non ! hurla Shiloh. Non, Steven, *attends* !

— Je te conseille de bien réfléchir, ma petite, lança-t-il d'un ton lourd de menaces. Réfléchis à la ferveur de ta foi et à ta place dans ce monde. Je vais aller déjeuner et, quand je reviens, c'est ma fiancée que je veux retrouver, une femme que *je sais* soumise à son *Église* et, par la grâce de Dieu, à son *mari*.

Lyle s'empressa de gravir l'étroit escalier qui menait à la salle de projection avant que Steven passe en trombe, traverse le couloir où il se trouvait une minute plus tôt, et enfonce rageusement les doubles portes à l'entrée. Peu après, Lyle entendit son pick-up ronfler et déguerpir à toute allure.

Assis sur le velours rouge des marches délabrées, il attendit quelques minutes, l'oreille dressée, tandis que sa fille pleurait doucement dans le bureau. Il se leva enfin, descendit à pas de loup, fit semblant d'ouvrir et de fermer la porte d'entrée et s'approcha du bureau pour un innocent *toc, toc*. L'espace confiné sentait le beurre fondu du pop-corn.

— Bonjour, lança-t-il avec la bonne humeur requise.

— Oh, salut, papa, répondit Shiloh en se mouchant.

— Toujours partante pour aller déjeuner ?

Elle soupira.

— Je n'ai vraiment pas faim pour être honnête.

Elle évitait son regard.

— Tout va bien, ma chérie ? demanda-t-il tendrement.

— Oui, mentit-elle. Tout va très bien. Et puis après tout, allons manger. Allons-y.

*

Ils déjeunèrent dans un petit restaurant, Shiloh jouant avec quelques feuilles de laitue anémiques dans son assiette, tandis que Lyle culpabilisait de se régaler avec un cheeseburger graisseux.

— Comment va Isaac ? demanda Lyle. Comment ça se passe à l'école ?

— Il est en pleine forme. Tu le connais, il est intelligent. L'école ne représentera jamais un grand défi pour lui.

— Et son diabète ? poursuivit Lyle.

La question était abrupte et il était conscient qu'elle risquait de mettre un terme à leur discussion, mais il devait la poser.

— Ça va, papa. Il va bien. C'est un petit garçon heureux et en bonne santé.

Elle but une gorgée de son grand verre d'eau fraîche.

— Comment va Hoot ? demanda-t-elle.

Elle avait le chic pour réorienter ou détourner la conversation. Depuis toujours. Ça avait commencé à l'adolescence où elle avait perfectionné ses tactiques, éprouvé les faiblesses de ses parents, braqué son artillerie et ses obus contre leurs piètres défenses.

— Je ne sais pas, reconnut Lyle en fixant son assiette. J'irai le voir tout à l'heure à l'hôpital.

Il omit d'ajouter : « Mais j'ai peur de ce qui m'attend. »

Il lui prit la main.

— T'es sûre que tout va bien, ma grande ? Tu n'as rien à me dire ? Rien que je puisse faire ?

— Papa ! lança-t-elle assez fort pour réduire au silence la salle entière. (Elle avait farouchement retiré ses mains, loin du contact des siennes.) Je n'ai pas besoin que tu t'en mêles. Je vais bien, d'accord ? Nous allons tous bien. Tu sais quoi ? Peux-tu… me ramener à l'église, s'il te plaît. Steven a un travail important à me confier, cet après-midi.

Il garda le regard fixé sur la table quelques instants, mourant d'envie de lui dire qu'il les avait entendus se quereller, qu'il avait vu Steven avec la jeune femme après la messe, qu'il avait peur pour Isaac, qu'il l'aimait plus qu'elle ne le saurait jamais… mais en relevant la tête, il découvrit le regard inquiet de la serveuse et se contenta de demander l'addition d'un geste, de laisser l'argent sur la table, puis ils sortirent du restaurant sans un mot sous le soleil resplendissant du début d'après-midi.

*

Il s'arrêta devant l'ancien cinéma. Shiloh le remercia du bout des lèvres, ne fut pas loin de sauter du pick-up et referma d'un coup sec la portière rouillée. Steven l'attendait à la porte de l'église et la serra dans ses bras, sans quitter Lyle des yeux. Puis il embrassa Shiloh sur le haut de la tête, s'approcha lentement du pick-up et ouvrit la portière du passager.

— Vous essayez de nous diviser, Lyle, n'est-ce pas ? demanda-t-il d'une voix neutre.

— J'essaie de garder un œil sur ma fille, répondit Lyle. Et sur mon petit-fils.

— Non. Ce que vous voulez, c'est semer la discorde. Faire naître le doute. Mais vous n'y parviendrez pas. Je suis plus fort que vous.

— T'es un faux-cul, lui renvoya Lyle. Ça fait longtemps que j'ai pas croisé un véritable escroc, mais c'est exactement ce que tu es : un arnaqueur à deux balles et un bonimenteur de merde. T'es un charlatan, espèce de fumier, et si tu mets mon petit-fils en danger, je jure devant Dieu que je te foutrai la branlée de ta vie. Et que j'y prendrai le plus grand plaisir.

Sur ce, il démarra en trombe et la portière claqua, comme pour l'applaudir.

*

Il entendit le rire de Hoot – ce vrombissement grivois, pâteux et douceâtre – depuis le couloir rutilant, bien avant d'arriver dans sa chambre. Et quand il passa la tête dans l'encadrement, il le vit, assis dans son lit, entouré de deux infirmières et d'un jeune docteur : un fer à cheval de sourires et de rires.

— Voilà mon pote, annonça Hoot.

Sa voix n'avait pas été aussi forte depuis des semaines ; ses yeux étaient vifs, moins laiteux et moins jaunes.

Lyle en resta comme deux ronds de flan. Il s'était à moitié préparé à trouver son ami… parti – décédé. Il s'était préparé à s'asseoir à son chevet et à lui faire ses adieux. Et voilà que Hoot – ce vieil irréductible – avait repris du poil de la bête, comme une plante se redresse juste après avoir été arrosée.

— Il croyait que j'étais fichu, dit-il aux infirmières sur le ton de la plaisanterie. Regardez-le. Ça lui en bouche un coin.

— Eh bien, répondit Lyle, un petit rire s'échappant de ses lèvres, ça a l'air d'aller mieux, dis donc.

— Ça va beaucoup mieux, confirma Hoot, même si la toux n'avait pas disparu et l'interrompait tous les deux mots.

Le docteur et les infirmières encouragèrent Lyle du regard.

— C'est formidable, commenta ce dernier.

— Tu sais quoi, mon vieux, j'ai fini mes conneries, décréta Hoot d'un ton solennel. Je tire un trait sur les cigarettes et la bière, Lyle. S'ils me laissent sortir d'ici un jour, je te promets que je vais me trouver un hobby. De quoi m'occuper. Peut-être même réparer l'autre Mustang.

— Et si vous essayiez le crochet ? proposa une infirmière. La broderie peut-être ?

Hoot fit claquer ses doigts.

— Exactement ce qu'il me faut. Parfait.

Lyle s'assit lourdement.

— Alors comme ça, la chimio fait de l'effet ?

Hoot haussa les épaules.

— Va savoir ! En tout cas, *quelque chose* fait de l'effet. Je me sens bien, Lyle. Je crois que j'ai franchi une étape. Peut-être que je peux botter le cul à cette maladie.

— Bien sûr que tu le peux, s'entendit répondre Lyle.

— On regarde un peu la télé ? demanda Hoot avec un grand sourire. C'est l'heure de *La Roue de la fortune*.

*

Alors que Lyle quittait la chambre d'hôpital plus tard dans la soirée, le jeune médecin l'aborda près de l'ascenseur.

— Écoutez, lui dit-il, je ne voulais pas contrarier M. Shaw tout à l'heure, il est manifestement dans un bon jour…

— Ouais, approuva doucement Lyle.

Le docteur fronça les sourcils et se frotta le front.

— Il n'y a aucune amélioration de l'état de votre ami. Je ne dis pas qu'il ne va pas aller mieux, ni même qu'il ne *peut* pas aller mieux, mais je viens de regarder ses radios et… le cancer est toujours aussi répandu.

— Pourtant vous l'avez entendu, dit Lyle en le suppliant presque, il se sent mieux. C'est mon ami. C'est un battant. (Il entendit sa voix faiblir.) Il sera peut-être capable de vaincre cette saleté.

Le médecin lui posa une main sur l'épaule.

— J'ai toute confiance en vous et en M. Shaw. C'est un dur à cuire et nous l'aimons tous, ici, j'espère que vous vous en rendez compte. C'est un homme bien, c'est certain. Mais vous devez vous préparer, monsieur. Votre ami risque de ne pas gagner cette bataille. Il aura des bons jours, comme aujourd'hui. Puis il y en aura d'autres… des mauvais jours. Des hauts et des bas. Vous me comprenez ?

Lyle hocha la tête et fut à deux doigts de dire : « J'espérais un miracle. »

HIVER

24

Un dimanche après la messe, Peg annonça :

— J'ai envie d'aller au lac Supérieur. Tu veux bien, Lyle ?

Ils étaient à côté de leur voiture par une grise journée de fin novembre ; le vent fouettait leurs cols, rendait leurs cheveux fous. Hoot était trop faible pour faire la route jusqu'aux Coulee Lands. Son état s'était à nouveau détérioré et il sortait rarement de chez lui, où des infirmières lui rendaient visite deux fois par jour. Sa sœur avait fini par apprendre qu'il était gravement malade et ce week-end elle avait réussi à le convaincre de l'accompagner dans un casino des environs pour passer quelques heures à jouer aux machines à sous, à bavarder et à regarder passer le monde.

C'est ainsi qu'en ce dimanche précis, Lyle et Peg s'étaient retrouvés seuls après la messe, sans avoir à raccompagner Hoot, ni chez lui ni à l'hôpital.

— Bonne idée, répondit Lyle.

Ils prirent la route du nord dans un silence satisfait. Lyle n'avait pas parlé à Peg de sa confrontation avec Steven et il soupçonnait le pasteur de n'avoir rien mentionné à Shiloh non plus. Les deux hommes observaient une politique d'évitement mutuel, se repoussaient comme deux aimants.

Les routes étaient désertes. L'équipe des Vikings et celle des Packers disputaient toutes deux un match et la population entière se retrouvait dans des bars et tavernes, restaurants et salles de séjour, agglutinée autour du poste de télé. En dehors des rafales de vent qui giflaient la voiture sur les côtés, le trajet fut aisé.

Lyle décida d'aller jusqu'à Duluth, à environ trois heures de La Crosse. Ils arriveraient en ville avant le coucher de soleil, à temps pour voir le grand lac, les manœuvres des derniers cargos de la saison, et faire demi-tour. Il est des jours dans le Midwest américain où rien ne semble plus naturel que de parcourir de longues distances, ne serait-ce que pour quitter votre ville une poignée d'heures ; cette expédition incompréhensible au reste du monde représente un simple loisir dominical : photographier des feuilles automnales ; suivre le cours du Mississippi ou de la rivière Sainte-Croix, les rivages du lac Supérieur ou du lac Michigan (qui sont de véritables océans intérieurs, en vérité) ; emprunter un sentier menant à quelque cascade ou peut-être entreprendre une longue excursion en quête d'une chose aussi simple qu'une part de tarte. Quand il n'y a rien à faire – en route !

Ils traversèrent des terres cultivées et des savanes de chênes, des forêts d'érables et des brûlis de trembles. Puis les arbres se firent plus hauts, plus larges – les conifères dominaient et commençaient à étrangler la chaussée. De temps à autre, ils apercevaient un ou deux cerfs qui franchissaient la route en trombe avant de disparaître dans les forêts de pins. Une neige grasse se mit à tomber en flocons lents et indécis.

La circulation s'intensifia en arrivant à Superior, vieille ville de la ceinture de rouille, demi-sœur de Duluth en moins chanceuse et moins attrayante. Ils passèrent devant des bars mornes et malfamés, des stations-service crasseuses, des gargotes, avant d'être aspirés dans une matrice de hauts ponts et voies d'autoroute surélevées dominant le lac qui inondait l'horizon à l'est : froid, furieux, un bouillon d'énormes vagues d'eau douce sur lequel naviguaient vaillamment quelques rares cargos qui poussaient du nez à travers les crêtes blanches.

Ils se garèrent près de Canal Park, évidemment, le lieu de promenade de tous les touristes, mais ce fut Peg qui décida de s'aventurer sur une longue digue où les vagues déferlaient contre l'enrochement et débordaient sur la piste en béton. Assaillis par le vent, ils avaient des difficultés à mettre un pied devant l'autre. Les larmes ruisselaient sur leur visage tant les rafales étaient furieuses.

— T'es complètement folle ! hurla Lyle.

— Juste un peu plus loin ! répondit Peg.

Ils firent volte-face pour regarder Duluth, la vieille ville portuaire abruptement ancrée à son flanc de colline rocheux, avec ses anciens bâtiments de brique et ses nouvelles structures plus clinquantes.

— C'est dangereux ! cria Lyle.

— Je crois que tu as raison ! concéda Peg.

Main dans la main, ils repartirent vers leur voiture où ils mirent le radiateur à fond et rapprochèrent leurs mains et leur visage des bouches d'air pour tenter de se dégeler.

À la brasserie Fitger's Brewhouse, ils s'assirent et burent de la bière brune qui les réchauffa de l'intérieur ; une, deux, puis trois chacun. Lorsque leur dîner fut enfin servi, ils mangèrent goulûment à s'en rendre presque groggy et titubèrent ensuite dans le froid, marchèrent pour se dégriser.

— Isaac n'a pas réussi à guérir Hoot, n'est-ce pas ? demanda Peg. J'ai tort de poser cette question ?

— Je pense que nous avons fait notre possible. Ou je devrais plutôt dire que *vous* avez fait votre possible. Et ce n'était peut-être pas suffisant. Le cancer était sans doute trop agressif, à un stade trop avancé. Mais vous, au moins, vous avez essayé.

— Penses-tu qu'il puisse guérir des gens, Lyle ?

— Je ne sais pas. Vraiment pas. Mais Charlie me conseille de suivre mon instinct, d'avoir confiance en ce que je ressens. Il est possible que Hoot soit trop malade et qu'Isaac ait réussi à lui apporter un peu de réconfort – je suis prêt à le croire. Le jour où j'ai vu Hoot en pleine forme, quand il pensait pouvoir vaincre la maladie… c'était peut-être grâce à Isaac. Je ne sais pas, Peg. J'ai toujours essayé de comprendre, mais ce n'est peut-être pas la bonne approche…

— Je crois qu'il a sans doute un don, dit Peg. Honnêtement. J'ai *senti* quelque chose dans cette chambre d'hôpital. Je suis incapable de l'expliquer.

Sur la route du retour, Peg s'assoupit immédiatement tandis que Lyle essuyait le premier blizzard de la saison. Il n'y avait aucune autre trace de pneus sur la chaussée et, aveuglé par la neige, il avait le sentiment de dériver dans le cosmos, de s'aventurer sur une voie nouvelle.

25

La veille de Noël, dans l'après-midi, Lyle se retrouva encore à l'Assemblée des Coulee Lands dans le froid et les courants d'air de l'ancien cinéma, et Peg se blottit contre lui pour se maintenir à une température tolérable. Lyle s'aperçut que la congrégation avait diminué d'un quart, voire d'un tiers – bien trop de sièges vides pour une occasion aussi importante dans le calendrier chrétien.

— Où est passé tout le monde ? murmura-t-il à sa femme.

— Tu n'as pas entendu ? murmura-t-elle à son tour.

— On ne me dit jamais rien, tu le sais bien.

Peg sortit un stylo de son sac, trouva une enveloppe destinée aux offrandes et écrivit :

Steven a été accusé de coucher avec une paroissienne.

Lyle marqua sous cette phrase :

On ne s'en doutait pas un peu ?

Peg haussa les épaules et griffonna :

Notre fille soutient que c'est faux.

— Hum, grommela Lyle en jetant un coup d'œil vers Shiloh, qui regardait fixement le groupe de musique et la chaire improvisée.

Pour la première fois, le sanctuaire et la congrégation lui semblèrent précaires, instables, un échec en attente, une mascarade sur le point de s'effondrer. Il prit l'enveloppe, la froissa et la glissa dans sa poche.

Lorsque Steven se dressa devant ses ouailles, il avait perdu son sourire enjoué. Ses yeux étaient éteints, ses épaules voûtées.

— Commençons par une prière, annonça-t-il d'un ton solennel.

Les fidèles baissèrent la tête tandis que Lyle regardait autour de lui, observait les autres comme à son habitude : une femme entortillait nerveusement une boucle de cheveux autour de son doigt, une fillette grattait ses cuisses blanches, un vieil homme frottait sa barbe naissante en faisant un bruit de papier de verre. Une araignée avait tissé sa toile au-dessus de la chaire et, depuis plusieurs semaines, Lyle espérait secrètement qu'un beau dimanche elle descende sur son fil de soie argenté et atterrisse sur la tête ou sur les épaules de Steven.

Pour l'intermède, les enfants s'installèrent à l'avant, sous la houlette de la minuscule cheffe de chœur perchée sur sa caisse en bois ; elle leva les mains et dirigea ses protégés.

Ils entonnèrent *Douce Nuit, sainte nuit* sans accompagnement, juste une dizaine d'enfants aux voix aiguës mais sincères, les yeux rivés sur cette petite femme qui semblait leur extraire des sons par la force de ses gestes et de ses expressions encourageantes.

Sans s'apercevoir qu'il s'inclinait vers eux avec la plus grande attention ni qu'il tenait la main de Peg, Lyle était littéralement happé. « Peu de choses sont plus puissantes qu'une chorale, se disait-il, qu'elle soit ou non parfaitement synchronisée, composée d'enfants ou de personnes âgées, suprêmement doués ou parfaitement médiocres. » Il s'émerveillait du fait qu'un groupe d'individus courageux et généreux décident de ne faire qu'un, d'élever leur voix dans le silence et de combler le vide grâce à leur talent et leurs chants…

À la fin de la chanson, Lyle fit un clin d'œil et un petit geste à l'intention d'Isaac. Le garçon lui sourit puis se pencha vers son amie Sadie qui lui glissa à l'oreille sans grande discrétion : « Joyeux Noël, Isaac. »

*

La messe se poursuivit, Steven évolua lentement autour de la chaire avant d'annoncer :

— Je suis désolé de devoir vous dire ça avant Noël, mais cette église est en danger. Notre budget – sa voix vacilla –, notre budget est dans le rouge. C'est la faillite. Au rythme où vont les choses, nous avons juste assez pour payer un ou deux mois de loyer.

Quelques exclamations s'élevèrent dans l'assemblée, mêlées à des grondements plaintifs et un rare sanglot.

— Notre avenir est entre vos mains, poursuivit Steven. Quelle est la force de votre foi ? Quelle valeur lui accordez-vous ? Quelle valeur a cette église à vos yeux ? Que *vous* a apporté cette église ? Qu'avez-vous retiré de cette église et qu'êtes-vous prêts à lui rendre ?

Il continuait d'arpenter le parterre, les mains dans les poches.

— Beaucoup parmi vous, dit-il d'une voix égale, ne paient pas leur dîme, c'est aussi simple que ça. Vous ne respectez pas votre devoir de chrétiens, vous ne suivez pas la ligne établie – *non pas par moi*, comprenez-le bien, mais par la Bible. Votre Bible. Ainsi donc, tout dépend de vous. Dans quel monde voulez-vous vivre ? Quel environnement voulez-vous pour vos familles ? Cette église est *la vôtre*. (Il se tut, leva les mains au ciel comme pour signifier sa défaite.) Terminons par une prière d'adieu.

Alors que Lyle et Peg s'apprêtaient à quitter les Coulee Lands, Peg tira gentiment Shiloh par le coude et lui dit :

— Nous irons à la messe de minuit à Saint-Olaf. Tu es sûre que vous ne voulez pas vous joindre à nous ? On pourrait fêter Noël à la maison demain matin…

Shiloh étreignit sa mère et l'embrassa sur la joue.

— Je crois que nous passerons Noël dans notre maison à nous, cette année, maman.

— Très bien, répondit bravement Peg. Nous t'aimons, ma chérie. Prends bien soin de ton petit garçon.

— Bien sûr, répondit-elle.

De retour chez eux, Lyle et Peg emballèrent des cadeaux, nouèrent des rubans et sirotèrent du lait de poule en écoutant une station de radio entièrement consacrée aux chants de Noël : Bing Crosby et Nat King Cole, Dean Martin et Elvis Presley, tout ce qui avait jamais été enregistré, par Chuck Berry, Run-DMC et même Wham!

Mais la journée était cafardeuse ; ils se sentaient terriblement seuls, si bien que Lyle finit par se retirer dans le salon où il s'accorda une sieste dans son fauteuil favori. Noël n'était pas Noël sans enfants ni jeunes adultes. Peg attendit que l'heure du dîner soit passée pour le réveiller, puis ils mangèrent un léger repas de soupe au jambon à l'os et de sandwichs au fromage grillé.

— Je déteste cette chanson de Noël, décréta enfin Lyle en éteignant la radio.

— Tu n'aimes pas John Lennon ? demanda Peg en étouffant un petit rire.

— Comment dire ? Il n'y a que John Lennon pour écrire une chanson de Noël qui te donne l'impression d'être totalement stupide d'aimer Noël. Paul McCartney ne ferait jamais ça. Ni George ni Ringo, du reste.

— Tu vas bien ? demanda Peg.

— Je crois que oui. Oui, bien sûr. Ça va.

*

Ils avaient pour tradition d'assister à la messe de minuit à Saint-Olaf et, à onze heures moins le quart, ils prirent la route de la vieille église sous une neige fine, dans une nuit singulièrement silencieuse, sans trains fonçant à travers la ville, sans sifflets. La neige étouffait tous les bruits et quand ils se garèrent dans le parking, Lyle eut l'impression fugace de se trouver dans un vieux film ou une photographie en noir et blanc, tant le calme était irréel. Même la neige semblait tomber avec une lenteur prodigieuse, comme si chaque flocon flottait dans l'espace ou voletait langoureusement sans avoir dévalé des centaines de mètres jusqu'à la terre.

À l'intérieur de l'église, les lumières étaient tamisées et quelle sensation agréable que de suspendre leurs manteaux froids et humides au vestiaire et de traverser le sanctuaire long et étroit – sol dallé d'ardoise, cierges vacillants, poinsettias, rameaux de pin, visages familiers aux joues roses.

Comme le monde paraissait fragile et délicat la veille de Noël. Les fidèles semblaient tous osciller entre un bonheur extatique et le souvenir tragique de leurs disparus ; c'était le jour où les fantômes virevoltaient et chuchotaient. C'était l'époque de l'année où Lyle se sentait profondément vulnérable. Vulnérable, en particulier, à tout ce qui contribuait à renforcer l'effet que cette soirée avait sur lui : les longs silences, les cloches petites et grandes, les toux ou éternuements occasionnels, le sachet de Cheerios s'éparpillant bruyamment sur le sol de l'église, le vacillement de petites flammes, la voix de son ami Charlie, le bras de Peg autour de sa taille, le frottement de souliers d'un vieux fidèle, la mélodie de *Minuit, chrétiens* ou de *Douce Nuit, sainte nuit*, ces cantiques que vous mourriez d'envie d'entonner alors que le fait de chanter vous remplissait habituellement d'appréhension. Pour Lyle, un *Douce Nuit, sainte nuit* s'élevant dans une sombre chapelle rurale était plus puissant qu'une bombe atomique. Il était incapable de chanter sans avoir la larme à l'œil, sans sentir que sa voix était le simple maillon d'une chaîne de voix reliant des générations et des siècles, ce lien que nous appelons parfois famille. Ou mémoire à l'état brut.

*

Après la messe de minuit, ils rentrèrent chez eux et Peg embrassa Lyle sur les lèvres avant d'aller au lit. Mais Lyle n'avait pas sommeil. Il resta dans la cuisine, mit la radio en sourdine, et se contenta de regarder par la fenêtre l'amoncellement progressif de la neige. Puis il se surprit à lacer ses bottes, à enfiler son épaisse veste Woolrich à carreaux rouges et noirs, et à ajuster sa casquette en laine vert foncé. Il sortit.

La nuit le rassérénait, l'apaisait. Ce n'était pas le climat typique de décembre avec des températures d'une vingtaine de degrés en dessous de zéro, quand l'air douloureux à respirer s'insinuait dans les vêtements et dans la chair pour aller se nicher au tréfonds du crâne et du squelette. Non, il faisait humide et presque doux, les flocons de neige crépitaient sur ses joues et fondaient sur ses cils. Il descendit la route de la ville, traversant des rues silencieuses et vierges ; la neige formait un manteau immaculé, pas même empreint de pattes de chien ni de pneus. Lyle gâchait presque la perfection de l'ensemble, même si ses traces de bottes solitaires conféraient sûrement à la scène une qualité de vieille gravure américaine à la Currier & Ives. Il dépassa le bar – fermé – puis l'atelier de poterie, la poste et le café – tous fermés.

Il marqua une pause devant le chatoiement noir-argent des rails de train. Là, pour la première fois depuis des décennies, il s'agenouilla et colla son oreille au métal. Il ne sentit rien, n'entendit rien – ni vibration menaçante, ni accélération, ni frémissement. Il n'entendait que ses battements de cœur, sa solitude nocturne. Il se leva et descendit au bord du fleuve.

Quelle immensité, et elle s'écoulait aussi paisiblement et banalement que le temps. Les rives étaient solidement gelées, les eaux aussi sur une trentaine de mètres vers le centre du vaste et large cours. Mais sous la glace, l'eau gargouillait et glougloutait, tonnant et tourbillonnant sous la peau transie du fleuve.

*

C'était par une veille de Noël qui ressemblait à celle-ci, quarante ans plus tôt, qu'il avait commencé à courtiser Peg.

Une neige régulière tombait doucement sur les épaules de Lyle et Charlie qui se dirigeaient vers le son étouffé de la cloche de Saint-Olaf, chaque tintement semblant disloquer davantage de flocons du ciel en déliquescence. En chemin, ils se faisaient passer une flasque en argent de schnaps mentholé et, de temps en temps, ramassaient des poignées de neige molle qu'ils compactaient en boules et lançaient contre d'épais troncs d'arbre. Dans la journée, en accomplissant leurs tâches dans la ferme familiale de Lyle, ils avaient descendu une caisse de Blatz à eux deux.

Le père et la mère de Lyle avaient assisté à un service célébré plus tôt et, en vérité, ce n'était pas la piété qui avait guidé les deux amis à la messe, mais plutôt l'envie de reluquer les intrus, les exilés urbains – facilement repérables à leurs fins manteaux en laine bleu marine ou poil de chameau, leurs gants blancs, leurs écharpes de couleur vive et hautes bottes en cuir –, rentrés au bercail pour ne pas chagriner leurs vieux parents. Lyle et Charlie, l'haleine hautement inflammable, s'étaient installés tout au fond de l'église, emportés dans le tournis du sanctuaire comme s'ils culbutaient à l'intérieur d'un œuf de Fabergé : vitraux, lumières kaléidoscopiques, bougies flageolantes, tapisseries et sculptures du Christ en extase. Puis Lyle avait remarqué la jeune femme assise devant eux ; ses cheveux étaient longs et bruns et il n'avait jamais rien vu de plus exquis que ses lobes d'oreilles.

— Qu'elle est belle… avait-il soufflé haut et fort à Charlie, sans prendre la peine de se pencher vers lui.

— Pas besoin de hurler, lui avait répondu son ami. Essaie de chuchoter.

Lyle avait observé la fille, humé son parfum ; il avait éperdument envie de lui parler comme il l'aurait fait dans un bar, mais au lieu de cela, il avait tendu la main vers sa chevelure et s'apprêtait à la caresser, comme on frôle des épis dans un champ d'orge. Charlie l'avait dissuadé en lui frappant sur la main, un coup qui avait claqué comme une règle en bois.

— Je suis amoureux, avait décrété Lyle à voix haute.

— Je crois que c'est Peg Peterson, avait obligeamment murmuré Charlie. Elle est peut-être rentrée de la fac ?

Lyle avait à nouveau tendu un bras que Charlie avait intercepté avant de hocher la tête, de se lever et de forcer Lyle à sortir de l'église pour se retrouver sous les flocons silencieux.

— Hé ! La messe a même pas commencé, s'était plaint Lyle. Je me suis pas tapé quatre kilomètres à pied pour faire demi-tour. Allez, on peut au moins rentrer se mettre au chaud.

Même si, en vérité, son cœur n'était pas loin d'être en surchauffe à la pensée de Peg Peterson.

— Es-tu capable de te conduire correctement, mon gars ? Parce qu'on est à un câlin de se faire virer de l'église. Je sais que le pasteur Gustafson nous a dans le collimateur.

Lyle avait acquiescé.

— C'est promis.

Il avait posé une main sur son cœur comme pour prêter serment et inspiré une profonde bouffée d'air froid. Il n'était pas encore minuit et la neige commençait à tomber dru ; aucune lumière à des kilomètres à la ronde, seule la lueur filtrée par les vitraux arc-en-ciel formait de grands diamants sur la terre blanche. Pas de phares sur les routes. Un monde ensommeillé. Ils avaient entendu le grondement du vieil orgue et Charlie avait ramené Lyle à l'intérieur du sanctuaire.

Ils s'étaient faufilés sur leur banc où les attendait un petit bout de papier déchiré du programme paroissial : « Vous êtes soûls. » Lyle l'avait arraché des mains de Charlie, puis avait posé un missel en équilibre précaire sur ses genoux pour en faire une tablette.

— Donne-moi de quoi écrire ! avait-il murmuré, mais fort.

Charlie avait attrapé un crayon miniature et mal taillé dans le dossier derrière le banc de Peg, puis poignardé le revers de la main de Lyle avec sa mine usée. Les deux amis avaient échangé un regard appuyé, Lyle gardant un visage de marbre alors que le sourire de Charlie s'élargissait autour de ses dents blanches. Celui-ci avait alors cédé le crayon à son ami, qui s'était mis à griffonner un message, avait rapidement roulé le papier en boule puis s'était penché et l'avait posé en équilibre sur l'épaule de Peg où il était resté une longue seconde, avant que Lyle le pousse de l'index et qu'il disparaisse.

Les parents de Peg avaient remarqué leur petit jeu et lancé un regard critique aux jeunes soiffards qui tenaient désormais un missel entre eux deux, ouvert sur le premier cantique venu, leurs voix prenant soudain du volume en reconnaissant l'orgue qui pétaradait les notes familières de *Petite ville, Bethléem*.

Lors de n'importe quel autre service, on les aurait rapidement montrés du doigt mais, ce jour-là, ils avaient levé les yeux de leur missel (ouvert alors à *C'est un rempart que notre Dieu*) et décoché un grand sourire aux parents de Peg tout en prenant soin d'éviter le regard direct du pasteur Gustafson, qui avait entonné le cantique devant l'autel, confronté aux deux seuls paroissiens en état d'ébriété que Saint-Olaf ait vus depuis très longtemps, ou n'ait peut-être jamais vus.

Dès le chant terminé, les deux jeunes étaient lourdement retombés sur leur banc, avant même que le pasteur ait eu le temps de demander à ses ouailles de se rasseoir. Devant eux, Lyle avait cru entendre le rire étouffé de Peg. Il avait doucement fermé les yeux et savouré le déferlement confus de sang dans ses orteils et ses doigts, la sensation du schnaps infiltrant sa circulation et le bien-être de la chaleur émise par le vieux radiateur du bâtiment aux tuyaux vétustes cliquetant, frémissant et crachant de la vapeur. Il était sur le point de s'assoupir lorsqu'il avait senti une boule de papier rouler sur ses genoux avant d'atterrir dans la flaque souillée de neige fondue entre ses bottes.

Il s'était baissé, mais Charlie l'avait attrapée avant lui, avait lu le message puis l'avait jeté sur son torse en ricanant. Lyle avait scruté l'inscription en lettres attachées pleines de vitalité : *Café au Coulee Café ? Après-demain ? Viens à jeun*.

Il avait repris le missel dans le dossier devant lui, déchiré un autre bout de bulletin et écrit : *Je crois que je suis amoureux. Joilleux Noël.*

Il n'avait pas dit un seul mot à Peg ce soir-là, il s'était contenté de rester derrière elle, aussi près qu'il pût être sans la toucher, et il avait examiné ses épaules sous son pull en laine gris argenté. Il avait étudié les veines de son cou, les courbes et fines plissures de ses oreilles qui imitaient si bien la perfection des coquillages. Ses cheveux, l'odeur de son savon et la fragrance discrète de son parfum, *vaporisé où exactement* ? Il mourait d'envie d'explorer chaque trait de sa topographie, les saillies de chacune de ses côtes, la peau souvent négligée derrière les genoux, le creux de ses reins, le fin duvet de ses cuisses, sa nuque.

Il s'était levé en remarquant l'agitation devant lui ; les paroissiens commençaient à échanger des poignées de main et leurs meilleurs vœux. La cloche sonnait mollement et à faible volume car il était juste après minuit. Lyle et Charlie s'étaient extirpés de leur banc, dirigés vers le narthex et les portes démesurées de l'entrée, puis précipités dehors et ils avaient couru chez Lyle. Charlie avait allumé une cigarette, mais Lyle planait, survolait la terre, les flocons de neige fondaient sur son visage fiévreux, des ailes lui avaient poussé et le portaient au-dessus de ces champs, vallons et ravins qu'il connaissait si bien.

*

Le fleuve coulait en silence. Lyle fit un pas sur la glace, avança laborieusement vers le centre du cours, à l'affût du moindre grondement ou frémissement sous ses bottes. À une quinzaine de mètres de la rive, il s'arrêta et écouta le bruit éthéré de la glace en formation, l'un de ses préférés au monde.

« C'est un miracle, pensa-t-il, du début à la fin. C'est un rêve, un rêve forcément miraculeux, d'avoir seulement été vivant. »

Il repartit chez lui, marchant dans ses propres traces de pas et, une fois rentré, il enleva son manteau et se sentit tellement accablé qu'il envisagea de s'endormir dans le salon, baigné de la lumière réconfortante de leur sapin de Noël, mais il décida finalement de s'endormir dans son lit en écoutant la neige fondre au contact de la fenêtre.

26

Le lendemain matin, après un café et du porridge aux myrtilles saupoudré de cassonade, ils partirent à La Crosse, chez Shiloh, où ils déchargèrent un carton de cadeaux aux dimensions scandaleuses, destinés principalement à Isaac, mais Shiloh était loin d'être oubliée et, à l'intention de Steven, Lyle avait choisi *Gilead* de Marilynne Robinson, un roman qui, espérait-il, susciterait un moment de réflexion, voire de grâce, chez le jeune pasteur.

Dès qu'il entra dans l'appartement, Lyle eut la sensation que l'endroit émettait une malveillance sournoise, impossible à localiser. Les fins murs beiges exsudaient une menace latente. Jamais avant il n'avait remarqué l'absence de décorations, de couleurs, de meubles, de livres ou d'œuvres d'art ; un tel dépouillement donnait à l'intérieur un aspect carcéral, mais en pire car il s'agissait d'un choix assumé, et la famille occupant ces lieux vivait ainsi de son plein gré. Le sapin de Noël, avant-poste solitaire de couleur et d'ornementation, semblait vulgaire avec son enchevêtrement de fioritures argentées, ses piètres guirlandes lumineuses et des parures si clairsemées que Lyle aurait pu jongler avec. Shiloh était curieusement silencieuse. Non – elle était docile, voire soumise. Dans l'espace qu'avait autrefois occupé sa voix pleine de chaleur et d'empathie, Steven semblait s'être imposé davantage, être devenu plus présent, plus prolixe.

— Vous avez ouvert beaucoup de cadeaux ce matin ? demanda Peg gaiement.

Isaac se tourna vers sa mère, qui lui sourit faiblement.

— Nous avons passé la matinée à prier en groupe, répondit Steven. Un de nos chers fidèles est en proie à de vives souffrances et nous étions tous sur le pont.

— Eh bien, dit Peg, accrochant son manteau dans la petite penderie froide près de la porte, puis se frottant vigoureusement les bras, nous sommes ravis d'être ici parmi vous. Tu veux ouvrir tes cadeaux, Isaac ?

*

Ils restèrent environ trois heures. Shiloh ne leur proposa ni thé ni café. Rien ne les attendait sur la table de la cuisine, pas de chocolat chaud, pas d'assiette de cookies, pas de tarte aux pommes fumante. Le givre dentelait les fenêtres et, même à l'intérieur, Lyle dut serrer les bras sur son corps pour se réchauffer. Le thermostat affichait quinze, mais la température semblait plus proche de dix degrés. En regardant son petit-fils feuilleter un livre neuf, Lyle remarqua qu'il avait l'air souffrant : sa peau et ses lèvres étaient de la teinte bleutée du lait écrémé.

Quand ils s'apprêtèrent à partir, Isaac enlaça Peg et demanda à sa mère s'il pouvait aller passer la nuit chez ses grands-parents. Shiloh se borna à examiner la moquette élimée et attendit que Steven réponde d'un ton sévère :

— C'est Noël, Isaac. Ta place est ici, à la maison.

C'était la première fois que le garçon pleurait au départ de Lyle et Peg, la première fois que Lyle se rappelait l'avoir vu véritablement bouleversé – ni surmené, ni affamé, ni exténué, mais *bouleversé*, malheureux.

Il prit le garçon dans ses bras et le serra avec ardeur.

— Joyeux Noël, Isaac. Nous t'aimons très fort. Tu le sais, n'est-ce pas ? Tu sais combien nous t'aimons ?

— Mais pourquoi je peux pas venir avec vous, alors ? S'il te plaît, papy. Je suis fatigué de prier. Je suis fatigué de l'église.

— Isaac ! s'exclamèrent à l'unisson Shiloh et Steven.

Lyle le serra encore plus fort.

— C'est ta maman qui décide, dit-il. Je t'aime tant, mon petit bonhomme.

*

Ils se retrouvèrent dehors, dans la rue où un vieux pick-up faisait vrombir son moteur en émettant un nuage intarissable de gaz d'échappement gris-brun. Un voisin portait deux sacs poubelle sur le trottoir, le premier rempli de bouteilles qui s'entrechoquaient bruyamment, le second gonflé de papier cadeau, de cartons et emballages inutiles, dont certains dépassaient du plastique noir.

Ils parcoururent la route en silence, Peg essuyant les larmes sur ses joues.

*

Une semaine plus tard, le téléphone sonna et Lyle ne reconnut pas le numéro affiché.

— Allô ? demanda-t-il poliment.

— Lyle Hovde ? fit une petite voix tremblante.

— Lui-même. À qui ai-je l'honneur ?

— Votre petit-fils est en danger, lui répondit-on simplement.

— Qui êtes-vous ? demanda Lyle, changeant le combiné de main. Quel danger ?

— Peut-on se rencontrer quelque part ? À Eau Claire, peut-être ? Je pense que nous serions en sécurité à Eau Claire…

Lyle se concentra. La voix lui semblait familière. Une voix de femme, caractéristique. Une femme qui articulait parfaitement et avait du coffre, sans parler fort.

— Est-ce que je dois aller le voir maintenant ? demanda Lyle. Qu'est-ce qu'il a ? Faut-il prévenir la police ? Je préviens la police.

— Non ! cria-t-elle presque. Si vous faites ça, vous ne le reverrez jamais. Je vous le garantis. Je vous donne rendez-vous dans trois heures. Au restaurant familial Randy's. Vous connaissez ? À côté de la route. Près des terrains de foot.

— Je viens avec ma femme, dit Lyle.

— Bonne idée. À très bientôt.

— Attendez, demanda Lyle, comment je vous reconnaîtrai ?

— Oh, faillit rirc la femme, vous me reconnaîtrez.

*

À vingt et une heures, quatre heures après la marée grise et cotonneuse du troisième âge venue faire le plein de foie aux oignons ou de rosbif-purée, Lyle et Peg s'impatientaient dans un box en vinyle sans toucher à leur mug de déca, déconcertant l'aimable serveuse par leur indifférence envers le chariot des desserts, le menu du dîner ou le petit-déjeuner-servi-toute-la-journée.

Lorsque la cheffe du chœur de l'Assemblée des Coulee Lands, cette femme d'à peine un mètre cinquante de haut, trottina vers leur box, Lyle et Peg se levèrent pour accueillir l'improbable messagère.

— Restez assis, je vous en prie, dit-elle. J'ai tant de choses à vous dire et il n'y a pas de temps à perdre.

La serveuse leur apporta du déca frais et, après avoir lourdement insisté, trois parts de tarte : pommes pour Lyle, fraise-rhubarbe pour Peg et citron meringuée pour la femme.

— Je m'appelle Sylvie North. Nous nous sommes croisés aux Coulee Lands, mais je ne sais pas si je me suis présentée officiellement. Je suis la cheffe de chœur d'Isaac. Très doué, ce jeune homme. À plus d'un titre.

Elle hocha mélancoliquement la tête.

— Eh bien, euh, Sylvie, merci de nous avoir appelés, commença Peg. Nous avons parfois l'impression de ne pas connaître toute la vérité, mais nous n'avions jamais imaginé qu'Isaac soit réellement en danger.

Sylvie acquiesça en buvant de petites gorgées de café.

— Écoutez, je vous prie d'excuser le côté théâtral de ma mission clandestine, mais si Steven découvre que je vous ai contactés, je suis à peu près sûre qu'il va les emmener ailleurs. Il pense avoir trouvé la poule aux œufs d'or.

— Pardon, dit Lyle. La poule aux œufs d'or ?

— Parfaitement. Il cible une paroisse, suffisamment désespérée peut-être, où les gens sont prêts à lui donner tout ce qu'ils ont. Il peut établir une église et devenir millionnaire en six mois. J'en suis persuadée. Si Isaac a réellement un don, un toucher, c'est de l'or en barre pour Steven.

Mais je pense que le petit est malade, poursuivit-elle. Il n'a plus d'énergie. Plus du tout. Il s'endort à tout bout de champ. Il tombe dans les pommes. Et…

— Et quoi ? demanda Lyle.

— Je ne sais pas s'il s'agissait d'un coma, mais il allait très mal juste avant Noël et un appel a été lancé pour imposer les mains sur lui. Je suis allée dans leur appartement. Nous avons tous prié en imposant les mains. Et il a repris connaissance. Mais ils vous tiennent tous les deux responsables.

Elle montra prudemment Lyle du doigt.

— Surtout vous.

— Isaac est diabétique, intervint Peg. Ce n'est pas la *faute* de Lyle.

— Allez donc leur expliquer ça, répondit Sylvie en reposant son mug avant de poursuivre : Nous sommes bien au-delà de la logique et de la raison à présent, vous le comprenez, j'espère ? C'est une tout autre paire de manches. Ça se situe plutôt au niveau de la dynamique de groupe, de l'effet de meute.

Steven est en train de perdre le contrôle de la congrégation et il le sait. L'église s'est divisée parce que la moitié des paroissiens étaient, euh, comment dire, *atterrés* qu'il se serve d'Isaac pour prétendre guérir des gens. Ils ont donc quitté l'église. L'autre moitié le soupçonne d'avoir les yeux baladeurs et qu'il soit peut-être…

— Infidèle ? proposa Lyle.

— Exact. Je suis certaine qu'il est déjà en train de chercher à s'établir ailleurs.

— Comment en savez-vous autant sur lui ? demanda Lyle. Qui êtes-vous ?

Elle soupira.

— Je suis un des membres fondateurs des Coulee Lands. J'ai plaidé en faveur du recrutement de Steven. J'avais vu ses sermons sur YouTube et je me disais qu'il ferait un bon pasteur. Elle baissa les yeux. J'ai honte, mais j'avoue que j'ai été bernée par son physique, son charisme. J'étais sous le charme, sans doute. Mais je le vois pour ce qu'il est maintenant, je lis dans son jeu, et je veux vous aider.

— Vous l'avez suivi, dit Lyle. Vous avez suivi Steven.

Elle fit oui d'un signe de tête, parcourut du regard le restaurant au décor un peu kitsch sous son éclairage tamisé.

— C'est vrai. J'ai essayé d'alerter la police locale. Ils ont même effectué une visite de l'appartement – vous étiez au courant ? Mais les gens comme Steven sont les rois de l'illusion. Les flics n'ont vu qu'un foyer chrétien bien propret. Une famille très unie. Ils comparent ça aux horreurs qu'ils ont l'habitude de voir, un mobil-home transformé en labo de cristal par un tas de vampires, ou des nourrissons déjà accros à la cocaïne… Et ils classent l'affaire.

J'ai contacté certaines de ses anciennes églises. Toujours la même rengaine, avec de jeunes paroissiennes. Il a deux enfants dans d'autres villes. Je parie que vous ne le saviez pas non plus ?

C'est pour ça que nous avons besoin de vous. Besoin de vous pour intervenir au moment propice et faire le nécessaire. Besoin de vous savoir prêts, et le plus tôt sera le mieux. Besoin de vous pour sauver Isaac. Si nous les surprenons en train de prier pour Isaac au lieu de l'amener à l'hôpital, comme la loi l'exige, nous serons peut-être en mesure de tenir Steven responsable. Et d'y mettre un terme.

Lyle et Peg se prirent la main sous la table.

27

Ce fut comme si Lyle retenait son souffle plusieurs jours d'affilée. La nuit, allongé les mains sur la poitrine, il regardait fixement une lézarde dans le plâtre du plafond. Ou il contemplait la lente rotation du ciel nocturne par la fenêtre. Alors qu'il n'avait jamais lu rapidement, il dévorait un livre par jour. Il ne lui restait qu'une chose à faire : vivre, persévérer, jusqu'à ce que le téléphone sonne et qu'il passe à l'action. Sans savoir précisément ce qu'il ferait, simplement qu'il réagirait.

Il rendait parfois visite à Hoot, ce qui lui faisait du bien. Depuis qu'il avait renoncé à sa précieuse bière, ce dernier buvait de la camomille au miel. Ils jouaient au crib dans la cuisine ou zappaient d'une chaîne à l'autre sur la télé ; Hoot avait une préférence pour la rediffusion de vieux épisodes de *Star Trek*.

— T'as envie d'aller faire un tour ? lui demanda Lyle un après-midi.

— Non, merci, répondit Hoot. Je suis bien là où je suis.

— Et si on allait dans ton garage ? On bricolerait sur ta vieille bagnole, on pourrait peut-être la remettre en état.

— J'aurais jamais pensé reconduire une de ces voitures. C'était une de mes journées préférées. Entendre vrombir cette vieille Mustang et le dîner qui a suivi.

— Qu'est-ce que je peux faire pour toi ? demanda Lyle.

— Rien. Reste juste avec moi, s'il te plaît. T'es pas obligé de parler. Ta compagnie me suffit.

*

Dès qu'elle le pouvait, Peg trouvait des moyens de s'insinuer dans la vie d'Isaac : elle le conduisait à des activités sportives, allait le chercher à l'école, faisait du baby-sitting… Même les longues heures de route lui étaient précieuses et elle n'aurait jamais renoncé à ces tâches car chaque *seconde* passée en compagnie d'Isaac était une seconde où il échappait à Steven. Shiloh avait à nouveau interdit à Lyle de voir son petit-fils – un droit qu'elle tenait comme un poignard dans le creux de son dos et le plongeait aussi profondément qu'elle le jugeait nécessaire.

De son côté, Lyle se prit à regretter l'absence du vieux médecin de campagne qui aurait pu consulter Isaac à domicile et surveiller son diabète, ou même demander une faveur à ses collègues de la ville, à La Crosse, Eau Claire, voire Rochester. C'est une situation délicate que d'être grand-parent d'un enfant en danger, les options sont presque toutes intolérables et très certainement exécrables. Il n'existe aucune source d'espoir plus importante que celle des parents envers leurs enfants – perdre espoir en eux revient à perdre espoir dans le monde – et, même à ce stade, Lyle refusait de renoncer à croire en Shiloh.

28

À l'âge de seize ans, Shiloh avait reçu une lettre de sa mère biologique. Peg avait relevé le courrier ce jour-là et elle avoua plus tard à Lyle qu'elle avait sérieusement envisagé de la brûler. Non pas qu'elle en voulait à la mère biologique de Shiloh, ce n'était pas le cas. De façons innombrables et variées, la femme qui avait accouché de Shiloh avait sauvé la vie de Peg, lui avait donné un sens, avait répondu à ses prières.

Mais Shiloh traversait alors une période de grande instabilité. Peg et Lyle la soupçonnaient de fumer de la marijuana (ils avaient découvert une étrange pipe en verre dans sa chambre) et les jeunes qu'elle fréquentait aimaient traîner près d'un pont de chemin de fer désaffecté. En automne, ils s'amusaient à taguer des graffitis sur les vieilles poutres métalliques et, à l'été et au printemps, à sauter des treillis les plus haut perchés pour fendre l'eau du fleuve comme une lame. Elle s'était mise à porter exclusivement de la flanelle et faisait don des autres vêtements que Peg lui achetait à la société Saint-Vincent-de-Paul. Tout ce qu'elle se mettait sur le dos devait avoir l'air effiloché, déchiré, d'occasion, sale. Pendant des années, ils eurent l'impression de vivre avec un fantôme maussade, qui boudait d'un coin à l'autre de la maison, refusait la cuisine de Peg et se nourrissait de cochonneries, ne communiquait que par grognements affligés ou exclamations telles que : « Vous pouvez pas comprendre ! », « Vous êtes trop vieux ! », ou simplement « J'y crois pas ! ».

Oh, Lyle était patient. Il tolérait l'insolence de Shiloh de la seule façon qu'il connût : avec de l'humour et de l'affection en petites doses. Après tout, c'était sa fille, même s'il faut reconnaître qu'il lui était plus facile de garder son sang-froid que Peg, qui était la première cible des fulminations de Shiloh. Dès qu'il en avait l'occasion, Lyle serrait sa fille dans ses bras, mais la plupart du temps elle semblait subir son affection, raide comme un piquet, les bras figés le long du corps comme un soldat à l'inspection des troupes.

— Je veux aller voir ma mère, avait annoncé Shiloh un lundi soir à table. Si vous voulez pas m'y amener, je demanderai à un de mes amis. Ou j'irai en car. Je m'en fous, mais j'y vais. Il faut que je la voie.

Lyle et Peg s'étaient essuyé la bouche avec leur serviette et s'étaient reculés dans leurs chaises.

— Je pense que c'est probablement une bonne idée, avait dit Peg.

— On y va quand ? avait demandé Lyle.

*

Sarah Hill habitait la banlieue d'Indianapolis, dans un nouveau lotissement de villas à trois ou quatre chambres, recouvertes d'un revêtement extérieur en vinyle dans des tons beiges ou marron, toutes avec un garage conçu pour trois voitures, la plupart avec un panier de basket veillant sur une large allée en bitume.

Lyle garderait plus tard le souvenir d'une maison à la lumière dorée, une impression de tiédeur qu'il avait ressentie en entrant. Une odeur de pot-pourri et de bougies parfumées flottait et l'épaisse moquette était d'une propreté irréprochable. Une musique douce s'échappait discrètement d'un haut-parleur invisible.

Sarah les avait accueillis en s'exclamant :

— Oh, que Dieu soit loué ! Que Dieu soit loué, tu es enfin ici. Regarde-toi. Regarde-toi. Un miracle.

Elle avait posé une main tremblante sur l'avant-bras de Shiloh. Puis elle avait touché sa tête, passé les doigts dans les cheveux de l'adolescente qui les avait teints seulement quinze jours plus tôt en noir de jais avec des mèches violettes.

Le mari de Sarah, Lance, les avait rejoints à la porte ; c'était un homme charpenté à la mâchoire parfaitement angulaire, dont les cheveux coupés ras révélaient une carrière militaire. Il n'y avait pas l'ombre d'un poil sur son visage et sur son cou, aucune rougeur ni éraflure dues au rasoir ; même ses oreilles et son nez étaient scrupuleusement dégarnis de ces fichus brins rebelles avec lesquels bataillent tant d'hommes entre deux âges devant la glace de la salle de bains. Trois garçons beaucoup plus jeunes que Shiloh étaient venus les saluer, vêtus de chemises bleu ciel assorties, rentrées dans des pantalons kaki fraîchement repassés. Lyle avait baissé les yeux sur son Wrangler qui avait connu des jours meilleurs. Ce n'était pas le pire de ses jeans, pas celui qu'il enfilait pour vidanger son pick-up ou faire du bois, mais il n'en était pas moins élimé autour des poches et aux genoux, élimé aux revers… élimé, quoi. Il s'était aussi aperçu qu'il manquait un bouton à la poche de sa chemise de flanelle. Sans parler de ses bottes incongrues dans ce hall d'entrée méticuleusement entretenu.

Les garçons Hill tournaient autour de l'étrange oracle grunge que représentait Shiloh, scrutant ses vêtements comme si elle ressurgissait d'une contrée sauvage après des années d'errance. Lance, un peu à l'écart, regardait sa femme prendre les mains de Shiloh et fondre en larmes de soulagement ou de bonheur.

— Je n'arrive pas à croire que tu aies accepté de me rencontrer, répétait-elle inlassablement.

— Bien sûr, avait répondu Shiloh. Tu es ma mère.

Il avait eu beau lui serrer la main, Lyle avait entendu le cœur de Peg se briser, comme un miroir se fractionne en éclats tranchants, pas d'un seul coup, mais en une lente avalanche de fêlures, certains fragments restant accrochés au cadre alors que le centre cède et s'affaisse déjà.

*

Au cours de l'année suivante, Sarah appela chez les Hovde tous les dimanches soir. Shiloh passait au moins une heure au téléphone avec elle et Lyle, qui lavait la vaisselle dans la cuisine ou lisait dans le salon, interceptait le rire trop rare de sa fille, l'entendait baisser la voix comme pour se confier, puis les gloussements reprenaient, alors que Lyle et Peg s'inquiétaient qu'elle ait perdu son envie de rire à tout jamais ou, pire encore, qu'elle l'ait jetée dans les eaux les plus profondes, les plus sombres et les plus tumultueuses du fleuve.

Puis, lors de sa première année d'université, une quinzaine de jours avant Noël, Shiloh avait appelé ses parents en sanglotant. Sarah Hill avait succombé à un anévrisme cérébral.

— Je vais dans l'Indiana pour les vacances de Noël, leur avait-elle annoncé. Je dois être avec Lance et les garçons. Je veux faire tout ce que je peux pour les aider.

— Bien sûr, avait répondu Peg. Nous comprenons. As-tu besoin de quoi que ce soit ? De l'argent pour le voyage ? On serait ravis d'envoyer tes cadeaux…

Sa voix s'était brisée.

— Non, avait répondu Shiloh. C'est bon.

Lyle s'était toujours demandé ce qui s'était passé pendant ces vacances de Noël car, après, Shiloh avait cessé de parler de l'Indiana, de ses demi-frères, de Lance Hill, de la chaleureuse maison de banlieue – même de Sarah. C'était quasiment comme s'ils n'avaient jamais fait partie de sa vie. Quelques années plus tard, alors qu'il était allongé sur un carton sous la Dodge Neon de Shiloh perpétuellement en panne, Lyle lui avait demandé en passant :

— Au fait, ma grande, qu'est-ce qui t'est arrivé dans l'Indiana, après le décès de Sarah ? T'as toujours été évasive à ce sujet.

Il avait senti qu'il n'aurait jamais une occasion plus propice de l'interroger sur cet épisode – sa voix étouffée ricochant sur la ferraille des entrailles de la guimbarde, ses bottines au soleil, des traces de cambouis sur les joues et le front, Shiloh à ses côtés qui lui tendait parfois une clé à molette. Elle avait soupiré.

— Une nuit, avait-elle raconté, je me suis réveillée avec Lance dans ma chambre. Il était juste planté là à me regarder. Mais il était… il ne portait qu'une serviette autour de la taille, comme s'il sortait de la douche…

Lyle avait surgi de sous la voiture.

— Est-ce qu'il… ?

— Non, avait amèrement répliqué Shiloh en hochant la tête. Mais il a essayé.

— Je suis navré, Shiloh.

— C'est bon, papa, lui avait-elle dit en souriant. Je me suis défendue.

— Ah bon ?

— Je crois qu'il s'attendait à ce que je l'embrasse. J'en suis même sûre. Typique de ce genre de vicelard. Tu vois ce que je veux dire ? Ces mecs qui n'arrivent même pas à concevoir qu'une femme puisse leur résister. Ce qui fait qu'il n'était pas du tout préparé à prendre un coup de rotule dans les roustons.

Lyle avait échangé un *high five* vigoureux et enthousiaste avec Shiloh.

— Tu veux que j'aille faire un tour dans l'Indiana ? Que j'aille lui botter le cul de ta part ?

— Je viens de te le dire, avait-elle répondu en souriant. Je m'en suis déjà chargée.

Ils étaient restés assez longtemps silencieux. Lyle avait essuyé l'huile et le cambouis de ses mains sur un vieux chiffon. Shiloh avait attaché ses cheveux.

— Je suis fier de toi, ma fille, lui avait dit Lyle. J'espère que tu le sais.

Elle l'avait embrassé sur le front.

— Lance m'a fichue dehors cette nuit-là. Il faisait un froid de canard. Je pensais qu'il allait se ressaisir et s'excuser… Imputer sa conduite au chagrin d'avoir perdu son épouse. Dire qu'il était… je sais pas, paumé ou n'importe quoi. Mais dès qu'il a récupéré, il a attrapé toutes mes affaires et il les a jetées dans la neige. Mes clés, mon sac à main, dans la neige, tous mes vêtements, même mon sèche-cheveux – tout. Je me revois devant chez eux, il m'a traitée d'usurpatrice. Et il m'a dit que mon vrai père avait violé Sarah, que c'était pour ça qu'elle était tombée enceinte si jeune.

Puis il m'a claqué la porte au nez. Les garçons me regardaient par la fenêtre de leur chambre. Ils me faisaient coucou avec leurs petites mains.

Alors j'ai pris ma voiture et je suis rentrée à la maison. J'ai roulé toute la nuit. Une dizaine d'heures. Et quand je suis arrivée ici, vous étiez tellement heureux de me voir. Tu m'as fait des gaufres au chocolat avec de la crème fraîche, un bon café chaud… Maman et toi étiez vraiment… ravis de me voir.

— T'es la meilleure chose qui nous soit arrivée, avait dit Lyle. Et ta mère t'aime plus que tout au monde. *Tout*.

— C'est parfois lourd à porter, tout cet amour.

Lyle avait glissé une mèche rebelle derrière l'oreille de sa fille, puis il l'avait tirée gentiment.

— Être parent, c'est aimer son enfant plus qu'il ne t'aimera jamais, avait-il dit.

— Papa…

— C'est vrai. Tu verras un jour. Tu verras.

29

Mars était le mois des neiges grasses et éreintantes ; les personnes âgées ne mouraient pas en creusant leur tombe mais simplement en déblayant devant chez elles à coups de pelle, le cœur explosant sous les couches de vêtements trempés de sueur. Dirigeants remarquables ou hommes d'affaires accomplis, anciens combattants de Corée ou du Vietnam, femmes qui avaient accouché de dix enfants dans leur baignoire – ces héros ordinaires s'effondraient, la main crispée sur la poitrine, attendant qu'un visage plus jeune les découvre et appelle l'ambulance qui parviendrait peut-être à les sauver, feux clignotants bleus et rouges, hurlements de sirène, pour un dernier tour le long du fleuve bleu-brun avant le grand départ, devançant le dégel printanier et la saison des semailles nouvelles.

Il était déjà tombé dix-huit centimètres de neige et Lyle, en visite chez Hoot, poussait une souffleuse vétuste pour dégager l'accès de la maison. Ils s'étaient innocemment chamaillés quand Lyle avait surpris son ami en train de tirer des coups secs sur le câble du vieil engin pour tenter de lancer le moteur. Deux vieux encore trop fiers pour demander de l'aide ou payer quelqu'un pour déblayer la neige à leur place.

— Donne-moi ce machin et va te reposer, avait braillé Lyle. J'ai pas envie que tu me claques dans les bras.

— Pas question, espèce de vieux schnoque, avait riposté Hoot légèrement hors d'haleine.

Qu'il fût encore en vie tenait du miracle. Mais la chimio semblait avoir eu un certain effet, ralenti la propagation du cancer. Son attitude y était peut-être aussi pour quelque chose, car il avait arrêté les cigarettes, la bière, et il n'avait jamais eu une alimentation aussi saine. Les jours où il avait de l'énergie, il tournait en rond dans sa maison ou saluait ses voisins à grands gestes du fond de l'obscurité de son garage.

— Je veux que tu tiennes au moins jusqu'au mariage de Shiloh, lui dit Lyle en vérifiant le niveau d'huile de la souffleuse. À moins que, si ça te dit, on expédie Steven en Afghanistan. Ou en Antarctique. T'en penses quoi ?

— Je pense que j'ai toujours aimé une bonne neige de décembre, et même un blizzard de janvier. Mais je peux pas blairer ces neiges de mars, constata Hoot, encore essoufflé, en s'appuyant au pare-chocs d'une des Mustang. Vivement le printemps.

Quarante minutes plus tard, Lyle avait dégagé l'allée et les trottoirs devant chez Hoot, mais plusieurs centimètres de neige étaient tombés entre-temps. Il était couvert de sueur, la neige fondait de ses vêtements autour du siège pliant où il était assis, la vapeur s'élevait de sa casquette à oreillettes.

— Tu sais, il y a des moments où je me demande pourquoi je vis ici, décréta-t-il. Pas souvent. Mais ça m'arrive.

— Non, la vie ici nous rend plus coriaces, répliqua Hoot. Si tu descendais en Floride ou en Arizona, t'aurais aucun défi, tu comprends ? Contre quoi tu te battrais ? Remarque, y a toujours les scorpions. Ou ces foutus pythons birmans.

— Regarde un peu ce qu'il tombe, dit Lyle en montrant la tempête.

— Ils annoncent une trentaine de centimètres de plus pendant la nuit. Tu veux rentrer te mettre au sec ? J'ai des amandes. Et on pourrait faire une ou deux parties de crib…

— Mazette, des amandes !

— Bon, je les sale un peu de temps en temps. C'est pas ça qui va me tuer, si ?

Lyle se sentit si bien dans la cuisine – heureux que son ami soit encore en vie, encore là, qu'ils puissent partager ces moments. Ils s'installèrent sans façons et sans hâte à la petite table, Hoot battant les cartes à jouer, Lyle dévorant les amandes à pleines poignées en regardant la neige affoler la nuit à l'extérieur.

— J'aime bien le mot « blizzard », dit Hoot.

Lyle sourit.

— Je ne te connaissais pas cette âme de poète.

— Tu sais quel autre mot me plaît ?

— Aucune idée.

— « Nénés ». Les bosses des lettres font penser à ce qu'il décrit. Et le son aussi.

— Oublie ce que j'ai dit sur ton âme de poète. T'es fidèle à toi-même. Mais dis donc, c'est quand la dernière fois que t'as vu une vraie paire de nénés ?

Le regard de Hoot se perdit et il grinça des dents.

— Putain, siffla-t-il. Ça va bientôt faire vingt ans. Bon, les trucs qu'ils montrent à la télé laissent pas beaucoup de place à l'imagination, mais…

Le téléphone sonna alors que Lyle hochait la tête.

— Allô, répondit Hoot, puis il ajouta avec sérieux en lui passant le combiné : C'est Peg.

Moins d'une minute plus tard, Lyle ressortait affronter le blizzard. De la fenêtre de la cuisine, Hoot regarda les roues du pick-up patiner un peu avant qu'il file à toute allure chez Charlie.

*

Ils roulèrent dans la nuit sur des routes qu'ils n'auraient jamais dû emprunter, sur de la neige qui n'avait jamais encore connu la lueur de phares, là où les chasse-neige n'avaient pas déblayé, à travers de hautes congères qui se brisaient comme des vagues, sur une chaussée réduite à une voie unique.

— Quand on imagine une brigade d'intervention d'urgence, dit Charlie en scrutant l'obscurité, on imagine difficilement une équipée comme la nôtre.

— Elle a dit qu'il était à bout de forces, répondit Lyle, et que personne ne levait le petit doigt.

— Ouais. En attendant, je suis d'avis de prévenir les flics, dit Charlie. Isaac a sans doute besoin d'une ambulance, immédiatement.

— Elle les a appelés, ils ne l'ont pas prise au sérieux. Et un soir comme ce soir, avec le temps qu'il fait, on arrivera aussi vite que les secours.

— N'empêche, ça ne me plaît pas trop. Débarquer chez eux comme si on était la police.

— Je suis son grand-père, gronda Lyle.

— D'accord, *d'accord*.

— On préviendra les flics si pour une raison quelconque on n'arrive pas à récupérer Isaac. Mais on va y arriver, on va l'amener à l'hôpital et *ensuite* on appellera les flics. Dans cet ordre. Je ne veux plus le savoir sans ma protection. Je ne supporte pas l'idée que Shiloh ait refusé de le faire soigner, ni qu'on me refuse l'accès à l'hôpital.

— Et quel est mon rôle, exactement ?

Lyle se tourna vers son vieil ami, ses longs cheveux mouillés par la neige, ses lunettes embuées par l'agitation, son visage grimaçant dans le froid et la pénombre.

— Mon père m'a toujours dit qu'avant de te battre, il fallait crier à pleins poumons sur ton adversaire.

— Pourquoi ?

— Pour qu'il soit plus effrayé que toi.

— Donc on entre là-bas en gueulant.

— C'est ça. Puis on récupère mon petit-fils.

— J'ai toujours eu du coffre, dit Charlie.

*

Arrivé dans le cul-de-sac, Lyle laissa le moteur tourner ; trois voitures étaient garées l'une derrière l'autre dans l'allée de chez Shiloh et les deux hommes avancèrent à grands pas vers la porte d'entrée. Lyle ne s'était pas senti aussi jeune depuis des années, comme si du carburant lui coulait dans les veines. La porte de l'appartement n'était pas verrouillée et ils entrèrent sans frapper – simple comme bonjour. Dans la cuisine, cinq ou six femmes faisaient la vaisselle ou regarnissaient le piètre banquet de plats offerts par les uns et les autres et disposés sur les plans de travail. Lyle reconnut des visages de fidèles des Coulee Lands.

— Où est mon petit-fils ? tonna-t-il.

Personne ne réagit mais une adolescente finit par montrer du doigt la chambre d'Isaac. Lyle s'y dirigea d'un pas décidé et tourna vigoureusement la poignée. Fermée à clé. Il tambourina des poings sur la porte.

— Va-t'en, papa ! hurla Shiloh d'une voix perçante. *S'il te plaît !*

— Dernier avertissement ! prévint Lyle.

Deux coups de pied eurent raison de la porte creuse qui céda brusquement. La chambre était sombre et empestait la transpiration et l'urine. Des bougies vacillaient aux quatre coins. Quelques dignitaires de l'église étaient au chevet d'Isaac, Shiloh et deux hommes plus jeunes se tenaient debout à côté de Steven, assis avec une bible ouverte sur les genoux.

— Je suis là, mon pote, je suis avec toi ! cria Charlie. Vas-y !

Lyle inspira et s'époumona :

— Poussez-vous ! J'amène le gamin à l'hôpital.

Steven s'interposa juste assez longtemps pour que Lyle lui assène le plus beau coup de poing de sa vie – un droit fracassant qui envoya le jeune pasteur au tapis, à plat ventre, avant qu'il se retourne sur le cul et s'assoie, la mâchoire entre les mains, tandis que sa langue, pas loin d'être complètement mordue, saignait sur le devant de sa chemise.

— Tu conduis, Charlie, ordonna Lyle en se penchant sur Isaac. Oh putain, il est bouillant. Vite, mon vieux, pas une minute à perdre.

— Papa ! s'écria Shiloh. Attends, papa !

Mais Lyle ne se retourna pas, il traversa l'appartement entre les mains et doigts tendus des fidèles avec qui il allait à la messe aux Coulee Lands, franchit la porte, sortit dans le blizzard, entra dans le pick-up avec Isaac dans ses bras et fit claquer la portière. Charlie poussa le vieux Ford à fond et ils s'élancèrent dans la tempête comme si tous ces flocons étaient de simples confettis, une pluie de serpentins sur cette ambulance des plus improbables.

Lyle se précipita dans l'hôpital, le corps du garçon dans les bras, et les infirmières ne perdirent pas une seconde pour l'admettre aux urgences où une jeune docteure se mit à le bombarder de questions.

— Il est diabétique, lâcha Lyle. Le gamin est diabétique et ses parents ne l'ont pas soigné. Il a déjà été admis ici. Il doit être complètement déshydraté.

— Ce garçon est… (La docteure jeta un coup d'œil à Lyle.) Écoutez, on va faire tout notre possible pour le sauver.

Avant d'entendre ces mots, Lyle n'avait jamais vraiment envisagé qu'Isaac fût en danger de mort, non. Qu'il risquât de mourir. Mais alors que les infirmières urgentistes le raccompagnaient vers le bureau des entrées, vers la paperasse qui allait encore compliquer la situation, il redoutait tant de perdre un deuxième garçon qu'il s'effondra sur le carrelage froid, des flaques de neige fondue et boueuse près de sa joue chaude, et la dernière chose qu'il entendit fut la voix de Charlie : « À l'aide, ici, tout de suite nom de Dieu ! »

PRINTEMPS

30

Rien au monde n'est plus lourd que le cercueil d'un enfant et jamais l'adulte ayant ployé sous ce fardeau ne sera en mesure de l'oublier. Enterrer un enfant est une tragédie insurmontable pour beaucoup de parents. Elle occulte le soleil, dérobe les couleurs, étouffe la musique – elle dissout les mariages comme de l'acide, saigne le bonheur et laisse un sillage gris de désespoir.

Nul ne le savait mieux que Lyle et Peg, qui garderaient à tout jamais et avec une clarté absolue le souvenir du cortège funèbre entre l'église Saint-Olaf et le cimetière tout proche, la vision des deux vieux oncles de Lyle portant le cercueil de leur fils. Les obsèques avaient été célébrées par un froid matin de mai, gris et pluvieux, dans une atmosphère plus hivernale que printanière. Le vent soufflant par rafales fauchait les parapluies, les faisait valser et virevolter sur le chemin, gauchement pourchassés par des dames replètes jusqu'à ce que les parents envoient leurs enfants en renfort et que la procession se disperse en groupes de gamins hilares traquant les pépins qui pirouettaient dans des flaques d'eau brune comme d'immenses pétales noirs. Les vieilles gens trahis par leur poigne humide et leurs doigts perclus tournaient leur visage chagriné et déconfit vers Lyle, les yeux dolents et navrés, les joues zébrées de pluie.

Mais il existe des choses encore pires qu'un cercueil d'enfant.

Depuis le blizzard fatidique du mois de mars, Isaac n'avait pas quitté l'unité de soins intensifs de La Crosse où il était alité, relié à plusieurs appareils qui le maintenaient en vie. Plus d'un mois s'était écoulé et les docteurs ne pouvaient rien faire d'autre qu'attendre. Le garçon était dans le coma.

Le monde s'était plus ou moins effondré autour d'eux : le temps que la police arrive sur les lieux ce soir-là, Steven avait déjà quitté la ville, un large pansement de gaze autour de sa mâchoire fracturée. La fouille de l'appartement avait établi qu'il extorquait les fonds de son église et, quelques semaines plus tard, une jeune femme enceinte affirma que le père ne pouvait être que lui. C'est ainsi que l'Assemblée des Coulee Lands s'écroula comme un château de cartes. Shiloh avait rompu le bail de son appartement et vivait à l'hôpital, passant toutes ses nuits au chevet d'Isaac.

Lyle était interdit de visites et, d'après lui, si Peg y était autorisée, c'était seulement parce que Shiloh n'était pas sotte – elle avait besoin d'approvisionnement, de vêtements propres, de dentifrice et de consolation. Sans compter que Shiloh n'avait rien à reprocher à sa mère. Le coupable était son père. Son père avait détruit sa vie.

*

Avant que Sylvie North déménage de La Crosse, Lyle la rencontra une autre fois. La clandestinité n'était plus nécessaire, elle vint en voiture à Redford et il l'accueillit chez lui. Ils burent un thé dans la cuisine et après un moment elle présenta des excuses et éclata en sanglots.

— Si je vous avais appelé deux heures plus tôt. Deux heures seulement ! Il aurait peut-être été tiré d'affaire. Je suis navrée, Lyle. Tellement navrée.

Lyle frétilla sur sa chaise jusqu'à ce qu'il ne le supportât plus ; il s'agenouilla et posa lourdement son bras sur le dos miniature et tressautant de la cheffe de chœur.

— Allons, allons, dit-il doucement en lui tendant son mouchoir. Je ne vous en veux pas. Comment pourrais-je vous en vouloir ?

Mais elle ne cessait de pleurer.

— Rien de tout ça n'est votre faute, Sylvie. Vous êtes la seule à nous avoir parlé franchement. Vous avez fait votre possible. Sans vous, Isaac ne serait peut-être même plus en vie aujourd'hui, et c'est la vérité. Vous lui avez sauvé la vie.

Elle était si minuscule. Lyle ne supportait pas de la voir souffrir ainsi.

— Comment va Peg ? demanda-t-elle en s'essuyant les joues avec le mouchoir.

— Elle est en colère, répondit Lyle. Contre Shiloh, contre Steven, contre l'Église… (Il omit de préciser qu'elle rejetait aussi une part de responsabilité sur Sylvie.) Peg et moi avons perdu notre fils avant son premier anniversaire. Je ne pense pas qu'elle puisse envisager de perdre Isaac.

— Et vous-même, Lyle ? Comment allez-vous ?

— Je… commença-t-il.

Mais il ne put continuer ; il se releva, entra dans le salon et regarda par la grande baie vitrée, vers la route en pente qui menait à Main Street où un train traversait la ville.

— Lyle ? appela Sylvie. Ça va ?

S'il ouvrait la bouche, il craignait qu'un hurlement atroce en sortît, que toute la tristesse s'échappât de lui comme une sirène tragique.

— Merci, Sylvie, parvint-il à dire. Je suis sincère. Mais vous devez partir maintenant. Nous resterons en contact, je le sais.

— Je vais prier pour Isaac, l'assura-t-elle en ouvrant la porte.

— C'est bien, répondit-il en baissant la tête. Je vous en remercie.

Il la regarda partir au volant de sa petite Ford Fiesta, à peine plus grosse qu'une voiturette de golf, puis il alla poser ses vieux os sous le porche pour profiter de la lumière de fin de matinée.

Le printemps était anormalement chaud, avec des températures dépassant les vingt degrés pendant tout le mois d'avril ; les arbres du quartier de Lyle s'étoffaient de nouvelles feuilles un mois à l'avance. Le fleuve gonflait entre ses berges et, les week-ends, les citadins pique-niquaient le plus près possible de l'eau pour regarder les derniers blocs de glace charriés par le courant brun et limoneux.

Rester à la maison sans rien faire n'était pas bon pour lui, mais Otis n'étant pas encore prêt à travailler dans le verger, Lyle se trouvait dans les limbes, comme estropié. Il décida de parcourir à pied les cinq kilomètres qui le séparaient de chez Charlie.

Les chaleurs printanières avaient toujours déstabilisé Lyle. Il imaginait des ours polaires malingres écumant la mer de Nord en quête de bouts de banquise sur lesquels chasser, ou des glaciers se détachant de la calotte polaire dans un océan qui se réchauffait progressivement, sous les yeux émerveillés de touristes attroupés sur le pont de luxueux navires de croisière. Lyle préférait vivre dans un monde plus froid que plus chaud – s'il se fiait à son expérience, personne n'avait un comportement très rationnel quand le thermomètre grimpait au-delà de trente-deux degrés.

Il se mit à transpirer peu après avoir quitté la maison. Sa tête était encombrée par l'angoisse et la consternation ; la tiédeur d'avril ne faisait qu'exacerber son malaise. Les nouvelles de la dissolution de l'Assemblée des Coulee Lands et de l'état d'Isaac avaient atteint les médias de La Crosse, tels qu'ils étaient, et ils insinuaient que Shiloh pourrait être inculpée pour mise en danger délibérée de la vie d'un enfant. Lyle n'était pas certain de comprendre quel genre de justice cela servirait. Une seule chose lui importait : la guérison d'Isaac.

Quand il arriva chez Charlie, sa chemise était trempée de sueur et il mourait de soif. Le pasteur était assis sous le porche devant chez lui avec son cousin Roger et ils sirotaient ce qui ressemblait à du thé glacé avec des rondelles de citron. Ils l'accueillirent avec un grand sourire.

— Roger, dit Lyle en lui tendant la main. Je ne savais pas que tu étais de retour parmi nous.

— Laisse-moi te serrer dans mes bras, répondit Roger. Je suis navré pour ce qui est arrivé à Isaac, Lyle. Sincèrement navré. J'irai le voir à l'hôpital demain.

Les deux hommes s'enlacèrent gauchement.

— T'aurais pas dû t'approcher de moi, dit Lyle. Je dois puer comme un bouc et suer comme un cheval après la course.

— Je te rappelle que j'ai vécu en Afrique. Pas un jour n'est passé ces vingt dernières années sans que je sois couvert de sueur ou que j'étreigne une personne couverte de sueur.

— Merci, en tout cas. Dis donc, Charlie, tu crois que je pourrais avoir un peu de ce thé glacé ?

Charlie lui servit un verre.

— Des nouvelles de l'hôpital ?

Lyle fit non de la tête.

— Toujours la même chose. (Puis, changeant de sujet :) Combien de temps vas-tu rester parmi nous, Roger ?

Son cousin soupira.

— Je crois que je suis rentré pour de bon.

— Ah bon ? s'étonna Lyle, abasourdi. Mais la vie de missionnaire, la vie en Afrique, c'était tout pour toi. Où vas-tu aller ?

— Je reviendrai peut-être ici. Je ne sais pas encore. Je ne sais pas trop comment l'expliquer, Lyle. J'imagine que je ne me sens plus appelé à assurer ma mission. Le Seigneur a peut-être d'autres projets pour moi. Ou peut-être pas, finit-il en haussant les épaules.

— Eh ben… dit Lyle.

Charlie et Roger le scrutaient du regard.

— Ça va, Lyle ? demanda Roger.

— C'est juste que… je ne sais pas. Honnêtement, Roger, je n'ai jamais compris ton appel, ni même l'utilité d'être missionnaire. Mais je trouvais un certain réconfort à savoir que t'étais là-bas, que tu faisais ce que tu pouvais. Qu'est-ce que je peux dire ? Je suis content pour toi, en tout cas. Content de te revoir.

— Merci, dit Roger.

Lyle s'assit sur les marches du presbytère et but son thé en s'épongeant le front.

— Tu veux qu'on prie, Lyle ? demanda Roger. Ça te ferait peut-être du bien.

Les trois hommes se turent. Ne restaient que les chants d'oiseaux filant dans les arbres et les craquements du plancher.

— Oui, dit Lyle. Je veux bien.

Ils se levèrent donc, s'unirent en une accolade bancale, les bras sur les épaules, et, en cet après-midi lumineux, Lyle ferma les yeux et au lieu d'écouter le sens des mots qui sortaient de la bouche de Roger, il les laissa flotter sur lui comme des notes de musique ou des volutes de fumée pendant qu'il songeait à son petit-fils dans sa chambre d'hôpital fraîche et stérile ; il pria pour qu'ils puissent passer une autre journée ensemble dans le verger, pour qu'en levant la tête, Lyle voie son merveilleux petit-fils courir dans l'herbe, grimper aux arbres, chanter ses chansons favorites, explorer le monde à la manière d'un papillon ou d'un colibri. Il ferma résolument les yeux et pria de tout son être pour que cette vision puisse se réaliser.

Lorsque Roger dit *amen*, Lyle ne voulut pas rouvrir les yeux, non. Il préféra se raccrocher à sa vision, rester avec Isaac dans le verger, en sécurité, plutôt que se retrouver là, sous le porche de Charlie, dans l'air déjà si chaud, son corps endolori et en sueur. Il resta donc ainsi ; Roger et Charlie l'accompagnèrent et, les bras autour de lui, le soutinrent.

31

La première semaine de mai, les pommiers du verger Sourdough commencèrent à fleurir – de frêles éclats éphémères rose sur blanc. Ils ornaient presque tous les rameaux. Mais en cette année au climat chaotique, Lyle se retrouva dans la cuisine d'Otis et Mabel, penché sur la météo des cinq prochains jours prévoyant de sévères gelées et une pluie givrante pour le lendemain.

— Ces gelées, commença Otis, on a déjà connu ça. Ça ne me fait pas peur. On perdra quelques fleurs, mais pas toutes. C'est la pluie givrante qui m'inquiète, elle risque de ravager toute la récolte. Elle va péter les arbres, peser trop lourd sur les branches. Je ne vois pas ce qu'on peut faire.

— Quel dommage ! dit Mabel. Une année sans pommes, imaginez ça. C'est pas comme s'il nous restait beaucoup de saisons, tous autant qu'on est. (Elle rit amèrement.) Enfin, qu'est-ce qu'on peut y faire ? À notre âge. On pourrait peut-être en profiter pour partir en vacances cet été. Visiter le Grand Canyon.

— C'est pas une mauvaise idée, admit Otis.

— Est-ce que je peux faire quelque chose ? demanda Lyle. Pour les arbres ?

Otis hocha la tête.

— On a seize hectares de verger, Lyle, tu le sais bien. Qu'est-ce que tu veux faire ? Il n'y a rien à faire. C'est la vie. On a parfois des récoltes exceptionnelles, mais aussi des années comme celle-ci. Le pire scénario, ce serait que cette espèce de pluie givrante s'accumule sur les branches jusqu'à ce qu'elles cèdent. Là on serait vraiment dans la mouise.

— D'accord, dit Lyle. Je vais patienter et attendre les prochaines instructions.

— Cela dit, les météorologues sont toujours à côté de leurs pompes, lança Otis. J'ai travaillé dans le monde universitaire plus d'un demi-siècle. Ce sont les scientifiques les moins respectés. Leur boulot se résume à jouer avec des radars sophistiqués, entrer leurs projections dans un ordinateur, agiter quelques os de poulet sur la table, allumer une bougie noire et réciter une centaine de *Je vous salue Marie*. Il suffit qu'un mec éternue à Seattle pour foutre leurs prévisions en l'air. Alors si ça se trouve, c'est du pipeau. T'as plus qu'à rentrer chez toi et espérer que le temps va s'adoucir.

Les trois jours suivants, le froid peina à s'installer complètement. La terre gardait une tiédeur inhabituelle pour un début de printemps et il n'y eut pas de gelée nocturne. Les matins, Lyle allait au verger inspecter les arbres dans un brouillard si épais qu'il semblait coller à ses vêtements comme des boules de coton. Mais les fleurs restaient intactes. Il se penchait sur elles et, les yeux clos, savourait le plaisir d'inhaler profondément ce parfum pur, naturel et délicat.

Le troisième jour, il sortit un sécateur de la poche de son pantalon et coupa délicatement un petit rameau chargé de fleurs.

La même nuit, il attendit que Peg fût endormie pour se rendre à l'hôpital de La Crosse. L'énorme bâtiment était silencieux. Il jeta un coup d'œil dans la chambre d'Isaac et vit Shiloh endormie sur un tapis à même le sol sous une fine couverture. Il entra d'un pas léger, comme s'il flottait dans les airs.

Il se pencha, embrassa Isaac sur le front et caressa ses oreilles et ses mains de petit garçon. Il semblait simplement endormi. Lyle agita un moment la branche de pommier sous le nez de l'enfant puis, utilisant un verre d'eau en guise de vase, il la posa contre un mur pour la soutenir ; il embrassa une nouvelle fois son petit-fils, lui souhaita une bonne nuit tout en ayant l'effroyable pressentiment que la nuit durerait trop longtemps.

Il quitta la chambre sans un mot, sans un bruit, ne croisa personne dans les couloirs, ne vit aucune voiture sur les routes, de telle sorte qu'en arrivant chez lui, quand il se glissa sous les draps, il s'autorisa à croire que toute cette histoire, l'année passée entière, n'était qu'une vaste hallucination, sans prise sur le réel, et que le lendemain, quand il se réveillerait, tout serait redevenu normal.

*

Mais le matin du quatrième jour, de sombres nuages traversèrent rapidement le ciel ; une pluie battante, glaciale, se mit à tomber.

Peg avait déjà pris sa douche, fait le café et s'activait d'un pas déterminé.

— Bonjour, lui dit Lyle.

— Je pars à l'hôpital.
— Comment va-t-il ?
— Toujours pareil, malheureusement, toujours pareil, dit-elle en hochant la tête.
— Et Shiloh ?
— Je ne sais pas, Lyle. Je crois qu'elle est peut-être… qu'elle fait peut-être une forme de dépression. Elle ne parle pas beaucoup. Je reste dans cette chambre et j'ai l'impression d'être entre deux fantômes. Je ne sais pas ce que je vais faire…

Lyle s'approcha, la serra fort contre lui et elle se mit à tambouriner des poings contre sa poitrine.

— Ce n'est pas juste ! cria-t-elle. Il n'a rien fait de mal. Et nous l'avons laissé dans cet appartement, avec ces gens, ces monstres ! Tout ce qu'ils avaient à faire, c'était lui donner de l'insuline. Lui apporter de l'eau. L'emmener chez le médecin. Et ils ont refusé ! Ils l'auraient laissé mourir. Un petit garçon. Notre petit-fils !

Elle s'arrêta et se reposa sur lui en pleurant, tandis qu'il lui frottait le dos et regardait par la fenêtre, dans le patio où la pluie glaçante commençait déjà à faire ployer les lilas, ces vieux arbustes pourtant coriaces.

— Il y a des moments, reprit Peg, où j'ai envie de la gifler pour ce qu'elle a fait.

Tout en comprenant ce qu'elle ressentait, Lyle fut plus nuancé :

— Nous devons être là pour elle, maintenant. Nous sommes tout ce qui lui reste.
— Comment une fille aussi intelligente a-t-elle pu être dupe à ce point ? C'est d'une telle sottise.
— J'ai prié pour lui, murmura Lyle. J'ai prié avec Charlie et Roger.

Elle s'écarta et le dévisagea, comme s'il était un émissaire étranger chargé d'un message mystérieux.

— Vraiment ?

Il acquiesça.

— Pourquoi as-tu prié ?

— Ça sonnait juste, lui confia-t-il. Et j'imagine que je ne savais plus vers qui me tourner.

— Tu te sens mieux ?

— Peut-être, admit-il.

Elle le serra encore dans ses bras.

— Je le dirai à Isaac. Elle s'essuya les yeux. Qu'est-ce que je dois lui dire d'autre ? Qu'est-ce que tu as prévu aujourd'hui ?

Peg était redevenue elle-même, stoïque, solide comme un roc, prête à afficher la ténacité dont sa fille et son petit-fils avaient besoin. Lyle pensait souvent que le monde, gouverné par les hommes avec un degré incroyable de violence et de vacarme, était en fait cimenté par des femmes comme Peg, qui souffraient en silence, aimaient sans compter et, à la fin de chaque journée, rassemblaient tous les morceaux après s'être assurées que leur petit monde s'était lavé la figure, avait le ventre bien rempli, n'avait plus aucune crainte. Ensuite, le lendemain matin, elles recommençaient sans tambour ni trompette – trois cent soixante mille bébés nés chaque jour de mères qui les nourrissaient, dormaient avec eux, les consolaient au milieu de la nuit.

— J'aimerais trouver un moyen de préserver le verger, expliqua Lyle en luttant pour juguler sa propre peur de l'échec. Tu n'aurais pas une idée lumineuse ?

Elle boutonnait sa veste d'hiver, furetait pour trouver ses clés, son sac, un bonnet chaud. Elle se tourna vers lui, une main sur la poignée.

— Je sais qu'en Italie ils brûlent de la paille dans les vignobles pour réchauffer l'atmosphère.

— Quoi ?

— J'ai lu ça quelque part.

— De la paille ?

— De la paille avec du gasoil, il me semble. J'imagine qu'ils veulent faire beaucoup de fumée.

— Je t'aime, dit Lyle. Comment sais-tu un truc pareil ?

— Qu'est-ce que tu veux que je te dise ? J'aime bien les vins italiens et je sais me servir de Google. Bonne chance, lui dit-elle en partant.

*

Lyle s'habilla chaudement : chaussettes épaisses, pantalon en toile doublé de flanelle, tee-shirt en coton et gros pull. Il emballa dans un sac des affaires de rechange, une veste en polaire, des gants, plusieurs sandwichs, de quoi grignoter, des bouteilles d'eau et un Thermos de café. Puis il se rendit chez Charlie.

— Quel temps pourri, hein ? lui dit ce dernier. Tu veux entrer ? On a prévu de passer la journée à regarder des westerns-spaghettis, avec Roger. Pop-corn, on se fera peut-être mijoter un chili, quelques bières…

— Charlie, j'ai besoin de ton aide.

— Eh bien, entre, il fait froid dehors…

— Charlie, répéta Lyle. C'est sérieux. Va aussi chercher Roger, s'il te plaît. Faut que tu ailles chez

Willy et que tu lui achètes autant de bottes de paille que possible. Et aussi que tu passes prendre une quarantaine de litres de gasoil chez Kwik Trip. Et que t'apportes le tout dans le verger. Je me charge du bois.

— Lyle ! hurla Charlie dans la pluie.

Mais Lyle s'était déjà réfugié au chaud dans son pick-up, qui transportait plus de trois stères de chêne bien sec et du petit bois en pagaille.

*

Il frappa avant d'entrer chez Otis et Mabel, puis leur exposa son projet à la table du petit déjeuner.

— Lyle, lui dit Mabel. Les dés sont jetés. Tu ne peux plus rien faire. Soit les arbres vont survivre, soit ils vont crever. Ce ne sera pas notre fin, ni celle du verger. Enfin merde, on en plantera d'autres. On l'a déjà fait. Ça assure la sécurité de l'emploi.

— J'ai bien peur qu'elle ait raison, renchérit Otis. Tu ne peux pas sauver tous ces arbres.

— J'aimerais au moins essayer, répondit Lyle d'un ton déterminé. C'est tout ce qu'il me reste à faire : essayer.

Otis glissa un regard à Mabel ; ils haussèrent les épaules ensemble.

— Eh bien, nous avons prévu d'aller voir Isaac aujourd'hui, dit Otis. Mabel doit lui préparer des cookies. Nous savons qu'il est… qu'il est dans le coma et tout ça, mais on s'est dit qu'il apprécierait peut-être de les sentir.

— Vous êtes bons comme le pain, tous les deux, finit par dire Lyle. Dites-lui que son grand-père l'embrasse.

*

Lyle commença dans le coin au fond du verger, près du vieux pommier sauvage qu'il avait montré à Isaac. Il bâtit une base de journaux roulés en boule surmontée d'une couche de cônes de pin et d'écorces de bouleau qu'il coiffa d'un tipi de bûches de chêne plus épaisses. Il s'agenouilla et, avec un Zippo qui avait appartenu à son père, il alluma le feu.

La pluie et le vent soufflaient sans cesse, Lyle sentait son visage rougir de froid et d'humidité, mais il se plaçait de sorte à abriter le feu naissant, se donnait le temps de l'attiser et de l'étoffer, puis, une fois satisfait, il posait quelques bûches supplémentaires et changeait d'emplacement.

Lyle alluma ainsi une succession de foyers, toujours dans l'espace entre quatre arbres et dans les allées de gazon qu'Otis et lui tondaient en été et en automne, sur lesquelles ils garaient leur pick-up chargé d'outils pour élaguer. Petit à petit, le verger fut envahi de lumière et de fumée.

Lyle progressait lentement ; allée après allée, il bâtissait le feu, le nourrissait, puis passait au suivant après s'être assuré que le premier continuait de brûler et, quand il remarquait un affaiblissement, il s'empressait de raviver les flammes avec une brassée de bûches. La sueur dégoulinait sur son visage gercé, agenouillé comme il l'était dans l'herbe froide pour regarder ronfler ses innombrables feux. Entre les arbres, les brasiers disposés à espaces réguliers illuminaient désormais l'envers lisse des rameaux fleuris. Le verger s'embrasait graduellement de lumières orange, rouges et jaunes.

Il était juste avant midi lorsque Lyle entendit klaxonner et vit Charlie lui faire signe au volant d'un pick-up. Il traînait une remorque chargée de bottes de paille rectangulaires.

Lyle descendit d'un pas vif pour lui ouvrir le portail.

— J'ai cru que vous m'aviez fait faux bond ! lança-t-il joyeusement.

— J'ai sorti la grosse artillerie.

Charlie sourit et Roger lui adressa un salut enthousiaste.

— T'es à des lieues de l'Afrique, lui dit Lyle.

— Je suis exactement là où j'ai envie d'être, lui répondit son cousin en lui donnant une vigoureuse poignée de main.

Charlie gara le pick-up et ils descendirent sous la pluie.

— Alors, explique-nous ce que tu fabriques ici, Lyle, demanda Charlie en regardant autour de lui. On dirait Don Quichotte qui se bat contre les moulins à vent.

— Nous allons sauver le verger.

— D'accord, acquiesça Charlie, nous allons sauver un verger. J'imagine qu'il y a plus absurde dans ce monde que de sauver des arbres.

Lyle guida les deux hommes le long de sa ligne de feux, leur montra comment espacer les foyers, puis il frappa dans ses mains comme un entraîneur renvoyant son équipe sur le terrain. Charlie et Roger transportèrent les bottes dans les allées gazonneuses entre les rangées d'arbres. Une pluie violente continuait à s'abattre sur eux, se changeant parfois en grésil ou même en grêle. Ils ne tardèrent pas à être trempés jusqu'à la moelle, mais ils parcouraient le verger avec des bûches ou des bidons de gasoil, allumant un feu par-ci, attisant des braises mourantes par-là.

À cinq heures du soir, le verger était envahi d'une épaisse fumée suffocante éclairée par le ballet fantasque d'une centaine de feux ; les trois hommes s'assirent à l'arrière du pick-up de Lyle où ils mangèrent des sandwichs, burent du café chaud et partagèrent le silence particulier qui s'abat sur ceux qui ont travaillé dur toute une journée sans se reposer ni se plaindre.

— Merci de m'avoir aidé, leur dit Lyle. J'en ai tellement marre de perdre... Je ne savais pas quoi faire d'autre.

Charlie embrassa son ami sur le sommet de la tête, sa moustache humide de transpiration, d'haleine givrée, de morve gelée.

— Il y a un peu de saint Jude en toi, lui dit Roger. C'est mon saint patron préféré.

La température ne cessait de chuter. Dans les forêts avoisinantes, des branches et rameaux d'énormes chênes anciens croulaient sous la glace et s'effondraient comme des bâtiments minés, faisant sursauter les hommes, alarmés par le tapage lointain.

— On vit des jours étranges, commenta Roger en rejoignant Lyle près d'une grande flambée.

— Le soleil se couchera dans plus de deux heures et on a déjà l'impression d'être en pleine nuit.

— T'es fatigué ?

— Un peu.

— Va donc te reposer, lui conseilla Roger. Change ces vêtements mouillés. Je ne te dis pas de rentrer chez toi, parce que je sais que tu refuseras. Mais va te réchauffer dans ton pick-up. On maîtrise la situation, Charlie et moi. Pour le moment, en tout cas.

Lyle acquiesça, se gratta le visage.

— Je crois que t'as raison.

Il regagna son véhicule à pas lents et s'assit lourdement derrière le volant. Il alluma le moteur, se carra dans le siège du conducteur et apprécia l'air chaud du radiateur qui soufflait sur ses mains et pieds gelés. Il était bel et bien exténué et sombra dans un sommeil profond peu après avoir fermé les yeux.

Il ne sut pas combien de temps il dormit, mais il fut réveillé par le martèlement de la pluie sur le toit ; elle tambourinait violemment. Dehors les feux vacillaient, faiblissaient. Lyle enfila des vêtements secs et ressortit sous l'orage. Les bruits de branches cassées étaient plus fréquents et certains provenaient du verger. Il trouva Charlie agenouillé devant un feu mourant.

— Il pleut trop, mon pote, lui dit Charlie, les mots enrobant la cigarette entre ses lèvres. On n'arrivera jamais à les maintenir tous allumés.

Il avait du givre sur la moustache et sur le bouc, mais ses yeux brillaient à la lumière des flammes.

— J'ai envie de ramener Roger chez moi, poursuivit-il. Le pauvre vient juste de rentrer d'Afrique et on l'a balancé ici, avec ce temps de merde du Wisconsin, à essayer de sauver tous ces pommiers. Je crains que sa constitution tropicale supporte mal notre météo.

Lyle acquiesça.

— Vas-y. J'imagine que c'était une cause perdue… Je vais rester un peu et me concentrer sur quelques brasiers.

Charlie se releva et étreignit son ami.

— Je reviens. Peut-être pas ce soir, mais demain matin pour sûr.

Lyle regarda Charlie et Roger monter dans le pick-up. Ils le saluèrent tous les deux, puis les phares balayèrent le verger, se tournèrent et se braquèrent sur la sortie. Lyle les suivit à l'entrée et s'assura que le portail était bien fermé.

Il se retrouva seul. Il examina le verger de son point le plus bas. Le coteau luisait toujours de dizaines de feux pâles. Mais la pluie s'obstinait. Des éclairs zigzaguaient dans le ciel comme des balles de flipper. Il remonta la colline, entretenant les brasiers en chemin, ajoutant des bûches ou des bottes de paille. Ses réserves touchaient à leur fin. Il serait impossible de sauver tous les arbres. En remontant l'allée, il voyait d'ailleurs de grosses branches arrachées aux troncs, les fleurs échouées par terre comme autant de confettis piétinés.

Dans la vallée en contrebas, un train fendit la nuit de son sifflement sourd et solitaire.

L'air était saturé de fumée et de vapeur. Lyle empila les bottes de paille et le gasoil qui lui restaient sur le plateau de son pick-up et roula jusqu'au coin le plus ancien du verger. Quelque peu abrités par la forêt voisine, les feux y flambaient toujours intensément. Les dégâts y étaient aussi moins sérieux qu'ailleurs ; le bois de ces vieux arbres était sans doute plus résistant, plus robuste.

Lyle alimenta les quatre premiers des nombreux foyers, puis revint s'asseoir dans la cabine, alluma le radiateur et regarda les éclairs étinceler et scintiller dans les nuages, comme si le ciel se craquelait en mille morceaux.

Son vieux téléphone portable sonna.

— Lyle, dit Peg, ça va ?

— Ça va. Et lui ? Comment ça se passe à l'hôpital ?

Elle soupira.

— Aucun changement. Je lui ai lu *Paddle-to-the-Sea*. Shiloh adorait ce livre.

Lyle resta silencieux, le regard fixé sur les feux.

— Otis et Mabel m'ont dit que tu essayais de sauver le verger.

— J'essaie, oui, mais je ne sais pas si je vais réussir.

— J'ai dit à Isaac que tu priais pour lui.

— Tant mieux, répondit Lyle. Mon Dieu… Si seulement il pouvait se réveiller. Si seulement il pouvait se réveiller et rentrer à la maison avec toi. On mangerait des pancakes demain matin puis on irait se promener au bord du fleuve.

La fumée dérivait en diagonale sur la cime escamotée des arbres avant de se perdre dans la forêt. Il ne restait plus beaucoup de bois dans le pick-up.

Dans sa tête, tout se bousculait, une pression lancinante se dilatait et cognait. Lyle reconnaissait les symptômes de la peur, du chagrin, de sa peine.

— Tu rentres à la maison ce soir ? demanda Peg.

— Non, répondit-il doucement. Je crois que je vais rester ici. Faire ce que je peux.

— Il aurait voulu être avec toi, il aurait vraiment aimé ça. S'occuper de tous ces feux. Il aurait voulu faire griller des Chamallows. Ç'aurait été une aventure pour lui.

Lyle faillit sourire.

— Tu as sans doute raison.

Elle soupira.

— Quoi qu'il en soit, je vais ramener Shiloh à la maison. La pauvre a grand besoin d'une douche et d'une bonne nuit de sommeil dans un vrai lit. J'ai enfin réussi à la convaincre.

— C'est bien.

— Dis-moi, Lyle ?

— Oui.

— C'est toi qui as apporté un rameau de pommier à l'hôpital ?

— Oui.

— Il est beau. Je t'aime.

— Je t'aime aussi.

Sur ce, il posa le téléphone et, assis dans la cabine sèche et tiède de son vieux pick-up, il examina le résultat de sa dernière bataille contre l'orage et sentit défaillir son courage. Il avait suffisamment pleuré l'année passée et n'avait pas envie de pleurer encore, même si la douleur et le chagrin s'accumulaient en lui comme une chaudière prête à exploser.

Deux phares s'approchèrent du portail au fond du verger. Lyle devina qu'il s'agissait d'Otis qui, chose étrange, n'était pas encore venu voir les feux, et il fut soudain gagné par l'appréhension. Le verger était dans un état effroyable. Si, et seulement si, ils avaient réussi à sauver certains arbres, il faudrait maintenant nettoyer les brasiers, semer du gazon, déblayer les branches brisées par la pluie givrante. Peut-être n'avait-il fait que ravager cette plantation qui ne lui appartenait même pas. Il roula jusqu'au portail.

— Et alors, qu'est-ce qui t'a pris si longtemps ? demanda Otis au volant du camion à pommes. Charlie m'a téléphoné pour me dire que t'avais sans doute besoin d'un coup de main, alors j'ai jeté du bois dans la remorque et je me suis dit que j'allais venir te sauver la mise. Je t'ai même apporté du café chaud.

— Je suis content de te voir, Otis. D'accord, on va continuer la flambée.

Ils gravirent le coteau et s'occupèrent de huit foyers. La pluie s'était un peu calmée, mais un froid plus intense menaçait désormais les arbres.

— Ce temps doit durer jusqu'à demain midi, dit Otis. Après, le soleil est censé refaire son apparition et la température remonter autour d'une dizaine de degrés.

La pluie se mua en énormes flocons de neige qui tombaient paresseusement. La nuit était encore pleine des grincements de branches, suivis de leurs craquements puis de la chute, quelque peu amortie par la neige qui s'accumulait vite.

— Merci d'avoir rendu visite à Isaac, dit Lyle à voix basse et en enchaînant rapidement chaque mot car il craignait de s'effondrer s'il parlait lentement.

— Ça m'a fait plaisir de le voir. C'est un garçon solide, Lyle. Sacrément résistant. Il a traversé de rudes épreuves.

Otis regardait les flammes. La tristesse et l'inquiétude burinaient plus profondément son visage et il avait visiblement du mal à se réchauffer.

— Dis, tu sens les fleurs de pommier ? demanda-t-il. L'odeur persiste malgré la fumée et les cendres. Allez viens, allons jeter quelques bûches de plus dans le feu.

Il se leva et tendit la main à Lyle.

— Tu crois que ça vaut le coup ?

— Lyle, voilà des décennies que j'ai ce verger. Et je l'ai jamais fait pour l'argent. Je l'ai fait pour ça.

Pour les arbres. Pour leurs fruits, leurs odeurs. Pour m'occuper. Alors aide-moi à décharger le bois. Je ne sais pas si je peux tenir longtemps dans ce froid. Ça me transperce les os et il va me falloir des jours pour les réchauffer.

Lyle grimpa dans la benne du camion à pommes et lança les bûches en formant des pyramides. Puis les deux hommes se serrèrent encore la main.

— J'y vais, je refermerai le portail, dit Otis. Lyle ?

— Oui.

— Je suis navré pour ton petit garçon.

Lyle hocha la tête et lui fit signe dans la fumée et la morosité.

*

Ses gestes ralentissaient, il ne portait plus que trois ou quatre bûches à la fois pour entretenir les feux qui brûlaient encore. Le verger gémissait sous le lourd fardeau de glace. La neige tombait toujours. Il était minuit passé et les réserves de bois ne tiendraient pas jusqu'à l'aube. Toutes les bottes de paille avaient brûlé, il ne restait plus une goutte de gasoil. Lyle traînait des branches cassées pour les jeter dans les brasiers les plus ardents – le travail était éreintant. La fumée lui piquait les yeux.

Peu après une heure du matin, il se glissa dans la cabine du pick-up et s'endormit.

*

Il s'éveilla une heure avant l'aurore. Toutes les étoiles brillaient, toutes, et le verger était un jardin sculpté dans le cristal – des rangées entières d'arbustes, certains toujours couverts de fleurs délicates, tous dans un écrin de glace si épais qu'il leur donnait un aspect verni. Entre les arbres, les vestiges des feux de joie se consumaient, peu de flammes brillaient encore. Les pommiers chatoyaient et scintillaient comme du verre à la lueur des étoiles et des brasiers ; dans ce monde serein et tranquille, Lyle pouvait s'entendre respirer.

La nuit était parfaitement calme, la Lune suspendue à l'horizon comme un projecteur. Lyle parcourut le verger dans la clarté astrale, le clair de lune produisant ses ombres étranges, la fumée enveloppant tout. Était-ce possible ? Beaucoup de fleurs, peut-être même la plupart des fleurs, étaient intactes. Et l'atmosphère se réchauffait.

Lyle revint vers son pommier sauvage favori et s'effondra. Étendu sur le dos dans la neige profonde, douce et molle, il sentit son cœur palpiter et tressaillir ; la douleur lui foudroya les bras et les doigts jusqu'à ce que les élancements cèdent à l'engourdissement. Il voyait l'éclat du jour qui se levait dans la vallée, se reflétant sur le fleuve et sur les collines à l'ouest. Une lumière dorée sur les arbres givrés. Des pétales de fleurs virevoltèrent sur son visage, tombèrent dans sa bouche ouverte. Il ferma les yeux et s'endormit.

*

Lorsqu'il se réveilla, Charlie était accroupi à côté de lui et le regardait avec une inquiétude évidente.

— Lyle ? Ça va ?

Lyle se redressa sur les coudes, mais il fut poignardé de douleur.

— Non… ne bouge pas, lui dit Charlie, j'appelle une ambulance.

Lyle l'en dissuada d'un signe de tête ; il lui prit le bras, puis les mains.

— Il était ici, Charlie. J'ai vu Isaac.

— C'est impossible, Isaac est à l'hôpital.

— Non, répondit-il, les joues baignées de larmes. Non, il était ici, on allait planter un arbre ensemble, juste ici, son arbre. Et on s'est allongés ensemble dans la neige puis j'ai senti… une petite explosion… comme un poing qui s'ouvrait dans mon ventre et un arbre a pris racine dans mon corps et en est sorti ; je le regardais pousser, je voyais les branches s'étirer, les feuilles grandir, puis il fleurissait et les fleurs se changeaient en pommes et on était ensemble et on se tenait par la main.

Il m'a chanté une chanson, Charlie. Il chantait, il jouait, et moi je le regardais, allongé, je le regardais et je l'écoutais.

Il s'essuya le visage. Charlie s'assit.

— Mon Dieu, comme c'était beau. Et il était ici, là, juste à côté de moi.

— C'était un rêve, Lyle.

— Tu crois ?

Charlie acquiesça.

— Je ne voulais pas que ce soit un rêve, pourtant je voulais rester là, avec lui.

— Je sais, dit Charlie.

— Tu m'aides à me relever ?

— D'accord, mais il faut qu'on aille voir un docteur, répondit Charlie en aidant son vieil ami à se remettre sur pied.

— Non, non, s'il te plaît… Attendons encore un peu.

Ils restèrent donc debout et regardèrent le verger, le coteau en pente, la fumée se faufilant entre les arbres et s'effilochant à leurs branches, les fleurs blanches et roses étincelant sur les rameaux ou tourbillonnant sans hâte pour se poser dans la neige qui fondait déjà. À l'ouest, les collines étaient de plus en plus lumineuses et, à l'est, le soleil affleurait la cime de la forêt ; le ciel était d'un bleu immaculé, une seule traînée blanche le traversait dans le sillage d'un avion lointain. Et de tous les arbres provenait un bruit de gouttes d'eau qui dégoulinaient, se regroupaient, se précipitaient au pied de la colline pour rallier des cours d'eau plus puissants.

À présent le fleuve brillait, un long sentier d'argent à la nouvelle lumière du matin.

Et il arrivera aux derniers jours, dit Dieu, que je répandrai de mon Esprit sur toute chair ; et vos fils et vos filles prophétiseront, et vos jeunes gens verront des visions, et vos Anciens songeront des songes.

Actes 2 :17

Note de l'auteur

Le 23 mars 2008, à Weston, dans le Wisconsin, Madeline Kara Neumann décéda des complications d'un diabète juvénile non dépisté. La fillette de onze ans se plaignait d'être épuisée depuis des jours et lorsqu'elle sombra dans une forme de coma, plutôt que de l'amener à l'hôpital ou d'appeler une ambulance, sa famille pria pour son rétablissement.

Aux États-Unis, on estime que des centaines, voire des milliers d'enfants succombent chaque année à des maladies évitables, car leurs parents ou tuteurs prient pour leur guérison au lieu d'avoir recours à la médecine ou à la science.

L'auteur aimerait remercier les ecclésiastiques qui l'ont aidé à écrire ce roman : le pasteur Peter Bredlau, le pasteur Kurt Jacobsen et, tout particulièrement, le pasteur Bill Swan.

REMERCIEMENTS

Merci à Tim Brudnicki, Marcus Burke, Alex et Cynthia Butler, Jim Carter, Nick Cave et Warren Ellis, Mark Connor, le festival du livre de Chippewa Valley, Julian Emerson, Brady et Jeanne Foust, Jason Gerace, Peter Geye, Nick Gulig, Kaitlen et Reidar Gullicksrud, Bill Hogseth, BJ Hollars, Tracy Hruska, Betsy et Sheridan Johnson, Mildred Larson, Sara et Chris Meeks, Nick Meyer et Volume One, Van Morrison, Nik Novak, Ben Percy, Drew Perry, la bibliothèque publique L.E. Phillips, Brett Rawson, Jeff Rochon, Aaron Rodgers, RZA, Shift Cyclery & Coffee Bar, Charmaine et Josh Swan, Mike Tiboris, Hilary et Mike Walters, Steve Winwood.

Toute ma gratitude à : Rob McQuilkin – à la fois *consigliere* et maestro. Toute l'équipe de Massie & McQuilkin. Megan Lynch. Sonya Cheuse. Daniel Halpern. Emma Dries. Miriam Parker. Toutes mes maisons d'édition étrangères, éditeurs et traducteurs. Toutes les librairies et libraires indépendants, les bibliothèques et bibliothécaires qui ont soutenu ma carrière. Ce livre n'aurait pas été possible sans le soutien de Bette Butler et de Jim et Lynn Gullicksrud. L'auteur tient aussi à remercier la famille de Dave Flam, en particulier Jill et Derek Pulvermacher, Kevin Flam, Betty et Jerry Harper.

De l'amour, toujours et encore, à Henry et Nora, et évidemment à Regina – Reine du Nord.

Du même auteur :

Retour à Little Wing, Autrement, 2014 ; Points, 2015.

Rendez-vous à Crawfish Creek, Autrement, 2015 ; Points, 2016.

Des hommes de peu de foi, Autrement, 2016 ; Points, 2018.

PAPIER À BASE DE FIBRES CERTIFIÉES

Le Livre de Poche s'engage pour l'environnement en réduisant l'empreinte carbone de ses livres. Celle de cet exemplaire est de :
250 g éq. CO_2
Rendez-vous sur www.livredepoche-durable.fr

Composition réalisée par Belle Page

Achevé d'imprimer en France par
CPI BRODARD & TAUPIN (72200 La Flèche)
en mai 2021
N° d'impression : 3043587
Dépôt légal 1re publication : juin 2021
LIBRAIRIE GÉNÉRALE FRANÇAISE
21, rue du Montparnasse – 75298 Paris Cedex 06

63/2209/6